Rainer René Mueller

Gesammelte Gedichte

Herausgegeben von
Chiara Caradonna und Leonard Keidel

Kommentiert und mit einem Nachwort
von Chiara Caradonna

WALLSTEIN VERLAG

Neuere Gedichte

2018–2021

… noch ist ein Grund

*S.401

– man hat mir erzählt,
d'autrefois, vom Graveur, vom
Silbergraveur, der lebte
vom Silberstaub, der ihm blieb
als Lohn, z'ammgekratzt
auf dem Holztisch,

darauf er Blut hinspuckte,
d'autrefois

–

… ich fahr nach Moyenmoutier,
lieu dit »Quat'chemins«,
ich erhänge mich nicht, da :
im Baum, wo der Häher sitzt und schreit,
die Fledermaus hinter dem hölzernen
Fensterladen den Tag übersteht,

und nachts der Dachs am Haus langstreift,
so als wär d'autrefois

–

»Do not go gentle into that night«,
Villanelle, – ein Klang, ein Ruf, ein
Häherschrei, der fällt als eine kleine
blaue Feder … tags –

le chauve-souris fliegt in der Nacht

10.7.20

Kopfstein, opak *S. 401

Zu Paul Celan. Erinnertes Erinnern

für S., la voix derrière le rideau bleu

I

Schwan. Majolika

beim Betrachten des Schwans

… gegengleich die zerbrechlichste
aller gebrannten Erden, die,
wäre sie aus uns,
spränge und schriee:

hinunter
zur Erde, zur Grube

… gegengleich die Krone der Kiefer
über dem unverkieselten Sand, der
brennt nicht, der verglast nicht; da, hier
a loschen als Grund für den Schatten:

geworfen
von der Krone herunter:

… gegengleich der Schatten, dieses
ins Wort Fallen

II

Kastanien

… etwas geht zu Ende. Und darüber hinaus, indes es zurückkehrt. Was als Furcht begann, bleibt als Erinnertes stets im Aufzünden der Blüten, groß im Auffächern der Blätter und im Platzen der grünen Frucht, hörbar beim Fallen auf den Boden, beim braunglänzenden Kullern: *Kastanien.* Es ist eine Kastanienallee in einer Kleinstadt am Main, eine Baumreihe, die dem Kind, schon beim ersten Anschaun, erinnert jetzt, wie Erinnerung erschien, eine Baumreihe, hinter die nicht zu gehen war … Dahinter war *drüben* und darüber gingen Loren.

Um in einem gewissen Sinn das Erinnern zu erinnern: in der Kleinstadt, in der der Bub nach der Kriegszerrüttung als uneheliches Kind einer Vetriebenen, einer »hergelaufenen« Flüchtlingsfrau, die vom Arbeitslager in Saaz – Doldenhopfen und Zuckerfabrik – im Güterwagon ins Fränkische kam, erste frühe Jahre *verbrachte,* alleingelassen, waren die Kastanien ein *Jenseits* im Hiesigen, Jahreszeiten lang.

Darüberhin, etwas versetzt zur Baumreihe, transportierten, hängend an Drahtseilen, quer her, vom *jenseitigen* Ufer des Mains hoch gespannt, Kipploren Bruchsteine aus einem Steinbruch ins diesseitige Kalk- oder Zementwerk.

Woher weiß ein Kind das, wovon her: die mit einem kreischenden Geräusch am Seil laufenden Loren, dieses Oben, Lore nach Lore, war etwas, das im Kind Furcht, Angst und Grauen auslöste, unverloren: die Loren waren Totenwagen, Steinbrüche sind Todesorte und auch Stein wird verbrannt.

– – –

Jahre, Jahre: … Ich sah unter der Achsel meines Vaters, der nicht mein Vater war, das Blutgruppenzeichen. Da, zum ersten Mal, verband sich dies Zeichen mit den Kastanien und den darüber hinrollenden Loren, das Blutemblem mit dem Vegetabilen und dem Stein, der verbrannt wird, zu einer Szenerie, die hier war, hier, uneinholbar.

Abermals Jahre, Jahre: … unvermutet, durch eine Fügung, sah ich eine Fotografie: Babyn Jar, Ukraine, 1941. Dieser Mann mit dem Blutgruppenzeichen steht rechts im Bild am Rand einer Grube, die mit Leichen gefüllt ist und richtet seine Pistole auf einen vor ihm am Rand dieser Grube kauernden Juden.
Die Kastanien stehn und die Loren gehen drüber hin. Und der Stein wird verbrannt. Nicht auflösbar, dies, nie …

Unauflösbar verbunden mit *Drüben*, unauflösbar. Gedichte kann ich nur schreiben im Vertrauen auf das Versprechen, das Gedichte anderer mir gaben, das Versprechen in der *réécriture*, dass die Gegenwart des Verbrechens in der Geschichte, im Großen wie im Kleinen, in die Rettung einer sprachlichen Gestalt übertragen werden kann, nur – keiner kann im Zustand der Rettung allein überleben.

Hinter den Kastanien, diesen am Main und jenen, begann für mich die Welt. Die Loren waren Wolkenwagen …
Das eingeschriebene Datum, das auch ein *datum* ist, ein Gegebenes, ein *geschriebes*. Es zeigt und zeugt sich fort, insofern der Metapher notwendigerweise gehöhnt wird, …

III
Stein

… »dass der Stein sich zu blühen bequemt« (Paul Celan, *Corona*). Unauslöschbar diese Worte; mineralogisch: Stein schmilzt, er weint unter Druck, er enthält Wasser, er blüht aus, er enthält, groß, als Fels oder Brocken oder im kleinen Kiesel das Vorvergangene, das lebte ohne uns, längst. Mandelstam, dessen erster Gedichtband *kamen* (d.i. *Stein*) 1913 erschien, wusste von dieser Geschichtlichkeit im geomorphologischen Sinn. Im Stein ist Zeit beschlossen, Geschichte als Erzählbares ist später.

Überschaut man mit einiger Mühe die Wortfelder »Stein«, es ist wie eine Gegenschöpfung, der die Worte unterliegen. Hier sind gemeint nur die »Stein«felder, die das Wort »Stein« in seinem allgemeinen Gebrauch nennen. Noch nicht bedacht sind Altes und Neues Testament, nicht bedacht sind Märchen, Legenden, Sagen, Lieder, noch nicht gedacht ist an das Motiv in der Entstehung der Trobador-Lyrik, »how lyrics became poetry«.

Ohne Nennung der einzelnen Gedichte seien Zeilen aus Paul Celans Versen zitiert und einfach hingereiht: »der Stein, der Stein in der Luft«, »so blind wie der Stein«, »Steinblau«, »du weißt um die Steine«, »der Stein trat aus dem Berge«, »mit dem Stein gings«, »welchen der Steine du hebst«, »ein Stein, der den andern zum Ziel nahm«, »unter steinernem Lid«, »als gäb es, weil Stein ist, noch Brüder«, »neben mir lebst du, gleich mir, als ein Stein«, »Steindattel«, »mit von Steinen geschriebenen Schatten«, »die Steine weiß, mit den Schatten«, »der Stein aus dem Meer«.

Diese unvollständige, nicht in philologischer Genauigkeit getroffene Auswahl macht sichtbar, welche Kraft dieses Wort als *motif* hat, ähnlich der Magie des *Mont Sainte-Victoire* für Cézanne als Maler, der von sich sagte »aller au motif«. Es geht um das Stetige, angesichts des Bergs aus Stein, in mehrfacher Hinsicht, wörtlich.

Die Herstellung einer opaken Kohärenz, der poetischen Präsenz, jenseits von Namen, eben jene Verfügbarkeit namenloser Zeitsteinigkeit, die es erlaubt, das scheinbar unbelebte, das doch aus dem Lebendigen kam, das in ihm verglühte, versinterte, verkieselte, zu Steinschmelze wurde unter dem Eigendruck in geologischer Zeit.

Fassungslos starrte ich eines Morgens, vor etwas mehr als einem Jahr, fünfzig Jahre nach Paul Celans Besuch, hinüber auf Jerusalem und sah die »hochgebaute« Stadt in ihren gelben Steinen, *Meleke* genannt, und angesichts der Geschichte in diesen Steinen der Stadt notierte ich Zeilen, die später in ein Gedicht wechselten: »das Gelbliche unter dem Himmel ist / im Stein // Meleke – das *Wörtliche* ist im Stein / & ›das Blut, das vergossen ward‹ – , / im Stein ist das Wort«.

… »der werfe den ersten Stein« und wir sind beim *Obligo*. Und beim Kopfstein, dem jüdischen Grabstein, der nicht allen gesetzt wurde.

IV
Obligo

Obligo, bei Schuld und Stundung in der Zeit sind wir, ja auch bei Ingeborg Bachmann, der *gestundeten* Zeit. Dieser Wechsel kann nicht eingelöst werden. Die Poesie bleibt mit uns im Obligo, dies Datum ist uns ungeschrieben, »bei Wein und Verlorenheit«.

Ja, die verweigerte Poetisierung der Welt, nicht sfumato, sondern incarnat. Das Gedicht hat Fleischton.
Wir schulden dieser Dichtung die Geschichte ihrer Zeit. Nachwievor. Vielleicht gelänge der Abtrag, wenn es geschähe, dass das eine oder andere Gedicht, die eine oder andere Zeile Paul Celans uns in der Inkarnation eines poetischen Motivs in der uns erfahrbaren Wirklichkeit so trifft, dass es unmöglich wird, einen Feigenbaum, eine Paulownia, den Pont Mirabeau, die Steinfarbe vieler Häuser in Paris, das Riesenrad in Wien, die Nennung eines Menhirs, das Wort Eden, eine Straße in London – Mapesbury Road –, ein Hotel in Köln, Türme in Zürich, die Nennung einer Hütte in Todtnau, das böhmisch-österreichische Wort Jänner, die Namen Lenz, Anhalter Bahnhof, die Nennung Meridian, eine rote Farbe von Segeln oder Mohn oder eine Zeile wie »den Wassern nicht folgen ans Wehr« beim Anblick eines Wehrs, dass es unmöglich wird, dies zu sehen oder zu lesen, ohne wie in einer Versteinerung das Gegengleiche zu sehen.

Es ist die ans Gedicht gespiegelte Wirklichkeit der Türme, der in die Schuld geratenen Sprache, die nicht verraten will.

V
für nichts, für abernichts

für Phil

ich geh zugrund, zum Grund
worin
ich werd, – :
Erd. Die Steine,
ihrer Farbe
schon ist: »*worin wir waren*«, licht-
geduldet:
ein bissl wachsen …

… und nur ein Vogel schwirrt,
türkis,
in diesem Hinblick hoch
aus
romarin … und drüben
Davidsturm:

die Jahre überflogen, als sei …

Jerusalem, 14.1.2019
Mishkenot Sha'ananim

Mount Scopus

*S. 402

Jerusalem. Für Phil

… da ist kein Leicht-
-sein, diese Steine hinauf,
& oben : fellows
im Namen des DU

: German Department :
befragt *hier*
nach *jewish* heritage
in *german literature* –

: da ist mehr als Kains Abel

——

die Steine, die gelben,
die weißen herab,
auf verwund :
: eter Straße

——

das Weißliche unter dem Himmel
ist im Stein, das Gelb-
liche unter dem Himmel ist
im Stein,

: Meleke –
das *Wörtliche* ist im Stein
& »das Blut, das vergossen ward« –,
im Stein ist das Wort

… das hinflirrt im Türkis dieses einen Vogels
in der blühenden Rosmarinhecke,
der auffliegt als
there would be *an above*
Mount Scopus,
as a heritage,
als Himmels-, Wolkenwagen …
»legacy of german-jewish thought«

: -liche, -liche, -liche …
Geognosie

Schatten zu

*S. 402

… du überstirbst dich :
die Siebener-, die Endigungs-
zahl : sieben und dann

null, das Loch:

in Reihe der Zahlen. »… es ist gezählt auf deinem Haupte …«
: von hinten her

schaust du :

unwiederholbar der Gang in St. Cloud.
Nun: das erinnerte Zittern, dieses un-
merkliche, – fast – Erbeben,

dieses leise

gedrehte Geräusch, – als dieses trockene
Stückchen Ast unter dem Tritt
der Schuhsohle – fast unmerklich

bricht.

… Platanen, Platanen … / O Kirschbaum, –
irgendwer sitzt
unter einer Platane und schaut, womöglich,

Schatten zu …

19.12. – 27.12.18

dark matter, Auskoppelung

*S. 403

nach Ernst Meister

»rivière d'argent«, novembre …

… sieh, Mädchen
wie du golden, –
wie du golden bist,
golden bist

am Hals
die Haut :

sieh, die Haut auf meiner Hand
ist alt,
sieh, Mädchen,
die Hand

an deinem Hals
hat braune Flecken,
sieh Mädchen
: die Haut

novembre, »rivière d'argent« … *

* Flaubert. November; und Jürgen Stimpfig, peintre-sculpteur, Paris. rivière d'argent, novembre. acrylique/encre sur papier. 240 × 370 cm

18.11.18

Benn, -bleu ; mit Licht, jetzt

*S. 403

S. war's versprochen

… das ist : *Lidschlag* –
Septemberlicht :
schattenlos, luft-
feuchtelos.

Schattenlos: zuende,
unten am Hang,
der zum Fluß hin
fällt :

er überschüttet sich
mit letztem erblickbaren
Grün,
dahinter der Porphyrbruch

dann
da
:der Keilflug dieser schreienden
Gänse;
: von woher, dieses Gerichtetsein …

auch:

im Zwischen –
– Wimpernschlag :
ein Glanzrand leuchtend im Haar
dessen, der in dieses Gegen-
Licht im Westen geht :

für ein Weilchen – *skopisch* :
»… une passante« , »un éclair …«,
: an der Bruchwand:
– *»ein Fleischermesser«*

führt eine Tilgung durch. Drüber :
ein Milan dreht sich : die Vögel haben
inzwitschert …
»… puis la nuit ! …«

… seh ich dich wieder, und wieder …;
und wider des _
– inmitten des Lidschlags …

10.2018

für : wenn ich tot bin

*S. 403

bleu de peur

… ich hab
gelernt, diese Sprache ;
dieses

hiesige : über :
es war ein Anlernen, wie man
ein Tuch lernt, nœud par nœud. Tissée :

… , ein Tuchenes, – mit Fransen,
mit a paar blau'n Streifen, so
über'm Kopf zu tragen; oder
so : um die Schultern:

– machst a bissl Beugen;
so , zum End …
»on était deux, à trois« :
mère –

.

… gebt mich darein; ohne
Blau, kein outre-mer. Einfach
so. In's Linnen …
ich hab

▽

Dreckssamen rausgeschleudert
für'n Abfall, so'n Eimer:
Kindchen, Curette : es hätt' …
sein sein.

Hiesiges, Hiesiges.
Sein. Stein. Blüte :
                    blühte –

Kettfäden, Durchschuß
                    : bleuté …

13.7.2018

Selbst. In dorischer Tonart

*S. 404

… *phrygisch* ; a bloody child,
in dorischer Tonart, von wieder-
-stets
a bloody child

so, im tiefsten Blau, outre mer
: innen;
gegenüber
Neapelgelb, plissiert, im Lichtfall,

als Vorhang herabhängend – :
»… convertere, convertere …«
von *›Sacre‹, die ersten Töne,*
a bloody child

–

das Aufblühn des *Kehlkopfs*, des …
: das Adamsäpfelchen
am blassen Hals:
– wie das *jüngerle* da vorbeifährt

in der Morgensonne mit'm Rad …

an einem Maimorgen
17.5.18

Taglilie

*S. 405

… ein bin ich, – ein Auch
im grünen Aprilschotter : herab
vom »warte nur balde : …«

Chlorophyl regelt es – :
… Sein &
- *h* eit …,
–

die Taglilie ist vorlängst, längst schon :
›ebbes‹,
noch *im täglichen Vergilben,*

nach dem –

– gegen

Abend, – diese umgekehrte Erneuerung,
dieser Austrieb
neu, und wieder und wieder :
gelb / orange :

Blütchen –

: vom Nachbarn übers Balkongitter
gereicht,

–

blühbegunnte, blühbegunnte / … gegenüber :
ein *Porphyrbruch*
in den Westhang gesprengt, geschnitten

Stein, Stein

20.4. – 3.5.18

Brüderchen, dein Traum …

*S. 405

»… ach, tanz mit mir !«

… beuge dich, daß ich *dich*
segne –
: wir werden Steine zählen,
daß die uns zählen,
zu *ihrer* Schmelze.

Die wird dann Saiten
anschlagen, rupfen am
präparierten Flügel,
: es wird *klingen* wie

ein Geschirr, das zerbricht, irdenes,
tönernes, worin
Linsenverrat war ; sein wird –
ungezählt derer,

die sich abstottern vor uns,
voraus :
Patmos : wird sich umgekehrt haben,
die *Schrift*
wird von unten sein ; es wird

tönen. – Drüberhinaus, über das hin,
was *Sagen* heißt, ziehbar :
auf und ab
: ein englisches Fenster: ,

darin *gespiegelt*
eine Steinhostie. Das kau .

28.3. – 2.5.18

»Alle, die da fallen ...«

*S. 405

zwei Körper, zusammen
unverbunden,
fallen

nicht gleich
schnell :

... einer schlägt zuerst auf,
dem anderen zu unterst,

wenn's glückt

–

es wäre eine voix écrite ,
möglicherweise
schreilos :

... die Herstellung der Sprache
als Figur,

die Herstellung von Knochen –
schwarz bei Vermeer,

oder Bleiweiß aus Essig und Mist ...

1.2018

Knochenmusik / Echo’s Bones

*S. 406

Particell für Werner Söllner

Dieses *Particell für Söllner* zitiert jeweils Zeilen aus Werner Söllners *Knochenmusik* (Frankfurt a. M. 2015) und aus *Echo’s Bones* von Samuel Beckett (Paris 1935), in: Beckett. *Gedichte.* üs Elmar Tophoven (Wiesbaden 1959). Es geschieht mit Bedacht und Vorsatz, daß ich keinerlei Gedichttitel, Seitenzahlen o. ä. angebe, da ich mir erlaube, den zugewandten Leser zum Lesen beider, – hier verschränkter – Werke zu bewegen.
Heidelberg, Mitte Juni bis 10. Juli 2017.

[Schriften: Sans-serif = Söllner; Sans-serif kursiv = Beckett; Serif = RMM.]

»lucus quia umbra opacus parum luceat«
(Quintilianus. Institutio Oratoria. Liber 1–3)

Avant propos / Präludium

… dann erst, nun: es ist eine nachgetragene Zuneigung, die, – auch –, eine über die Jahre sich immer wieder einstellende Stille unterbrechen soll, denn seit wir uns kennenlernten, las ich ja, was er schrieb.
Ich habe also zu danken.
Es soll geschehen mit diesen *Fügungen* zu Wortkunst, die auf seine große Wortkunst antworten, auf ihre und meine eigene Art.

Fügungen

I

Schwester, nimm dich in acht!
Nichts ist unwiederholbar. Reich mir
das Schweigen, sprich durch das Gitter

zwischen den Zeilen, aber halte die Hand
vor den Mund. Ein einziges offenes Wort
und du verschwindest.

DER GEIER
zerrt seinen Hunger durch den Himmel
meiner Hirnschale voll Himmel und Erde
im Sturzflug auf die bäuchlings Liegenden
die so bald zum Leben aufstehn und wandeln müssen
von einem Zellgeweb verhöhnt das taugen mag
wenn Hunger Erd und Himmel Aas geworden

… aufstehn und wandeln müssen, –
reichen denn die Zeilen? Nimm dich
voll Himmel und Erde : das Gitter
das taugen mag : ein einziges
offenes Wort – verhöhnt …

II

So schrecklich nackt – Schenkel,
Bauch und dunkle Höfe
auf den Brüsten, behaarte Lippen
um die Spalte, aus der, mit Schleim
verschmiert, die Welt ans Licht
gekrochen ist.

Ich stapfe vorbei an einem üblen kleinen Greis,
Demokritus,
einherzuckelnd zwischen einer Krücke und einem Stock
sein Stumpf greulich aufgesteckt, klauengleich, unter der Hose,
rauchend

… ans Licht, Lichtung bloß : dunkle Höfe, leer –
einhergekrochen Demokrit aus Spalte, Schleim, so
nackt dieses, so nackt das, – die Lippen zwischen

Krücke und Stock, zockeln, vorbei.
So schrecklich : Welt, aus der …

III

Mit lauter Stimme
hab ich erzählt. Von Angstlust
und Schuld, von Krieg und Schweigen
in mir. Vom Erbe. Von früher und nie.

de morituris nihil nisi
zag zergeht das Gesicht
zu spät um den Himmel zu trüben
der schamrot in den Abend blickt,
wegschauend wie vor einer gaffe

… hab ich erzählt, wegschauend von
: wie Schweigen : von nie und früher
und nie hab ich erzählt – »zart zergeht das,
das Gesicht« … nihil nisi …
vom Erbe, vom Nie –

IV

Der Engel, der mir zu Kopfe stieg,
er war schwarz anzuschauen.
Auf dem Heimweg lag Knochenmusik
überm Wasser, dem grauen.

Dann, aufgerollt, wie ein Pergament,
und die Glorie ihrer Verkommenheit überhöht
in mir, Habakuk, merde aller Sünder.
Schopenhauer ist tot, das Mensch
packt seine Laute weg.

… schwarz anzuschauen, die Glorie aller:
Sünder. Überm Wasser, überhöht. Knochen-
musik: Engel, Engel, Engel, wie ein Pergament, –
tot, das Mensch. Der Engel
packt seine Laute weg.

V

Jetzt wußte ich, was
es war, dieses Rauschen. Es war
das Atmen aller Schlafenden dieser Welt, das
Stöhnen aller Liebenden und das Schreien
aller Gepeinigten. Alles zugleich
und auf einmal.

Dante und die selige Beatrice sind da
vor der Vita Nuova
die Bälle sprengen kein Glück Genosse
Gracieuse ist dort Belle-Belle vor die Hunde
Percinet gestiefelt, mit seinem blauen Kinnladen
sie knutschen tucktuck

Alles zugleich: Dante, Atmen und Rauschen, – da
wußte ich, es war kein Glück, das Schreien, – Genosse –,
aller Gepeinigten auf einmal, – vor
der »Vita Nuova« aller Liebenden, aller.
Die selige Beatrice aller Schlafenden zugleich –

VI

… Wie ich noch lebe,
weiß niemand, nur ich und mein
kahlgeschorenes Herz. Die Asche
kehren zum Staub, den Staub

zu der Asche. Ein Korn
heb ich auf.

... der Phlox unterm Donnerschlag
rote Schönheit in unserer Welt treibende tote Fische
alle Dinge voll Götter
niedergepreßt und blutend
ein Webervogel ist mandarinrot, der Harpyie ist darüber hinaus
auch der Kondor in seiner räudigen Boa ...

... nur ich und der Phlox: rote Schönheit
unterm Donnerschlag. Wie ich noch lebe
niedergepreßt zu der Asche. – Ein Korn : blutend
ist darüber hinaus, Harpyie : mein kahl-
geschorenes, mandarinrot »mein Herz« ...

VII

Bis gestern hab ich an den Tod gedacht
und hab ihm recht gegeben.
Was hast du nur mit mir gemacht?
Ich will jetzt lieber leben

... lös ein das ausgetauschte Lebwohlsagen
das Linnen entrollt in deiner Hand
mehr hast du nicht übrig fürs Land
und das Glas über deinen Augen unbeschlagen

Mehr hast du nicht : das Glas über den Augen –
unbeschlagen, – lieber leben, i h m recht geben –
fürs Land Lebwohlsagen, lieber leben.
Entrollt in deiner Hand, – bis gestern –,
das Linnen. Jetzt lieber ...

VIII

Heile Haut, hirnverbrannt,
gehorsamst herübergeredet
die Zunge, der Rauchmelder, im toten Winkel
des Obdachs, wie vor Jahren
als ich im Lichthof erwachte
aus einem Traum
und vom Brandschutz erschrak
von den Mauern vom Reden

Obdach unter meinem Rist den ganzen Tag
ihr dumpfes Schmausen derweil das Fleisch fällt
und lassen Wind sonder Verlaub und Gunst
der Rutenlauf von Sinn und Unsinn ist getan
die Maden nehmen sie schlechthin so wie sie sind

Herübergeredet : die Maden nehmen sie,
Sinn und Unsinn, verbrannt heile Haut,
hirnsamst, gehorsamst, im toten Winkel; im
Lichthof : die Zunge – sonder Verlaub und Gunst,
als Erwachte, – erschrak

IX

Als sonst gar nichts mehr ging –
du im Posteingang. Ach herrje.
Du sagtest, bleib aber lang
und ich hörte, ging, als der Schnee
einmal im Sommer, er sprang
mir ins Aug, …

… nocheinmal Aufrühren die abgestandnen Worte im Herzen
das Liebe Liebe Liebe Stampfen des alten Quirls
wie er die unverdickbare
Molke der Worte stößelt …

Ach herrje: Schnee im Sommer, im Herzen;
gar nichts mehr als »mir ins Aug« sprang
die Molke der Worte, unverdickbar, du
Liebe Liebe. Du sagtest: bleib.
… mir ins Aug'. Ich hörte –

Particell

… aufstehn und wandeln müssen, –
reichen denn die Zeilen? Nimm dich
voll Himmel und Erde : das Gitter,
das taugen mag . Ein einziges
offenes Wort – verhöhnt …

… ans Licht, Lichtung bloß : dunkle Höfe, leer –
einhergekrochen Demokrit aus Spalte, Schleim, so
nackt dieses, so nackt das, – die Lippen zwischen
Krücke und Stock, zockeln, vorbei.
So schrecklich : Welt, aus der …

… hab ich erzählt, wegschauend von
: wie Schweigen : von nie und früher
und nie hab ich erzählt – »zart zergeht das,
das Gesicht« … nihil nisi …
vom Erbe, vom Nie –

… schwarz anzuschauen, die Glorie aller:
Sünder. Überm Wasser, überhöht. Knochen-
-musik, : Engel, Engel, wie ein Pergament, –
tot, das Mensch, der Engel packt seine Laute weg.

Alles zugleich : Dante, Atmen und Rauschen, – da
wußte ich, es war kein Glück, das Schreien – Genosse –,
aller Gepeinigten auf einmal, – vor

der »Vita Nuova« aller Liebenden, aller.
Die selige Beatrice aller Schlafenden zugleich –

… Nur ich und der Phlox : rote Schönheit
unterm Donnerschlag. Wie ich – noch – lebe
niedergepreßt zu der Asche. Ein Korn : blutend
ist darüber hinaus, Harpyie : mein kahlgeschorenes,
mandarinrot, mein Herz …

Mehr hast du nicht: das Glas über den Augen –
unbeschlagen, – lieber leben, i h m recht geben –
für's Land Lebewohl sagen, – bis gestern –,
das Linnen. Jetzt lieber …

Herübergeredet. Die Maden nehmen sie,
Sinn und Unsinn, verbrannt heile Haut,
hirnsamst, gehorsamst, im toten Winkel; im
Lichthof. Die Zunge, sonder Verlaub und Gunst,
als Erwachte, erschrak

Ach herrjeh : Schnee im Sommer, im Herzen;
gar nichts mehr als »mir ins Aug« sprang
die Molke der Worte, unverdickbar, du
Liebe Liebe. Du sagtest: bleib
… mir ins Aug'. Ich hörte –

Fasanenstrafe: Steine

*S. 406

Yevgeniy B. zugedacht

… schütteres, worüber hin Gras
wächst : über Steinschmelzen. Über
Biestmilch, alles – Furchengezähle,
Gackern, Heuhalme

zählen wo Stein zählt, wenn er
unterm Druck seiner, der hoch –
der aufgeschobenen Last im Jahrtausend-
bruch schmilzt

da wird Gas frei, *»flüchtige Monde«*:

»schmelzen wollen, plündern, stehlen, anspringen,
bersten, wachsen, teilen, verweisen, dösen …« –

Expaare, wovon? Schulenschülernschulen …
Leipziger : hier Petrographie

Stein sein. Allein

geschriebes. selbst mit stein

2018

… das Verlangen

*S. 406

nach poetischer Kunst:
: … die Halsbeuge, die Leistenbeuge,
den Mund darin zu Lippen bringen …

so ein einfaches : uns : , … *Umhergeworfenen,*
dennoch
Fahrenden : –

l'opinion changée quant aux fleurs, Monsieur
Ponge, : Steine aux fleurs. Fleurs : darin
dieses Gelb der Nachtkerzen, (Mager-
boden,) :

Lithophanie : durchscheinend das Verlangen
nach poetischer Kunst : Steine, Steine. –
wie du mit der Fingerkuppe drüberstreichst …

über Haut : versteinerte Halsbeuge, versteinerte
Leistenbeuge

den Fahrenden : –

… ach, Mörike

*S. 407

»… you in a shiver of light, but each time
leaves in wind revealed themselves« Lisa Olstein

Staubgewerbe,
wenn man ins Detail geht:
verloren in Blüten.
Narbengewerbe : »auf /

eine Rose«, eine Wind-
harfe

: schütten, werfen :
für Augen der Schein,
hin-
gebreitet, nicht:
                raunend,
: ein einfaches Licht,
glanzvoll der Fall,
»… alles, was …«

zum Zuschaun. Auch
bei Paenonien :
Gedichtmorphologie

Am Fuß der Treppe

* S. 407

»vehachir mechorer« / »et le chant est qui chante«
Chronik, Buch II. Kap. 29, Vers 28 *

zutiefst,
zutiefst : aufgeschlagen am Fuß der Treppe
nach
Blitzschlag mit Herz, einer *Corona* mit Haar-
brand-/ geruch (neurologisch) : dieser

vergebliche
Helligkeitsaufschlag auf Fliesen, (achtzehn-
hundertfünfzig) beblutet : der Glasscherben steckt
noch im Oberarm, rechts; so'n Sickern …

zwischen den Fingern der im Gelenk
gebrochenen linken Hand. – : *ritorno d'ulisse*

– défibrillateur.
… die Stahlstifte in der Mittelhand eitern dann raus :
Hineni, Hineni

* Henri Meschonnic, *Éthique et politique du traduire*, 2007.

Proprium

*S. 408

… ich will nicht drum kriechen,
damit

DU dich runterbeugst :
s'wird sich schon hochhangeln

das ins Fleisch geworfene
: Wort vom Zuspruch

so wie's war, war's :

Rosa Eliescher summt,
singt –

neben dem Kachelofen
(mit'm zur Locke gedrejhten Haar)
dem Enkel das Rottelied :

»… hmt'tata, hmt'tata, żydulla bachraty …« *

* *polnisches Spottlied, übers. etwa:*
»rumtata, rumtata, guck die judenschlampe (judensau) da«

Arkonaplatz, Berlin, und anderswo geseijt

*S. 408

ein Linden-Lied für Chiara

… man geht zugrund und hätt'
so gern den Grund gewußt,
daß Gipfel unten sind : der Grund

reicht hoch: zu
Hals und Kehle, Hauch
& Luft : *pneuma*

: es sind zweihundert Meter,
am Arm der *cara* neben dir:
a Menschin …, Schritte

Die Aster bleibt, der Kutscher (Bier-)
ist ein *Relikt,* Strohblumen sind's
einfach nur Strohblumen …

(… *das Habersack-Lied : …*
»und wenn du dann noch schreist/
dann binde ich noch fester zu …«)

… ich geh zugrund, im
optischen Bescheiden, am Stock
& mit sehr wenig Luft

bei »Mon Bijou« : ich hab' gekauft
paar Knöpf', paar Augen : – ich habe Knöpf'
gekauft wie Augen : zum *Labor*

▿

(Strasbourg) : so aus der *Kälte-*
wanne, rausgeholt, als wie
gebleichte Köpf' von *Struthof* …

als wie, als wie, wie anderswo :
›geseijere‹
»ein kleiner Schelm bist du …«

so meistbeerbt, verbödet – *donna*

Bildverwickelt

*S. 408

Particell für Hohen Ton

… »im Glanz der Krone, wird Ver-
brechen schön« : *librettosatz, Mitri-*
-date, Barock (mit counter –)

im Glanz des Pflasters ward Ver-
brechen schön : zum damaligen,
jeweiligen neunten November,
nun :

… worin Platanen *nieseln*, jetzt im
Glanz : Lauerstraße; die Namen-
lese beim Ton des *Rohrblatts*

Singsang-verbringung am Synagogen-
eck
: *stockte* beim einundneunzigsten Psalm.
Schirm,

aufgespannt gegen den Nieselglanz
eine *Moses-/-komposition, nachgetragen*
: ein Grabgang
im Glanz der Krone, Fleischwerdung

im Brand, *pli à pli, lesbar* : Scherben,
Glasglanz

von Totenau her, auch

Heidelberg. 8./9. November 1938/2016

… leila tov, contre coeur

*S. 409

Nachtlied, Nachtlid

atemberaubend, – und
… dann, :
über die Lippenbremse bläst,
… blubberst du Inneres aus :

»jiddisch is loschn beazmoi«

als stünde dir
der eigene Atem, das Luftholen
entgegen aus Lippenlide, aus
Augenlide :

»Ss'is schwer oppgrenzen, wu
ess endikt sich
die ojsstrachtenisch, un wu
ss'heibt sich on
die wirklichkajt« –

mein Herz, contre coeur
ruht, müde,
und beides

Fels und Zerschellen
im *Sphinxsprung, das Hauchen*
– aus ;
unten, dann …

die challe wird brennen, nach
innen / hinaus
beim *Lichterzünden*

… dem Andenken W. Hamachers. Für Alexandru Bulucz

Doppelsamen

*S. 409

Mitte Oktober

… auf diesem Kiesstück blühn,
noch, auf diesem halben Quadrat- /
meter, : – *Geviert* – :

noch, die wilden Rauken über'm
längst angesetzten Samen, Rucola-
gelb, Nachtkerzengelb :

darin jetzt vier Zeisige : Körnchen
ausspitzen.
So denkt's, seit langem, vor uns,

vor *Heraklit*, was mehr ist
als *vier*, ver-, verrechnen; sich
verrechnen im Gelb –

drunter verkroch'n nun
die Eidechsen der letzten Sommer,
wechselwarm : welch eine *Machen-* /

schaft … // Was
von Hütten nicht sagbar ist, von
: -deggern & wesen : wasen –

Kreuzblütengewächs, Doppelsamen …
Vögel,
Bild, Hauch im Nu : Aufflattern

Heidelberg, sobald –

*S. 410

nach Ligeti, György. Drei Phantasien nach Hölderlin

sobald man dort innehält:
entblößt …

Lichtschutt, Gebrösel
im doppeltbrechenden Kristall:
entoptische Farben

: Boisserée

& dann doch, geht
das Septemberlicht hoch über'n
Sternkranz der Kornmarkt*madonna,*

durations,

stummgeschaltet, diese Überlager-
/-ung : Stimmenschrott, bierig,
trunkenheitsblöd – *»littretscher«* :

vexations

nicht nur Zeitwerte, auch
Tonlängen, quarzgedoppelt, ein
Abtrittsgelände; Hirnschnitte,

entblößt,
sobald man innehält, dort …

»traurig, nüchtern, tauchen …«

Wasser, trostlos, kunstlos :
Augenspinnen, -flimmern, Glaskörper-
trübung

nachbildend : Blendflecken, ein Zwischen-
innen, sobald …

für Clemens Bellut

Kohlenkutscher vor Kind

*S. 411

Rosa Riedel, geb. Eliescher s.A.

Potsdam, Gutenbergstrasse:
… schlug das Pferd, bis es
leicht hochging,
auf's naß glänzende Pflaster
wegbrach, nur
so den Kopf hob und die Zähne

da war'n,
in diesem frühen Licht, bevor …

Marktbeginn auf dem Bassinplatz,
Suppengrün, Dill, Dahlien-
geruch
einbricht
in die erinnerten Orte, wie es
sich drüberlegt über'n wieder

wieder begangenen Weg
: ungelöscht, das,

wovon z.b. gesagt wird :
lösch die Lupinen / unverloren

… östliches, nach hier, ins
Anschaun der Skizzen
zu *»guernica«,* hier
an der Wand im alten Schulhaus,
in der Lorraine

Lasker-Variation

*S. 411

»Komm, wir wollen uns näher verbergen … .«
(Else Lasker-Schüler, *Weltende*)

… radikal überschrieben :
Arsis und Thesis, und in
steigender Silbenzahl, stumpfen
& klingend jäh:

»Mostvergorenheit« – Klagegestein
zu Klippe geworfen : Klangliches,
Lasker-topographie fernher
in mir, von da, lesbar …

aus Lauten, End-
Rain.., Reim
: Heben,
Senken

–

(ich seh keine Schlange)

–

… voranziehen (Volk) , : »gibt's
die noch ? / bei uns
em Ort
gibt's koine me …«

Lauschgold, letzter Septembertag

*S. 412

(in Heidelberg, Heiligenberg im Blick)

: Lauschgold : nimmermehr …
wer hat das Recht, Licht schön
zu nennen, *den Satz vom Grund*:

Lichtung, Lichtung : ein Ort, ein Platz,
die Stelle, frei vom Holz / wood-
                                        wärts,

es währt, das schon *karolingische,* das
Holzwege zu nutzende Wegerecht,
eben nicht
                                        baumlos,

-wärts, -wärts : ein schlecht gestutzter
Kirschbaum genügt, und alles ist : Frage –
im Septemberlicht, so fast
                                        schattenlos

im Herfall von Westen, vom Feldrand her,
darin ein Kinderliches, ein Plaudern,
(… die Zunge) stößt leicht ans Silber /

der Zahnspange : ein Frühauf im Sprechen
vom
                                        Unvorher;

neunzehnhundertsechsundfünfzig
Turner – / brunnen – / nähe : Ort, da
die ersten grundlosen Sätze,

: *nicht* sehr willkommen im Abschied

                                        zum Anfang, hier

für Martina Senghas

Lormen, mit Primzahl

*S. 412

»cela sans plus«, Leo X (1475–1521);
... ein kleines Stück Musik

... fern, das Erscheinen der Robinien, – ...

»liegen wi'a Toter im Holz«
(Holzwege / -gerede) :

vom Sagen der Wahrheit
dies :

... red' ein'r zum *Kind* :

»es wär' besser gewesen, man
hätt' dich mit Kohle *ausge-*
stopft, in ein' Waschtrog gelegt
& angezündet ...«

–

... das Erscheinen in den Robinien:
der Kniefall in der Brache
vor dem Rainfarn. Und dem
anderen Kraut : Knieen ...
vor Hufflattich, Scharbocks-Gelb

»... dreifünfsieben, wo ist denn
mein kind geblieben ...«
nur teilbar durch sich, selbst : Prim-
zahl- wahr ...

fern das Erscheinen der Robinien;
das Fingerkuppenklopfen auf der
Handinnenfläche :
Mit-
teilbares, Tastbares, nicht sag-
bar, ein Stückchen alte Musik,
ungehört …

{...& ich in NY} , Poussin

*S. 413

i.m. Jack Spicer

… das übliche, Frisch et aliud, Bekannte,
times-platz, centralpark, riwwersidedrive:
Bachmanns Eichhörnchen, Herr Johnson, kein
Guter Gott in man'hattan

das jaulende Gelb, shell-crabs:
o dieses Frühjahr, Museen …
tv-dinner im Gekreisch, durchs Fenster
Hanna, ah, Arendt …

weiterunten, *galleries* : rein-
geschaut bei den rumänischen Juden.
Bei Mary Boone. Einen Kimono
von da trag ich noch immer

die *neons* für Harald, den Byzantiner,
nebenan: Carnegie Hall,
Wellington Hotel, : Talmi & Zu-

neigung-
:'s-winkel

.

: die Szathmarer, die Lubawitscher …
die, die die andren atmen, die
nicht *da* sind, den *forwerts* zu lesen :
und weiterunten, nach Bowery etc.,

im Großmuttergeruch, im Knopfladen,
auf dem *schamerle* sitzend, das wirkliche,
das *mame*-wörtliche : *da is mir a mejdele*
g'schtorbn', a mejdele

das Erinnerte (von Erinnerten) : die Knopf-
tuben-ballustrade, Fächer über Fächern
an *anderes* auf /- gehäufte, die große Zahl:
das *verkommene Ornament*

der Masse, an die gekünstelte Zeugenschaft
Herr Boltanski, Herr Kiefer : die beglotzte (haufen
-weis) Zitatschmiere, dieses Unvordenkliche:

    die *eine* Zeltnacht auf fisher-island
im *Schlagregen*wind : »vom Paradies her«,
reinigt diese Luft …

Pasquill, bitter … *S. 414

(für NN)

… zurück vom »ausland« :
das quartier als ein Tisch-
fußball-gespräch, Tippkick :
Gerede, Mechanisches, vom Kopf her,

drauf- / drücken. Schnell,
Menschlein spielen:
treffen. Kopf- / stein-
pflaster treten, den Weg treten

: Westhafen, Moabit : ein
Schild für dreißigtausend; Ab-
fahrt, Abtrieb: außer*landes*

»s'ist wohl dein Glatzenschutz, da
auf'm Kopp« : Tipp-kick, April,
April : Berlin

es ist gelesen, was zu lesen
stand …

(11. April 2016)

Rißvernähung : Oxygène

*S. 414

»Pour … niaiser et fantastiquer.«
Montaigne/Flaubert

… einer mit Gaumenspalte
& Knirschstimme (nasal)
holt mich mit Handdrücken
ins Atmen zurück,

nach Stillstand, Lichttunnel,
nach dem Blick, so
von oben, auf mich
als zuende, zum Anfang

ins Atmen zurück.
Die Flasche mit Luft setzt
nun erst Hauch und Sirenen
aus Stille in *othem* und Lettern:

wörtlich, der Dichter
als junger Mann:

contre-valeur, ein Tonkamm
die Suturen, …

Tonwahl; Hallraum o.J.

*S. 416

»Nirgendwo unter den Lebenden. Bleibt er.
Kein Messer stutzt« Rosmarie Waldrop, *Hölderlin-Hybride*

… Abend-
-ausgang, rausgechipt, aus der
Grundlos-, aus der Trauer-, kammer:
Furt-/ bach: *clinique*

Schrittchen über'n vom Regenschnee
verspiegelten Platz
gespiegelt in den Glasfronten von was, en face,

…en arrière:

»der baumhohe Gedanke«: einer
käme, jetzt : mir :
mitten ins Herz, zwischen die Schulterblätter:
zu stoßen: das Messer, -vorüber,

im vorüber, -über, -übergehn :

dieses »endlich« ins Jetzt zu stoßen,
auf den glanzvollen Asphalt zu legen,
flach, dem nicht sichtbaren Horizont
anzu- / gleichen:

geklöppelte Nerven-
Spitzen, getaucht:
mon âme, Seelchen, *»vergiß es ja nicht«* –
im Porzellanschlicker;

weiß gebrannt …

»was er dir Gutes getan hat …«

Stuttgart, Rotebühlplatz, Dezember o.J.

Für C.C., die mit mir im Dezember dort ging, wovon hier erinnert ist

Sans, Souci / Schwan und Virgule *S. 416

»Ende, es ist zu Ende, es geht zu Ende, es
geht vielleicht zu Ende« Samuel Beckett, *Endspiel*

…,… ich find nicht hinaus / ein-
gesagt aus der eigenen Kopfstimme :

über den schmatzenden Stülpmäulern
der Goldfische – »hoch aufsteigt der Strahl« –
im *vierpassförmigen* Brunnenbecken,

… *daneben, auf dem Kiesweg* :

schlägt der Schwan mit seinen Flügeln
den jungen Russen zugrund,
reizprädestiniert –

–

… am Ende der, vom Barockgelb herab / terrassierten
sanften Treppe, hinterläßt
»eine Fledermaus eine Spur

im Porzellan …« (Duino. Die Achte …)

: Spur :
… fängt sich im Komma : um-
: -gestülpte Geschichte, ohne

Zweifel, –

im Blick: die ausgeglaste, ausgekühlte
Orangerie, dezemberblöd, -blind :

,… *Sinn macht's, Sinn*

Tropus, Ostern

*S. 417

»Trag Sie Ihre Auge zum Jud und laß Sie sie putze,
vielleicht glänze sie noch, daß man sie für
zwei Knöpfe verkaufe könnt. …«
Büchner, *Woyzeck*

»He, Bub ! Sa ra ra ra !«
(… wippt Marie das Kind auf'm Arm)

: »das Lamm das
ist vom Anfang der Welt.« :

als Gründungsmord verfestigt:
der Schächt- /
Schnitt : Dauer

… für'n Aug'nblick, etwas
wie Braille / -schrift, das
: zu Tastende, das Seh'n

das Fühlen vor Augen,
der Blinde im Pergamon
(mit Rainer)

»komm mei Bub ! was
die Leut wolle« …

Grabstätten / für Augen.
Auf …

Über dem Gras … *S. 417

Spätlied, kinderlich, ja –, Clemenciana

… und darunter; : Jesaja-
geseijere : ein Wind, ein
Wehen, ein November-
regen, das Senkrechte, das Fallen:

dieses Nichts von oben: *nur*
Regen, diese Umkehrung von
hinauf, hinauf: wie's aufsteigt.
Es fällt:

zukommt's, über ein Wort
das andere : über dem
drunter : und hinauf, hinauf …

»bei Wein und Verlorenheit«,
drunter : es sei ein
»Überallgrün«, schön – …

vermutend, in höherer Stellung,
beugt sich's, ein bissel
über Gras : ein Wort,

das ver- / wäre, / -nehmbar, zum
:Wohnen:
»allhier«, hiesig, im Großen, un-
vernehmlich. Nun : ein erinnertes

Stottern, – als bliebe
über'm Gras ebbes, – so
als *Du-blubbern, bubern* …

▿

und dann : ein Jauchzen, es –
: ist ein Bub, mit einem
blauen Luftballon,

»entsprungen :«
in höherer Stellung, unvermutet …,
hier

Verleihung, dominikanisch

*S. 418

rosengestützt kehren die Schiffe
: zurück : inmitten deutsch-
eichenriefigem, -triefigem,

geriffeltem Klavierlackschwarz
: Gerede, mikrofonuntertöniges
vor leerem Glanzgestühl, schwer

verständliches, von Exil zu Exil,
unter einer Kuppel, einem *Heil*-
restsaal mit Talmifresken:

Runen …

glanzlos : eitel-teitel,
einem über Buchenland,
über zwei Meere,

über *eine* Sprache, die …
: zurück : gekehrt, nach
gereicht; – in einem Haus,

darin *unwidersprochen, un-*
widerrufen : *Schild aus der Akten-*
tasche hochfuhr : *Deutschland*

erwache … / und dann, später :
auf'm Pflaster nachgestöckelt, Pumps-
parole (la parole) – : »Oh, wie gut,

daß *Sie gekontert haben*« : diese
Makramé-Konnektivität, Wollhand-
Krabbenmentales …

Vertikal, noch

*S. 419

… noch niedriger, zum Knien, zum,
zum hinunter Beugen, zum Hinknien :
tiefer, noch, noch

mehr, das Riechen dessen, was
da hochkommt : wächst, sich
aus Eins und Nichts, aus Licht

ins Grün schiebt, blüht :
»… und seine frucht bringt zu seiner zeit«
: dieses Geringste z.b. der Mohn, oder :

dieses von Dreck überschüttete Stück-
chen Boden, Brache, *Ödnis* genannt:
da raus, drüber, beugt sich, hängt

hinunter, bis zur Berührung :
Basaltschotter : Schmetterlingsflieder, nicht
Strelitzie, … Blütchen für Blütchen,

heliotrop; auch das Ausblühn, nach
oben, wenn's schließlich zur Ver-,
kommt-, zur Verrottung : vertikal …

… nicht getilgt: das Staunen,
aristotelisch

… Schöntrauer, winters

*S. 419

(Beginn von etwas –)
für Philou Josso, begraben zu Strasbourg :
unter dem Klang der Duduk

… der Schein trügt, der Fragen …
Stein sein ? – sein sein,
ach Stein. Geode, Sein
»estre« –

und dann der Schneekuß,
das Gefrorene, jung unter der Zunge,
Parzen gelöffelt, Monsieur Teste:

reim:brochen, alex:driner
-ge-, -an- :
und Würfelwurf

hasard, par hasard, schön:
als könnte man winterlang würfeln
oben, hinter St. Dié, Moyenmoutier,

: an einem Ort, der heißt
»quatre chemins« und ist
lieber dem Eichelhäher sein

»estre« –

…

▿

Todt'n-
au; -berg : (aus-) weidet /
mich
»auf grüner Aue« : Psalmen-
weinen
»estre« –

Nichts hat der Meßknabe gewußt,
von der Goldammer z.b.
oder vom Flechtwerk oder:
Flechten; oder »Linnen«, Gewebe : *textura*

darin: vom Unterliegen im Schnee
nach einem Schuß vom Kolonnenrand her …,
nach Runen- / fraktur

»… aussi loin qu'un endroit
fusionne avec au-delà …«

Steinchen : Sein

Schneeschaun

… & siehe, es fällt, es
ist'n Geräusch ohne Laut, leise / tut's
: nur von oben herab :
Schnee ist es, der bedeckt, natürlich: / ein Tuch

:zugedeckt, noch im Schlaf, da wir sind, zusammen ein Zwei

daraus man einen Schlaf tut / dieses
: es ist einfach / Haut über Haut :
haut, – einen Schlag …

wenige Worte, drunter

: so als hätten wir
etwas Zartes im Hauch, der
uns zugedeckt –

Pastiche

*S. 419

für Alexandru Bulucz

… daß man ein Haus
einweint

…. man nähme / an, …

auf, das : den
Haken kosen :
als Schlachtstück, – nähme

man an, man nähme, namentlich
an : etwas wie : *recours*

… an : Mann, … Name, An-
nahme

so etwas
wie *Gregorianik* –

epiphanie, als könnte man's
runterbrechen, : rabrecha :
auf Neumen –
auf's *Stundenholz*

und dann bleibt da,

doch – :
nur ein Nußbaum,
vor der doppelgiebeligen
Klinkerwand

… *que je meurs*

Poèmes Poëtra

2015

Paris ist schwer

Paris ist schwer :
in der Metro leuchtet diese schwarze Hand,
eine Haut wie
: dunkel und hell :
diese Rinde der Platanen jetzt
im April

: der aufgehobene Stein, drecksfarben,
vom Trocadéro :
darin eine Druse

und später, einer spuckt in die Seine
und später, zum Anschaun :
gezuckerte Mazzot forn mit

und später : l'après-midi, die Zuckerbäckerei
am Vorabend des Schabbat :
les cornes de Gazelle, der Ruf :
»la famille, la famille,
ashkenaz, ashkenaz« :

Paris ist schwer

Goldrand mit Schweigen

*S. 420

Du
hast mich »schweigen hören«,
sagst
Du am Pfingstmorgen

auf dem goldheiß überdampften
Balkon, beim Taubenruf :
»batsch du de bue, batsch du de bue«

… indes du dir die
Wanderschuhe schnürst
Haken für Haken den Schnürsenkel
hochziehst
&
den Doppelknoten machst – :

… gepackt für'n Weg, für'n
uns, nicht in …
»was ach, was ach« über'n
Col de Bon Homme

: Maien-Lust :
»gehen, gehen, gehen« : diese
Litanei, wie beim :
»reiten, reiten, reiten«

und dann der Abgrund unter
den Vögeln hoch über Dir :
der Oberlin-Ruf :
»… sondern hat Lust zum Gesetz des Herrn …« :

Du

… man nennt es Glück

*S. 420

… vielleicht auch Trauer. Man
nennt es Glück : das
Hinhauchen von Dolden,
im Juni : Holunder

… etc., – das Ganze
»es kreucht & fleucht« :
man nennt es Glück :

den Hagelschlag in die Kirschen;
es ist ein Sirren
in der Luft; wenn du
um die Kirche gehst : hier,

wenige Schritte, dann fällt
dich alles an : kurz nur, bevor
die Lindenblüten platzen, dann :

»… zirp ich leise, wie es Heimchen tun …«
im Zitat find'st dich, immer :
du bist eins;
man nennt es Glück …

man nennt es Glück, das ergriffene, das
Ableben auch, so als wär
nichts & doch :
alles ist da : beobachtet, gesehn

: liegen ineinander; wie
zwei Muschelschalen : Saint Jacques –
auch das : ein Heranwachsen …

man nennt es : Glück

Rue de Verdun, Strasbourg

Dumeindu :
ich seh sie hüpfen
die fröhlichen Kleinen,
mit den Zizzit :

zwischen St. Arnold & dem
Fenster am Eck : Rabbi Schulmann

Dumeindu :
ich seh dich hüpfen,
gottesläufig,
ich seh dich hüpfen :

Rosenhügel,
in meiner Hand :

»als alle Knospen sprangen«

Jenufa, im Juni

*S. 421

… und dann juchzt Du :
»ich will einen Vorhang vor'm Fenster /
im Zimmer : haben, wenn

ich sterbe«

… das Kind, das Kind
geht unters Eis,
schon jetzt, inmitten : c'est froid

Träume; in der Früh :

: und am Fenster hängt
ein blauer Vorhang :

… : und Hölderlin, sagt einer,
sagt einer, hörst du : /

spräche (sagte einer zu dir) :
das blahblahblah … :

»spräche« :

von Menschen, die hinab /

: stürzten vom Felsen, von Klippen, :
wie ein ausgeschütteter Eimer,
: Wasser …

… es dürfe, es dürfe
nicht sein,

dass man's aushalten müsse; schon :
jetzt :
»Kindchen«

Drei Stücke im Volkston *S. 421

nach Anton Webern, op. 11

1. Pastorale

… O Entzücken. Nichts
rührt sich in der angezündeten Stille,
entfacht

noch im November das gebrannte rot-
braune Laub. Buchen-
wald. Das Ungetröstete

beim Hinabfahren von Grand Fontaine,
hinunter nach Schirmeck :
& dort : Struthof, dieses grundlos Ländliche;

drüben der Rhein. Ja
& Tübingen …

und : was heißt hier :
»… von den Wettern zerrissen …«?

2. Eichendorff, etc.

… ging gegen den Horizont
durch den Park von Saint-Cloud :

Saint-Cloud : die geplatzte Rinde der Platanen
& dieses Brechen. Ein Geräusch /
»auf's gezackte Laub treten«

–

fraglos :

»einmal Opfer, immer Opfer«

–

beim Gehen auf Kies : Knirschen
gegen den Horizont,
diesen Querstrich über'm

aufsteigend weit nach vorne gewölbten Weg

3. Winterreise

»– vom Aufgang der Sonne. Bis
zu …« – / Ein & Aus

: dazwischen ein Kyrie-Teil

–

… was, bitte, was hilft's
dem da : »… da geht der Jud,
die Ratte …«

»… und unser'n kranken Nachbarn /
auch …«

»…, dass so was wie du (überhaupt)
hier gehen darf …«

»… und unser'n kranken Nachbarn
auch …«

–

von fern her : Berlin,
Große Hamburger Straße :
da, in den Liguster scheißen Hunde.
Mendelssohns Denk / Stein steht. Auch
: hier; welch ein Gedenken …

vom Aufgang / Morgenstunden, …
ihrem Untergang, zu Nichts : O

für Rainer Blum, Berlin

… mit Ichton

*S. 422

(… wie ein Psalm)

… warte; Du :
Hauch. Schwalben
hängen in den Drähten;

jetzt : sie fliegen tief;
das Leichte, das
sie tun unter
der ausgebreiteten Hitze :

ein Hauch, oben, über …

–

»now when I was young
… and …
as the grass was green«

–

: diese Worte, Jesaja;

warte du Hauch :

–

» & ob ich
schon wanderte …« / den
Kinder-
Toten, den Liedern nach

unten, unter
dem Gras ein Leich-
tes :
warte Du. Ich …

… oder so was

*S. 423

Frühchen im Schnee-,
: welche Töne
unter den Primeln

Orangerie, Strasbourg :
Störche klappern, sie
müssen's.
Komischer :
der Jud da

Wieder Platanen – die
(abermals) geplatzte Haut.

Wo ist : mein … / :
der Körper, dieses Gewächs.

… ich habe gekniet, mein Liebling
: geh weg. / Ich geh weg …

es ist eine Litanei hier oder so was.

: oder sowas

Harbouey, im Juni. Zur Nacht … *S. 423

… Fledermaus :
unter dem kleinen Wagen /
so'n Schwirrn im Nicht-
hörbaren; indes
im Radio von Borges gesprochen wird …

: wer ist hier blind, wer war, :
wahr, blind …

wir lassen's den Worten zu :
zu sein.

… ein Lidzucken flüstert ins Flattern,
das sich : gut
zurechtfindet im Flug

das war's schon &
wird's gewesen sein; jetzt
fallen die Schwalben
in die kürzeren Tage :

wie stets und immerdar :
»unserkeiner lebt sich selber« :

Geschriebenes, geschrieben,
: Geflogenes, seit je …

Holunder, jäh …

*S. 424

»… Falsch ist nicht in mir …«
Heinrich Heine, *Donna Clara*

»… tausend weiße Blütenflocken …«
(Herr Heine) :

im August hängt
vergossen Blütenduft handtellergroß
im Busch : kleine Knoten … / schwarz

»… laß die Juden, laß die Mohren …«,
kosend gesprochen, es
klingt nach, was versprochen war : so viel …

wenn du, dormeur,

im Kies liegst, auf dem Rücken,
aus den Ohren blutend,
die Arme seitlich ausgestreckt

& unerhört : , von oben,
vom Ackerrand her
das sich aufschraubende Gebrüll

der steigenden Feldlerche

Aprèslude
»Dann geschah es. Während die Frau das Gesicht betrachtete, das sie mit Tod überzogen hatte, wurde sie von einem großen Lärmsturm beiseite gefegt, der mit seiner langen, triumphierenden Heftigkeit sogar das Haus erschütterte und in einer schwindelnden, perlenden Tonleiter immer höher stieg, bis er sich schließlich auflöste und mit dem Atmen des Waldes und dem rollenden Tosen des Meeres verschmolz. Man fand sie, wie sie sein wildes totes Haar liebkoste.«
Samuel Beckett, *Assumption* (in: *Transition* 16/17), Paris 1929

aus: Zwischen den Zeilen

1996

Melencolia drei, Ducasse

*S. 424

Schneeweißer, ach : rosentot-
ein gedroschenes Blau

so groß als wie …
: was glotzt uns an
als wie ein Brocken Kalk

tu sais, tu sais,
zwei Himmel über Paris

an der Place Vendôme
hockt ein Affe aus Blech
und trommelt

wer wird das wissen,
was uns heißt, Isidore

für Harald Kröner

Les Adieux

*S. 425

Schönheit mit Stirn
:einer, der übern Acker
geht: gebeugt

hinter Bad Soden:
das Gradierwerk schrammt
in den Himmel

Schönheit mit Stirn:
jedes kann mißbraucht
werden. Gebraucht

die Nähe der Stirn

1996

Ellipse

ich rieche den Herbst:
fünf Fetzen Bienen liegen über dem Horizont

eine Eule schlägt eine Kiesgrube
: beiseite ein … Schlag-
-glänzen: über das was:
Horizont / Berg

ein Tibet, nah oder fern /
es ist das Gleiche,
was über's Fachwerk beschlichen wird:
das Zeit braucht »fürwahr« –

und – nun: bricht das über uns hin:
zum Bestarren.
Es glotzt. Das war
ein Mond über dem Kreis:

Geruch

Aus Polenland. Aus.

*S. 425

Die Sonne so breit als ein Menschenfuß

Zueignung

Auf der Suche nach Bildern des im Sommer 1944 verstorbenen polnischen Malers Stanislav Kamocki, auf den mich Edwin Neyer aufmerksam gemacht hatte, kam ich im November 1981 nach Krakau. Die Gedichte entstanden nach diesem Aufenthalt, der in schwieriger Zeit glückhaft war. Ich widme die Gedichte dem Andenken an den Bildhauer, Maler und Architekten Edwin Neyer, der im Januar 1984 starb, dem Andenken an Stanislav Kamocki, der leisen Freundlichkeit von Zbigniew Herbert, der jungen Anna Bizukojc und dem alten unbekannten jüdischen Uhrmacher und Füllfederhalterreparateur im Hinterzimmer eines kleinen Ladens in der Nähe des Hotels Francuski in Krakau.

1.

... derer, die gafften:
flogen nach oben
die Haare / zu Lampen

brennte, brennte

es ist campo
und Silbe: dei
& fiore
oder: Fischmarkt

Das ist auch polnisch.
So sah ich's / Allein
im November
an der Wawelmauer

(und sie schleppten
den alten Priester zum Beten)

2.

            ein Lied-
-en. N/-orden.
(& M) –
so, ordnen zu Sätzen
/ zu Gedicht. Keins,

kein Ende, kein
Weichsel-
-n, -en: ein Lied

3.

ein Unbegrabenes zu-
uns, / es steht

kupfern: zu Stein

Mauern da vor dem Mund
: es heißt März,
polnisch. Zweimal:

ein einfaches Luder
quer über'n Platz
und im November
geschleift.

Gelbe Chrysanthemen / der Bläser
vom Turm in Krakau:
Stündlich

: es sei Schönes,
im Winter

4.

der Finsterneid, das
was wir im Winter haben,

:das Kind stirbt nie,
das aus dem / wie war
der Monat:

November. Als hieße es
polnisch oder
deutsch: fließend alles,
Krakau und Gantenwald,
Schwabenland …

5.

bei Flüssen zu stehn,
im Eis. / Diese
Hebräerbaracke, da, dort:

Polackenwinter entbinden.
Verscherrt, – arr –
.-t.
Geborenes: schön

der Schläfer hängt kopfüber

Finistère, finis /
terrae, - … erd,

& werden, stirb

6.

Chasse

»Schassen«, eh: Jagen

Schnee hängt in den Fasanen,
in den Misteln –
Chasse

                    Stücke: diese
Landschaft um Epernay
:Kraków:
auf die Schienen gejagt
zu winters,
auf's Gleis: Jagen,

treiben gehn, zu
Ketten das in der Kälte:
laufen

:tierisch. Vieles zu sehn:
es ist ein Winter,
es war Haut, zu Schutt
es war ein Winter

Bemerkung zu den Gedichten »Aus Polenland. Aus«

Die Sonne so breit als ein Menschenfuß

1.
Befragt …
… nach den Gedichten, antworte ich: nach langem hat sich in den letzten Monaten mir der Gedanke verfestigt, einer Reihe von Gedichten den Auszug aus einer Partitur voranzustellen. Der erste Platz gebührt der Musik. Sie gliedert die linear und in bestimmten Bereichen mehrfach überlagert verlaufende Zeit. Dies geschieht noch vor aller Bedeutung und hat in der neueren Musik zu einem formalen Reichtum und einer befreiten Sprache innerhalb der Tonkunst geführt.

2.
In der Rue de Buci …
… befragte ich im Frühjahr 1984 einen jungen Freund, dessen präziser klassischen Bildung ich ein Urteil zutraute und der mich, aus Berlin kommend, nach Paris begleitet hatte, um mit mir die erste Ausstellung mir befreundeter Berliner Maler in Paris zu besuchen, nach den Gedanken, die ich oben skizzierte und die aus dem Herbst 1983 datierten.
Im Namen der Rue de Buci und im Namen des Cafés gleichen Namens, in dem wir saßen, verständigten wir uns darauf, daß es statthaft sei, als Antwort auf eine Befragung nach Gedichten, eine Partitur ein einziges Mal vorzuweisen, dahinter aber als Abschluß und wie ins Offene weisend den Satz von Heraklit zu stellen: »die Sonne so breit als ein Menschenfuß«.

3.
Mich fragend …
… stellte ich nach einiger Zeit der Umsicht fest, daß die ausgewählten ersten Takte einer Komposition von René Leibowitz auf einen Text von Raymond Queneau und die sechs Gedichte »Aus Polenland. Aus« nun im Sinne einer Antwort wie eine Komposition zusammenstehen konnten.

Der Ausgangspunkt war, etwas zu meinen Gedichten zu sagen. In der üblichen Weise, die für mich wenig sinnvoll schien, wollte ich es nicht tun. Ich wollte es überhaupt nicht tun. Und wenn, dann ein zugegebenermaßen erstes letztes Mal unter der Voraussetzung, daß ich sprachliches Material, das sich außerhalb der in Rede stehenden Gedichte fand, so anordnete, daß dem Leser entscheidende Hinweise gegeben würden, wie sich für mich das Gedicht entscheidet:

Was gesehen wird, sind die Metaphern.
Es ist die Kunst, die sie zu klären hat.

: René Leibowitz, der seit 1926 mit Unterbrechungen in Paris lebte und in der Nachfolge von Schoenberg und Webern ein umfangreiches musikalisches Werk schuf sowie eine intensive Lehrtätigkeit ausübte, wurde 1913 in Warschau geboren. Ich wurde vor einigen Jahren in Paris durch Zufall auf sein Werk aufmerksam, dessen theoretischer Teil in Deutsch nicht vorliegt. Die hier zitierte Komposition faszinierte mich in ihrem mehrfachen Bezug zur Metapher.
Die sechs Gedichte enthalten an keiner Stelle eine Metapher. Sie sind aus genauen Ortsangaben, Wiedergaben unmittelbarer Beobachtungen und Daten nach einer rhythmischen und lautlichen Struktur gebaut. Sie enthalten geschichtliche, geographische, jahreszeitliche Angaben, die Polen, Deutschland und Frankreich betreffen.

2.
Im Vertrauen …
… darauf, daß in der Sprache mit dem ungewohnten Zusammenbringen von normalerweise Entlegenem, wobei noch in der Auflösung die Normalien der Sprache, die grammatikalischen, die syntaktischen und auch die begrifflichen intakt bleiben, kann der Schrei als ein Bild von Sätzen geschrieben werden. Mag auch mancher Purist bei solchen Abweichungen, wo die Grenze zwischen Ungewohntem und der tatsächlichen Verfehlung nicht immer sichtbar ist, sich zur Sicherheit der Metapher retten, ich lese und höre und sehe so.

1.
Sie sagen, …
… Sie verstehen meine Gedichte nicht. Haben Sie sich je gefragt, ob Sie sich verstehen oder ob ich Sie verstehe?
Sind Kompositionsabsichten so deutlich zu erkennen, dann ist es erlaubt, weiter zu fragen.

Schluß: 1., 2., 3.,:/./:3., 2., 1. …

Ein Menschenfuß so breit als die Sonne. Die 2 mal 2 Sätze und der in 2 Hälften geteilte Mittelsatz, der getrennt wird durch den Punkt zwischen Metapher und Kunst, stehen zusammen mit dem Kompositionszitat von Leibowitz den sechs Gedichten gegenüber: 2 × je 6 Teile mit einer unterschiedlichen Aufgabe. Nimmt man die Zueignung noch hinzu, so kann der aufmerksame Leser alles wiederfinden, woraus sich die Klärung einiger Metaphern als Gedicht herleitet.

Heidelberg, den 6.1.84 R.R.M.

Ellis Eliescher

Chasse de Neige
Schneejagd

1994

Seit

*S. 466

seit Schnee:
viel / Laßt fahren.

Dahin

… von dannen er /
kommen …

seit Schnee fiel
über alles, ein Tuchenes
ein Hemdenes. Zu sehen

: großes Weiß / Ein

Hinhauchen; rosentot
ist winterviel

Berlin, Berlin

* S. 426

etwas, das sich …
(wie von weit)

tönen

hineindreht hinter das
Delphi,
Paris-
Bar, Kantstrasse

Rot / Blau:
ganz leis über's Eis:
Ein Februar, so

glatte Menschen / schön
gehn unter's Eis,
drehn

Minolta-Blau zu Stern:

Rot-sickern: eine gekachelte Szene,

: screen

So: Spanisches

*S. 426

... ja, es ist
die- /
-se Konjugation
von Schnee und tun

: Alberti:
des, dem, den
durch Schnee

ich & du

(gegen den Winter gehn)

wir zu sagen
(tun uns zusammen)

wollte doch sagen:
Liebste / Schatten
: Erlen.

… als ginge es.
Es ging. Es …

Chasse

*S. 426

»schassen«, eh: jagen

Schnee hängt in den Fasanen,
in den Misteln –
chasse

Dahmenstücke: diese
Landschaft um Epernay

auf die Schienen gejagt
zu winters,
auf's Gleis: Jagen,

treiben gehn, zu
Ketten das in der Kälte:
laufen

:tierisch. Vieles zu sehn:
es ist ein Winter,
es war Haut, zu Schutt
es war ein Winter

fratres

1993

... ut pictura poesis

Fragmente zur Entstehung von drei Gedichten

Diptyque. Wintering out

*S. 427

1. Losigkeit

… ich friere nur
im großen Haus, so
unverlassen da

»I'm not the only one«

Die Verreck'-Parole an
der Wand: und
Ebereschenschön mit Amsel

»I'm not the only one«

Ein »Türken-Raus« (zum Löw-
-enzahn: das sitzt
in Lila: hingesprayt

–

»du bist a ganef«, – dieser
immer hingesprochene Satz,
»du Schachteljud, du
beschissener Freier …«

… doesn't he look
jewish at all …

so unverlassen da
der Spruch …

2. Still-life

»… & auch gewiss sein müsste …«
welch ein Wort
: für Dreck, wo-
hinaus es läuft!

……. wie ein
          Wort:
          »genug ist nicht genug«
das heißt: eigentlich keiner…….

»mit Bewegtheit«

aber in der Zwischenzeit
ist
: ein Leuchtstreifen, weg wohin …

laufen

Col de Nideck

*S. 428

… der Häher im Garten
auf dem Riespflaumenbaum
(den ersten Januar)
: ein geborgtes Kreischen

aber
wie ein Zitat, geborgtes, bedeutet's
:»dass ich weiter geatmet habe«

–

die vor Jahren
sous le col de Nideck
gefundene Häherfeder war,
: sie aufhob:
hiesig, vorbei

wie ein Vogel das macht:
innig: das Ge-
wesene, -fieder

Schreiknoten

1993

*S. 428

Die aufgefundenen Papiere eines Laurent Erstein

Herausgegeben von Rainer René Müller

Avant-Propos des Herausgebers

Im Sommer 1988 verbrachte ich etwa zwei Wochen in einer Jagdhütte auf einem inzwischen verkauften Gelände in den Vogesen in der Nähe der Ortschaft Schirmeck. Diese Hütte wurde mit Einverständnis des seinerzeitigen Besitzers von verschiedenen Personen benutzt. Es war üblich, daß man, verließ man die Hütte nach einem Aufenthalt, für den nachfolgenden Bewohner Feuerholz und Reisig sowie Papier vorbereitete.
Zwischen diesem Papier zum Anfeuern fand ich in jenem Sommer ein Konvolut merkwürdiger Papiere. Es handelte sich um verschieden große Zettel oder Blätter, teilweise Zeitungsränder oder Zeitungsausrisse deutscher oder französischer Zeitungen, die entweder mit Bleistift, Kugelschreiber oder mit einer offensichtlich älteren Schreibmaschine beschrieben waren. Diese Notierungen eines Unbekannten, der, so schien es, in dieser Hütte an einem größeren Text gearbeitet hatte, waren auch nach Nachfragen nicht einer bestimmten Person zuzuordnen. Es fand sich lediglich auf einer Art Vorsatzblatt eines kleineren zusammengehefteten Bündelchens schmaler Papierstreifen die Bezeichnung »Laurent Erstein. Nota«. Diese so gefundenen Notierungen, die teilweise datiert oder in einem verweisenden Kürzelsystem abgefaßt waren, als bezögen sie sich auf einen anderen Text, gebe ich hier in der Weise wieder, wie ich sie vorfand.

R.R.M.
Heidelberg, im Frühjahr 1993

Laurent Erstein. Nota

… ich weiß nicht, ob ich unbarmherzig bin.

1.6.83
Wie weh das Sehen tut. Wörter, für die wir keinen Namen haben. »Die Zartesten, denen der Schmerz erst die Welt erschloß«. (Baudelaire, Tab.Par.) – Das Wort Tiegel.

20.11.83
Flemming: Gedicht auf den Tod eines Kindes. (=Barock im Verhältnis zu Brentano.) – Rumpelstilzchen: … weil die Königin ihm das versprochene Kind nicht gab.
Daß die Realität als Medium vermittelt wird.

12.1.86
… dass ich mich so nicht zum Verschwinden bringen kann, auch wenn die Eltern mich mit ihrem Tod bedrohen.

31.1.83
manchmal der Gedanke, daß ich meine eigene Vernichtung betreibe, um danach ein Glück einzuholen. »… etwas über den Haufen wispern«

25.2.80
beryllisch

7.6.83
… jemand, der sich zu sich selbst wie eine Vorlage zu einer Beschreibung verhält. Dieses Verhältnis also lebt. Er sagt niemals ich, ohne sich als ein anderes zu meinen.

10.8.83
Auf Bewahrung der Haut aus sein. Das ist beides. Oder unter Bäumen zu gehen. (–never more …) Es holt mich ein: Trümmer im Kopf.
Kies und das rhythmische Fallen einer Fontaine. Das ist ein Zitat. Darin kommt einer vor. Fassungslos vor Bildern stehen. Weil sie noch immer – auf kleinstem Format – Abbild versuchen. Abbild von was? Es ist doch das Medium oder was man so nennt, das längst gewechselt hat. Die Frage nach der retrospektiven Erkenntnis. Zumindest des Anschauens.
Seit wievielen Tagen (es sind doch schon viele) schreibst du dir nichts mehr auf? Bäume: Fassaden, dahinter nichts. So weit ist der Kopf. Daß du müd gehst, als ein Überlebender, fast. Sätze zu machen, wie eine Abfolge von Tönen. Dem Körper entgeht keiner.
Das glückliche Grinsen über ein paar Zettel. Eben: Wörter gebraucht bis ans Ende. Das ist ja da: einer geht. Und viele. Ich gewöhn mich an mich selbst.

8.6.83
… man verlangt, daß ich die Verletzung durch Einsicht sanktioniere.

20.9.83
… die Krümmung des Raumes: die technische Umsetzung des Klangs. »Du bist nichts als ein Wortspiel aus Vater und Mutter.«

2.8.82
Der heiterste, in Auflösung begriffene Himmel, darin weiße Wolken still stehen. Es ist das Blau, das sich dazwischen dreht und nach oben aufbricht. Ein Bussard, so hoch, daß er erkennbar bleibt, zieht eine gerade Linie, schwarz, aus gleichmäßigen, lautlosen Flügelbe-

wegungen, bis er in einem unsichtbaren Aufwindwirbel zwischen den Wolken über dem tiefergelegenen Tal einschwingt und sich still weiterdreht.

Du willst noch im Unglück glücklich sein, oder, wenn dir dein Glück nicht zum Unglück gerät, bist du deines Glücks nicht sicher. Das Unglück also suchst du, um daraus das Glück zu schlagen.
Im Verhältnis zu D.: »Brodeln gehn«. (Es war ein Wort zwischen uns). Ob er mich dafür bestraft? Er wird durchsichtig, bis man ihn ganz genau sieht.

4.8.82
Die Bilder sind das Schweigen zwischen den Dingen. Das ist nicht metaphorisch aufeinander bezogen und ist selbst auch keine Metapher. Sicher wäre in der Poesie die Metapher aufzulösen. (Wird man dann lesen können?)

5.8.82
Hier herauf kommt keiner. Ich stelle mir einen großen Stein auf den Tisch. Dann sprechen wir miteinander. Es gibt keinen Plural von Stille. »Silence« ist die Primzahl unter den Wörtern. Ich habe den ganzen Lärm mitheraufgenommen. Die Stimmen reden einfach los, – ich entgehe ihnen nicht.
Eine dunkle Erinnerung: allein im Salon des Hauses, in dem meine Mutter als Fotografin arbeitete, sitze ich im abgedunkelten Raum an einem schwarzen Flügel und spiele.
Ferner: die grüne Schlange im Garten (Steingarten), die mir im Hervorzischen den ganzen Schrecken des Paradieses vorstellte.
Weiß ich, wozu Bilder da sind? Jeder Antwort müßte ich ihre Stimmigkeit einreden.

Briefe schreiben geht überhaupt nicht. Wozu habe ich das alles mit auf den Berg genommen, da ich hier wie in der Ebene gar nicht zur Ruhe komme und immer nur darauf sehen muß, wie ich mein Leben bereinige. Was ich bis jetzt getan habe, verschwindet mir immer mehr, und wenn es wiederkehrt, so als Verhängnis und Versäumnis.

… ich mit R. im Garten der Klinik Dr. Heines. … die Kastanien, der Ahorn, die sehr dunkle Erde und: wir beide am Gewächshaus.

8.8.82
Muß ich mir immer wieder mit diesen Dingen das Hirn aufreißen?

19./20.8.82
… sich auf den Freund freuen, – so als hätten die Psalmen recht.

In der Nacht am Tisch sitzen, bereit. Die Nacht als Konto, darin über Licht verhandelt wird. Das kleinste Geräusch, das dann eine unbestimmte sehr große Größe annimmt, so wie man, mit einem Auge sehend, keine Abstände und Größenverhältnisse mehr feststellen kann. Sieht man nur genau, – und verläßt sich nicht auf die Gewöhnung, auf das, was man weiß …

Nietzsches ahistorischer Umgang mit Geschichte: Geschichte existiert bei ihm nur in Form von Sätzen.

26.12.83
Die metropole Kunst, die sich, sieht man nur von weit, wie die explication mit mediocren Mittel des Redens über sich selbst erhält. Also unfrei ist, gerade dann,

wenn sie vorgibt, die Sätze zu erfüllen oder sie nicht mehr zu brauchen. Sie kann doch eigentlich nur da auch sich vor sich selbst behaupten, wo sie illiterat ist und Sätze erzwingt, die das, wovon sie veranlaßt sind, notwendigerweise verfehlen.

31.8.85
Wörter: ausbrechen, vielfältige Brechungen, – »mouvement-Rhythmus-Etude«: eine Studie über zwei Tänzer. Leerläufe, – entblößt: Restkörper, rationalistische Attitude, aggressive Rituale …

2.9.85
Ich war immer brüllend offen. Schreiend vor Leisheit. Wieviel Glück muß man erleben, um getröstet zu sein? Ich müßte mich nachts im Gras rollen, um zu spüren, wer ich bin. Nichts als das Vorhandensein des Körpers, zu dem ich ich sage. Ich könnte auch ein Mörder sein, – es gibt nichts zu spielen.

27.12.85
… es sind die Mörder, die sich ihre Heiligen erfinden. Plötzlich heute Abend der Satz: »bei Wein und Verlorenheit …«
Natürlich kann ich aus Zeitungssätzen Gedichte machen. Was wäre das für eine Wirklichkeit?
… je mehr ich mit dem Einsatz meiner Einsicht, meiner Zeit, meiner Kraft, meiner Kenntnis und meiner künstlerischen Überzeugung in diesem Bereich »Kunst« gearbeitet habe, um so deutlicher ist mir geworden, daß ich bei den Menschen, mit denen ich zu tun hatte, nichts von dem vorfinde, worunter ich in einem Überzeugungsverhältnis zur Kunst angetreten bin und wovon sie angeben, zu sprechen, wenn sie über diese Sache

reden. Alleingelassener denn je und verbrauchter gehe ich jeweils daraus hervor, …

1.4.86
… als könnte man Kunst zur Verbündeten gegen das eigene Leben machen.

2.4.86
Baselitz im Verhältnis zu Munch u.ä.: nicht das Sujet, die Methode ist epigonal.

11.8.82
… der Mann, der sich im Steinbruch auf die dort gelagerten Stämme rücklings legt und in den Himmel sieht, so, daß sein Blickfeld nicht eingeengt wird: er sieht alles – und hängt aus der Welt hinaus.
Ein Mann im Liegestuhl, am Abend, die Sonne im Rücken. Er sieht über eine Wiese und den Wald dahinter, sonst Ferne und dieser farblose Dunst zu einer bestimmten Stunde am Abend. Der Mann legt den Kopf in den Nacken und sein Blick fällt auf die Unterkante des vorstehenden Verandadachs: eine Spinne im Netz, die das gefangene Tierchen einrollt und in den zurückgesetzten Winkel des Netzes schafft. Die Ruhe dieser Tätigkeit gegen das Sentiment des Abends: Sterbestunde.

… der Mann, der täglich abends aus dem Hohlweg in die offene Helle des noch beschienenen Steinbruchs tritt. Er dachte jedesmal, daß ein Jäger am gegenüberliegenden Hang ihn für ein Tier halten könnte und wartete auf den Schuß.

13.8.82
Ich sah auf meine Hand. Es war eine Mörderhand. Ein Bild: die zum Paar gewordenen Soldaten, die sich berühren, – der Kopf des einen hält die Schulter des anderen.

»Nachtzirpen. Der Bussard schleift …

16.6.82
Als ich abends ans Fenster trete, fällt der Schuß im Steinbruch, – ein Schuß, nachhallend, wie schon einmal, einige Tage zuvor.
Der Frieden erscheint erst, wenn das Licht weg ist.

7.8.80
Im Liegestuhl dösend, fällt die Hitze eines Nachmittags im August sandig über mich. Frierend setze ich mich auf. Übers Tal hinweg steht griesiger Dunst feinradiert über den Bergen. Hinter mir, hoch der Wald, rot und braunstämmig.

»Ich werde hier verhungern« denke ich und höre gleichzeitig die Stimme des Bauern von gestern früh, der zu seinem etwa sechsjährigen Sohn sagt »heb des Kelb, do, heb des Kelb.« Es ist ein lockeres Rufen. Es gibt keinen Satz, mit dem man einer solchen Anweisung widersprechen könnte. Die Kuh auf der Weide gegenüber dem Jägerhaus hatte in der Nacht vor meiner Ankunft gekalbt. Nun bringt man dem jungen Tier das Saufen bei. Mit sicherem Griff hält der Junge das Kalb.
Darüber legt sich, in den mittäglichen Staub über dem Weg, der am Grundstück entlangführt, ein Bild des gestrigen Tages. Ein Vater, nicht ganz dreißig Jahre alt, stößt sein möglicherweise vier Jahre altes Kind, das müde ist vom Laufen, bei jedem Schritt mit dem Knie in den Rü-

cken. Er treibt es zum Gehen. Nach einer Weile bricht er eine Rute ab, knickt sie in der Mitte und schlägt damit dem Kind abwechselnd von rechts und links über den Rücken. In der Art wie man ein Vieh treibt.
Dabei richtet er sich auf und mir ist's, als sähe ich etwas anderes. Dreh dich nicht um, heb des Kelb, heb des Kelb. Die Kinder kommen saufen.

31.8.79
… innen ist ein Hof. Ein Gesicht geht vorüber. Sie folgen sich. Ich kann keine Gesichter mehr sehen, die auf mich zukommen. Ich kann mich nicht versehen.

Klirrfaktor. Slogan. Ein Schlagzeug, etwas wird eingestrichen. Aus Platzgründen.
Sprechen mit Fug. Wo je glättete sich die Haut, die verbrannt war?

Da bin ich mir nah, verlier das Gesicht, das wird nicht gebraucht. Verschreit nichts, die Himmel sind schwarz. Menschen, denen die Sprache nur in Trümmern zur Verfügung steht. Verätzte Wirklichkeiten: den Kindern wird die Sprache gestohlen.

30.8.79
Er könnte plötzlich aufgehört haben zu leben. Das gab es. Er mußte sich schützen. Damit fing es an. Er mußte seine eigene Abwesenheit inszenieren.

Kreuzungen / Sturzfigur

1986

Wir verwirklichen uns nie. Wir sind zwei Abgründe –
ein Brunnen, der den Himmel anstarrt.

Fernando Pessoa

–, damit Fleisch nach Fleisch riecht

*S. 430

… fahren. Lauter kleine Fluchten: und doch tut es gut, so, als gehörte zu einer körperlichen Enge und Konzentration die äußere Bewegung. Es hat auch mit dem Sehen zu tun, das in mir den Vorgang des Schreibens in meine Art Genauigkeit treibt, in eine unruhige, vibrierende Erstarrung, die umschlägt in Beschreibung nach außen.

*

Ein Mensch, aus Traurigkeit erstarrt, der mit langsamen Bewegungen versucht, den Schmerzen im Körper zu entgehen, der gegen Dunkelheit schreibt. Es ist, als ginge ich unter Masken. Selbst ganz offen, trage ich noch ein Stück Haut den anderen vor die Augen. Ich gehe einzeln: Gespräche entfallen. Rückzug zum einen, zum anderen habe ich mich selbst auch an den Rand geschrieben.

*

Manchmal denke ich, ich habe einfach aufgehört zu leben. Diese Existenz, die sich notwendig in einen Erwerb nicht überführen lassen will: und die, – um des Prozesses willen –, verlängert werden muß, obwohl sie nicht in erster Linie nach außen gerichtet ist: Konkave Daseinsform. Auch in ihrem Spiegelcharakter. Lesen und Schreiben geht immer an den Rand der Linie und der in ihr vertretenen Zeichen. Sie sind es, die Auflösung (im günstigsten Fall) verlangen. Sie müssen in ihr Recht gesetzt werden. Dem Monolog geschieht keine Hilfe.

Was macht Kast oder: Prager Urteile

Daß einer mit weniger auskommt. Daß einer geht. Er kann auch Kast heißen. So kann er heißen. Den Namen, den freilich müßte man wissen: dann.
So wird der Name angenommen, auch das Wissen davon, daß einer geht, der Kast heißt. (Ablegbar, annehmbar). Er müßte sich dann auch ein Leben denken. Er müßte sich denken, noch bevor ein Spiegel da ist. (Wassergeschichten gehören dazu). Die gibt es so nicht mehr. (wassern, länden, anlanden): Gründe haben dafür.
Was macht er, denkt Kast. Denkt er. Anfangen Kast, mit weniger sollte es heißen, eigentlich. Grundlos. Ein leichter Sprachfehler genügt, ein geringes Verfehlen, schon sind keine Weigerungen mehr möglich. So wird er sich für diesen Namen erhalten müssen, zeitweilig ihn ausprobieren. (Es gäbe die Pflicht, sich zu erhalten, heißt es, denkt Kast). Es ist noch nichts geschehen. Der Fehler ist gemacht. Nicht hinhören, die Einreden sind immer. Kast fängt an zu gehen. Er macht Schritte. Das kann er. Es kommt ihm noch zu. Er geht und er sieht. Die Augen. Dann das Gehör. Beides zusammen: Kast geht. So könnte er Weigerungen vielleicht wieder widerlegen. Durch den Gang. Das hat er gelernt: wird er gelernt haben müssen. Er mußte es. Er erinnert sich daran und fängt an.

Stephanus

*S. 430

der schmale Affe,
wie der über's Papier geht:
heroe Stephen, pappelblatt-/
gelb, es

knirschen Jahreszeiten,
sagte:
ich bin gewöhnt, ich habe,
ich werde, werde werden,
werde nicht, doch/
:du
und werden Fleisch sein:
werden

Baum im Fenster. Fenster-
-sehen. Aus

Zurückgekehrt

*S. 430

Leise, versteckt hinter dem, was durch Augen einfällt: Erinnerungen, Luftgeschmack: Geruch von Häusern, von U-Bahn und Zügen in der Nase, vor Augen immer wieder Gesichter, Gesprächsfetzen in den Ohren: Verletzungen durch diese Gegenwart. Das hinlängliche Abwarten, – wie lange –, was ist das, was geschieht als sei's ein Zitat.
Aus dem Stand gerät man sich quer, wird seine eigene Schwelle. (Die Angst, schon am Morgen amputiert aufzuwachen, die Tür verschlossen von außen, zugeschlagen, mit Brettern vernagelt, – und: Schritte, Schritte treppab. Tritte.)
Diese Geschichten zwischen Stuhl, Sessel, Fenster und Tisch. Die Scheibe klirrt plötzlich und das Glas, durch das man sieht, ist nur ein Frost im April. »Nous ne sommes pas seuls ici. La solitude est liée à sa propre présence.« : Ticken lauscht der Furcht, die sich ins Weiß dreht. Römische Ziffern auf Emaille. …

Tourterelle / Tauberle

*S. 431

ein leises Geräusch: wo
wir Meinung sind: du wirst
schon verwundet sein.

Stell dich siebenmal tot.
Hochgeschaukelt: schrei
dreimal Papagei / für jeden
Laut schlagen wir eine
grüne Kachel von der Wand.

»ja, Herr Kommandant, geben
Sie mir noch eine Binde, damit
ich das Dunkel besser sehe!«

: es tropft Musik da / Herz-
Bube:
in der Mitte das Schlacht-
feld.
Ein kreuzförmig zerlegter
Block. Über den ganzen November:
pour niaiser.

Lieden

*S. 431

da entlang, wo man
G-
sagt: Geschichte:

das treibt in den Stein/
darauf gebaut etwas
:»ebbes«, res

und das ganze sanctus
in den Dialekt geschnoddert

:zum Heil

Freiburger Lieb
Stückchen, 23.2.85

Ein Gesicht über Ohr'n
:zum Zeichnen: Kanten
anfeilen, ein Schirrn
:schön

Sätze wie'n Fahrplan
zu machen ; oder:
etwas sei so. / wie nichts
: es sind Schritte:

Dessen, :oder
ein Drübergehn. Weg.
Ein Blau hinter der Brille,
Augen, Sehn zum Sehn

… langsam weg.

Annotations, so, beim Gehn
/ fort, was. Heißt's lich-
wirk –: drehn !

*

zur Erden gehn,
ein Dürr'n – es fällt
ein Haut aus / Blonder
:Rückenhaut, Haar:

zu Schwinden, was
schön heißt: schön

es hätt' ein / gewesen,
ein sei – Dieses
ganz mich angefallen.

… und fiel / Einer

Zwischenzeiten

*S. 431

er rief Bilder / Schlagen

schlagen gehn, schlagen:
Vaterwort »liegen«

:wie a Toter:
(liegen im Holz)
Bucheckern-schön,
dieser Herbst,

das ist alles, was wir verhandeln
an: ich & du/

Du. Welches : dort:
das wird man abbubern müssen,

diese ganze:
»wie sich ein Vater erbarmt«
und dieses Potsdamer Verrecken
zwischen Ziegeln.

Dieser Geruch : das ist persönlich

Dunkelstück

*S. 432

nicht wahr
Du bist am Ende, zu

der junge Türke ist weg.
(fare –)
Lowell, fare well

Du kommst zu Ende
im Zug oder Taxi:

Gesegnetes. Gesengt: Beine

: gone as you as I as …

Zu Schlaf gekommen,
es: ganz
um und um

Strichscharen

(für Friedemann Hahn)

1986

I

mäßig bewegt

*S. 432

Wo je

glättete sich die Haut, die verbrannt war? Tote, Köpfe: er könnte plötzlich aufgehört haben zu leben, – das gab es. Er mußte sich schützen. Die Blicke, dieses Angesehenwerden, die Geräusche dabei, damit fing es an. Er mußte folglich seine eigene Abwesenheit inszenieren, wie ein Milieu, das auch nur eine Szene war, die – im Dunkeln gespielt – ihren Angriff verloren gab.

Was

läßt einen glauben, willkommen zu sein? In der verätzten Wirklichkeit richtet sich jeder mögliche Verdacht gegen ein Sprechen mit Fug. Kindern wird die Sprache gestohlen und steht nur noch in Trümmern zur Verfügung. Gesichter gehen verloren, keins wird gebraucht, die Tonhöhe des Flüsterns wird mit Klirrfaktoren bewertet. Verschreit nichts, die Himmel sind schwarz.

Kopf

nach Grünewald in Blau auf der Klappkante. Dieses: siehe. Etwas von Bild, eine Genitivmetapher: es ist das nächstliegende Bild, das nicht an dir liegt. Es ist eine lingua franca, die läßt keine Stille mehr zu. (Wer darüber hinaus will, muß fort.) Ein Geläute aus Hunger schlägt an, eine Stimme aus Tuch, ein Gewebe aus blauem Hagel, genau gekörntes Eis, das jemanden satthämmert und werbend beklöppelt. Bleibt die dreimal gefaltete Wand, goldbeschlagen, eine Ikonostase aus großem Verrecken, dem zum Genießen, der uns aussäuft. Da wohnt keiner mehr. Der geneigte Kopf ist schön, schön. Das ist ein Siebenschönchen, ein Netzwerk aus Tönen, aus abgelauschten Sprüchen, ein Leibzoll großer Verbrennungen. (Anderswo city-lights und leuchtender Beschuß.) Jeder Ort kann Verhör heißen.

Daß man da ganz genau ist, wo sich überm Horizont
das Dunkel einschießt, geblendet von Schwarz, präzis.
Ein Läuten zwischen
: »es ist ein Ros entsprungen«: und:
»... voll Blut und Wunden«: begangen und besprochen.

Jemand beschreibt etwas, aber er weiß es nicht. Es ist
eine Art Kalendergerede. Wir sprechen von da, wo wir
herkommen, von dannen, dorten: genannt wird, was
trifft.
Der freie
Hang, das ist wie Kolonnen von früher. Oder: kopf-
über hängt der Sänger beim Verhör. Es tropft Musik da,
jetzt muß der Augenblick sein für eine gerechte Geburt
und doch hat das, was sich aufriß, immer Vertreibung
geheißen. Es gibt keinen anderen Namen dafür, es gibt
kein Entkommen: logique du coeur, diese Herzwörter
wie Schweigekur und Schreiknoten, solange bis einer
die Farbe nicht mehr überblicken kann. Und an der
Hörgrenze wird dann dröhnen: gehabt haben werden.
Kunst und Zeitbilder, das könnte doch auch heißen:
das vera ikon, das Heiligengesicht mit den geschlos-
senen Augen: das ist eine Totenmaske. Das ist auch:
werden, vermissen, sich selber vermissen. Und wieder
das Verlassen, ein leichter, wie versteckter Geruch und
Sätze über gebrochene Sätze, wie ein verspäteter Auf-
takt: sehr feierlich, aber schlicht. Es entstellt sich, was
Baum genannt wird, Gesicht oder ... Auf der Haut hin-
ter dem Auge bleibt lediglich eine zu Ende gedachte
Allee hinter Charlottenburg: Fluchtpunkt. (Dabei stin-
kendes Gras und Basaltsplit, eben wieder die schwarze
Körnung.)
Plötzlich
: ein Gesicht, das wie die Zusammenfassung eines
sehr schmalen Körpers erscheint, über den Augen ein-
gedunkelt: ein Gesicht wie ein Gelenk, eine Bewegung
über einen Punkt, ein Gesicht, das über einem Mund
steht in einer einzigen Stirn. Begangen, besprochen.

Etwas

geschieht nach Plan: »… das macht, er ist gericht'«, ist ausgereizt, dieses Katakombengelege: ein Gesicht wird betreten. Es bleiben verschiedene Grade der Dunkelheit.

Jagen

: der Ton geht tiefer, daß man ein Naturell haben muß. Es wäre ein einziger Schrei: das Geschoß prallt ab von einer Mauer z. B. und »du sterbst, als ein solchener«. Und dann bleibt natural nur dieses Geröll, der Abraum: und irgendwer mit großem Orgelton (wie ein Geschütz) tritt mit den Füßen die Hölzchen. Quarzgenau vermessen bleibt die Landschaft: die bist du nicht, die hast du nicht. Bestarrt mit ganzer Absicht, bist's ja nicht gewesen. Sehr verletzt, so. Oder sagte jemand, ich kann hier nur noch sehen, aber ich bin hier nicht mehr tröstbar.

II

*S. 433

winterlich: folie à deux: heftig

Winterkehre, das Jaucheboot war unser, ein Pendelschlag, etwas kreischt wie ein Schweigen im Scheitelpunkt, darüber geht ein kleines Tier, im Dach schlägt es mit seinen Krallen gegen das Holz, das Pendel von Petrograd, ausschlägt Dekabr, Newaschloß gold, petersburgblau und goldspitzig und venezianisch: gefroren, über Sümpfen auf Eichen, geeicht das Standmaß, der Druck: das Panzerlied hinter den Mützen, bebändert über'n Niewskji, die Winter sind alte Frauen beim Schneekehrn, im Pelz, da sitzt was, das Gold ist, sah leuchten den Küppeldamm, den Hungerdamm, die deutsche Zeit, das Pendel, Dekabr in Leningrad, es wird im Dunkeln geräuchert, den Ostermalen, den Wintermalen ist erstanden,
aushalten, Blondchen, auffädeln, über das Gesagte jeweils bestochen sein:
Köder-Temps, Zeitköder, in den Sog geködert: jetzt zu sein, so als gäbe es Kontern, an Tischen wird hingezecht, eine Laune versoffen, wie ein Wort oder keins, es gilt ja nicht, verraten wird's für diesen ganzen Singsang, trunken zu sein, nüchtern und ablauern, was geschieht, Sätze zu singen oder zu spalten, wie Draufschlagen, es fällt aus wie ein Läuten, wund eben, Sätze ganz und immerschön, wie es eben geht, die Zeit zu singen, hirnoffen, offen, hoffen, off, … voll, mundgerecht, wie ein Gewäsch, die Hand voller Fingerspiel, einer übt den einzigen Griff, Fänger, es geht hoch, schwingen, wieder das Pendel, das Tier mit dem Halsband trippelt ein leises Konzert, wo wir Meinung sind und Geräusch, das wir noch nicht machen, ungarantiert, tänzelnd über trèfle und spleen, Rue de Rennes, Palais Rohan, hinter Höfe gehängt: keine Laubhütten am Kalkstein,

sich's wert sein zu gehen, vom ersten zum zweiten Satz, ungesprochen, eingehört hinter Türen, wir halten uns auf in Enge, aufgehalst einem Verstorbenen, gebrochenem Basalt und gelben Blättern, pour niaiser, ehe dem November ein Schüttelfrost auffährt, ausgegangen aus Stein, wie zur Verteidigung dieser einen Stelle, eben kein heimliches Vergnügen des Kenners, der sich widersinnig als verloren ausgibt: es wird gereist, den Abwegen nachgegangen, im Kopf Erbpläne wie Vorhöfe und eine rüde Zerstörung, immer schlägt der einfache Augenblick zu, längst jenseits des Zerfalls, daß man einfach immer Rest ist, man schläft, brüllt und bellt, beschleicht sich selbst, dann das Wegdrehn ins Dunkle, der Himmel ist ein verhängter Gong, jedes Geräusch ein Kratzer und schäbig, am Morgen im Luxembourg, geht ein Alter im Kreis zwischen den Tauben, mit Tasche, es liegt Gelb in der Luft, wir nicken uns zu, himmelhoch: Paris bei den Steinen, am Wasser geht ein Papierstecher Tauben trimmen, daß etwas geschähe, die Platanen stehen, sie sind entrindet, hinter welchen Sätzen nach Mitternacht geht es nach Uzès oder:
es wird Zeit gemessen, der Quartz entbehrt uns leicht zwischen den Schwingungen, er reibt sich nicht wund, er schlägt uns lautlos an, verfehlt gemessen die Abwesenheit die er uns einbläut, die Zeit ist ein abgeschnittenes Ohr, ein Gelausche auf Jahreszeit, irgendwo auf der Lauer, auf dem Sprung, es hat sich etwas zusammengerottet, ein letztes Mal übers Haar gestrichen, der Wind gräbt St. Rémy aus und fegt die Fugen lang, zieht einen schneidenden Ton wie ein Vieh, ein Brand geht übern Hang, brennt gelb in die Gärten, ist rot wie rot und morgen tot, zum Fluß und von der Stirn her wächst das Auge mit wildem Fleisch zu
:oder

immerzu Verschwinden hinter dem nächsten Wort, den nächsten Augenblick schon auf der Zunge, hilflos in der genauen Beschreibung, etwas aufdampfen, es beschlägt noch den Spiegel, zu Ende, kein Wort mehr vom Vermeer, keines vom Gelb, vom Garten in Arles. Hinter Vorhängen isoliert sich alles, einer sitzt in irgendeinem Süden, toskanisch oder etruskisch und sieht über Aquatinta die Welt und radiert den Himmel in blaue Scherben und wirft Stille auf den Stein, mit nachdrücklichen Farben, der Himmel ist ein gehäutetes Tier und Mörder kämmen das Korn, morgen wird wieder radiert, getuscht und gestochen, die Schärfe nimmt zu, Linien nehmen zu, die Stille nimmt zu, die Stille wird scharf: sie liegt auf dem Rücken, gelegentlich. Es hat geheißen, etwas tun, sich ins Werk setzen, ein Parolengemäuer, nirgends mehr ankommen, en route. Bevor das Licht versteinen will, sieht einer das Dunkel und traut seinen Ohren kaum. :wenn ein Krebs stirbt: die Winterkehre aushalten, Blondchen, über das Gesagte nach Uzès oder von der Stirn her immerzu Verschwinden.

III
leicht, vom Körper her

Körper

Körper einwenden, zu
uns: wir tocken
Haut an Haut

so liegen/
aneinander. Liebe machen

es hätt' –

ist. Wenden.
Drehen. So schön
über die Zeit.

Stein und Bein

Zu Schlaf

*S. 434

zu Schlaf gekarrt/
dürfen, zu Stein
und zu Hauf

:werren, wesen:

eine Taufkufe dort
unter dem Michael

Schädel salzen,
da schreit es den Nathan
von Treppen, zu wohnen
von dannen, dorten

zu kommen gekarrt

das Wort: *S. 434
Traktat,/ Sehen:

sehen: Finger
es heißt Digitalis, das Kraut
das zwischen den Kiefern-

stehen im Sommer:
dieses zu kaun.

Lichtung

jähren bloß,
ohne Genitiv: ist
; es ist

gewesen ein

ein Stille ist
zu Fleisch.

Eingebracht heuer-
lieb.

Schnee über

… sprach er: siehe
und:
Kleefeld / Schaun

Sehn, was zu sehn ist

Geiztriebe, sagen die Winzer,
zu kürzen

den Schnee

Rückzug ins Helle

1985

Avant-Propos:

Vom 16. bis 22. Mai 1984 arbeiteten Rainer René Mueller und der Maler Max Neumann gemeinsam in dessen Berliner Atelier. Es war für beide ein Versuch, festzustellen, wie sich in der Ausschließlichkeit dieser Vorgabe die jeweilig eigenen Arbeiten wechselseitig ergänzen würden. Vereinbart war, daß jeden Tag zumindest ein Gedicht und ein Bild entstehen sollten.
Die bei diesem »Rückzug ins Helle« entstandenen Arbeiten werden hier vorgestellt. Die Gedichte sind im originalen Typoskript sowie in der Fassung der Reinschrift abgedruckt [...].

Hagelbergerstraße / (Kienholz)

*S. 435

die Spiegelkippe
als wär was:
das Auf-
klirren.

Von ferne, das Ok
sprechen, das
langue d'oc

von wegen: Magelone
und: Schönes

»:und gib uns deinen Segen:«

(bei Max, am gedachten Wasser,
16. Mai 84, nach der Ankunft.)

Mai

*S. 435

Wie dieses: Wischen/Über
Kastanien hoch ein
Kopf zu hängen

da unten ist ein tiefes
Schwarz im Läuten
:das Plärren um Gesicht:

im Geschirr ein Leim
aus Knochen/über:
Nessel ziehn.

Dieses Wischen ist ein Schwarz
schräg im Geräusch/aus:
so wird im Mai …

… ein Kopf zu hängen,
kastanienhoch, ein
Läuten. Im Geschirr das

Nesselstück: Gesicht

16.5.84

Mann neben dem Baum

*S. 435

(arbre et homme)

Dunkel im Schatten
:es sei …:
(ein Spötter, gepflanzt
an den Wasserbächen)

wehrlos gegen das
»vernis noir satiné«

jetzt reckt sich das
Rot zu/aus
ist das Psalmengekreisch:

werden, werden, werden,
hält da die Hand auf
hinterrücks

hinterrücks schießt sich im Dunkel
der Spruch ein: es sei …

Vom Gehör

*S. 435

vom Gehör her, zu-
handen: ein Exil:
im Eisen am Halleschen Tor
schleift sich das ab
von Gesicht zu Gesicht

ein Drecksgurren am Kanal
setzt sich als Hitze fest:
»jagt's ihn«

vor's Hirn schlägt Wasser
eh einer zugrund' geht

vom Hören/Sagen hergezerrt
:daß ein Gruß sei

daß, wenn die Ölschliere
die Stille verlädt, ein Lärm
oben über's Gleis fährt,
ein Gesicht

abschleift. Ein Drecksgurren am
Eisen, vom Gehör her:
zu Schanden/
als bliebe, …

17.5.84

An der Havel mit Max

*S. 436

ein Krähenflügel als Reißzeug :
in Segeln schlägt Licht

mit Beckmann im Rücken
steht dann blaurot ein Kopf im Lärm
der sich, so oder so gewendet
aus dieser Hand dreht.

aus dem Nabel ein Gelb reißt :
zu Füßen nichts als dieses
was anschlägt, zu Sand und
hoch hinauf

18.5.84

Zusehen

*S. 436

»fine arts«/to have
& nachts ein
stabat mater ins Horn löffeln,
ein Schwarz in den Firn

mit Beckmann im Rücken
steht ein Kopf in den Lärm
zu Füßen nichts,
nur was anschlägt, zu Sand
& hoch hinauf
:blaurot

(wo Kälte sperrt, drückt
mit den Augen Gelb hin)
:oder dreht's raus

nachts zupft einer die Schneehaut
zu Pulver, eh er ver-
malt: zu

Knoten den Nabel ins Licht
reißt: »wachet«/
& stellt den Keilrahmen hin
(das Kreuz getackert)

19.5.84

Canvas, (dunkles Bild)

* S. 436

es treibt den Chor herauf
zum Talmi-
Schluchzen / starrt, da:
wie's nölt & den Strich abtippelt

Südstern (Berlin):
etwas zur Tiefe fahr'n

haufenweis / steht Singen
am Schotter, leiert
das Knirschen vom Gaumen:
»Höret ...«

der Grappa wird ans Amen
geklemmt & etwas erpreßt:
Gehen, ein Flüsterstück /
zur Hand ein Brocken Schwarz

Berlin, am Zoo

*S. 436

numbers, twice (I oder
da …)
an den Kacheln wird Fleisch
verhökert, stundenweis

in Rinnen zu liegen, was
»Maienlust«, was
mir die Liebe erzählt:
von Tierchen zu Tierchen

ein Fetzen Ocker hakt sich
ein & wird heimlich
das Alle-
-tagswort abschlagen:

zum zweiten: step
by step sich ein
»yesterday« rauskratzen

Belle Alliance

*S. 437

… werden sehn/, ein Rücken-
stück spannt sich:
s' wird rot sickern
& heißen
:Namen, (ein jeglicher, ein
nämlicher)
– wird drüber summen

hinter der Stimme hockt
das Kollern/das
Ver-
reck/»was gibst du
mir Liebste«?
Stille, die/wird rot sickern.

Niemals war

21.5.84

Berlin, 22.5.84 Tegel

*S. 437

»nie hob sich so klar«
das: que tu restes …

stiller / du hinterlässt:

(wie ein Bild
rausfährt, ansurrt –)

plötzlich ist alles dort,
noch im Abflug
unterliegst du, /: dem
Sinken, Steigen

(dem Polaroid zu-
schaun …)

Augen

1983

für Eveline

›Those are pearls that were his eyes‹

Mirabell, Vogesenbuckel

* S. 438

vom ins Auge gehn,
zur Tiefe, zum Grund:
zugrunde

Bilder häuten
das Netz: zu wissen

oder

es ist Ruh / hin
im August allein

der Häher sitzt hoch,
die Gipfel sind unten.
:ins Auge gehn

Bodenseeritt

*S. 438

Zürich-west:
die Eisscherbe, das Eis-
stück am Himmel über der Wolke
(geht wer reiten?:)

krax, comic-strip:
warumwidibum,
zogen ins Manöver

Joyce-Zinken, Schimmer
himmelhoch: Wasser
at the end

I-ce, ce je: l'autre

Eis.Zacken

Die ganze Meteor-
o-Logie

ein Gewitter zieht über'n See
:der Turm:

Segel klappen, ein Quer-
Riß,
bis weit nach West

Vogel-Sequenza

*S. 438

Wie ein Vogel über der Ebene schreit
schreit ein Vogel, wie
er, er

schrier, schrier

(Bilder, gewest)
es ist Schnee
                (-weiß)
im Ohr. Es schneit
die Stimmen von weit.
Her und hin:
Pendel: Auge – Ohr.

... lassen es zu.

Wie ein Vogel über der Ebene schreit
schreit ein Vogel, wie
er, er

Ich erschlag dich
wenn du schreist
sagt mein Vater.

Ich schrei –
-be, -be
Bilder

Schreit ein Vogel
wie er: Liebstengruß

Steinen

*S. 439

da wir bei Steinen saßen
(Lehm-
-kuhl: die Kuhle unter den Steinen):

Fenstergitter, versal
Buchstaben.
Sprachgitter sind Schnee

die Kühle unter den Steinen
ist gedacht,
          gedeckt,
:Schnee rutscht

Grüße von Koeppen:
(sagen Sie Ihr Grüße,
ich grüße schön,
ich sei schizophren,
sagen Sie was Sie wollen …)

Keiner sagt, was er will
zwischen Krakau und Triest.

Die Leute gehen sterben.
Sehn sich ins Gesicht.
:Münchener Freiheit:

der Strich im Untergrund,
Passagen, Paradies-Straße

(für Ulfa von den Steinen)

Gehäuse

*S. 439

die Vokalreihe
»Jaunerloh gebi …«

Holdrio, Holder-
lein

Lied : frei-
stammeln

Worten, orten, Zeichen
:Gehäuse,
zocken, -der Jargon
Zeichen schlagen

der Hieronymos-Dreh oder das Augen
im Aeroplan oder: Semiotik

-tack. Fahren schön,

Weinberg schön, -öhm

Fahren

*S. 439

Dämmrung will:
wie sich das Eisen über den Klee-
-acker schlägt

ein Rot/Grün: beschält

es fallen Tiere an

tief im Klee, so

so, ganz kurz,
sehr kühl

und Drecksrosa
will, was

Dunkel, fahren zum
Himmeltief:

gezählet, alles

Aschenstück

*S. 440

dieser Gründonnerstag,
die Auffahrt / zurückgelassene Krater,
kindsköpfig

… redet von Maaren, …
(es waren Geschosse)

hat Dornen / »voll Blut
und Wunden«

Haupt. Drübergerollt, Dornen
rosten. Draht

»wachet auf …« / tack

(verletzt sich wer am Gelb
oder der Rede vom Tee?)

die Töter gehen,
sie hocken im Korn, sie kämmen
den Roggen, sie reiten
das Grün zu

sie scheffeln

Halt in Griebnitzsee

*S. 440

»laß' den Hund unter«
wir legen die Weiche
nicht um

es steht ein Wächter im Schnee
die Fenster sind überfroren
der Atem steht weiß

die Lok pfeift leise

keiner stieg zu

Potsdam

*S. 440

Nahe den Kiefern
im Teichgrün
herab von der Mühle
feuchter Holländerstein
um die getretenen Plätze

Ein hugenottischer Name
und dann
die Magnolien von Sans Souci
gleich bei dem Teehaus

die Windspiele ruhen

Lange

Hamburg, Hbf.

*S. 440

Quergänge, Schließfächer
Abfall: auch menschlich /
so geht die Rede

›auf Reede liegen‹
auf Gleisen
dahinter um die Messingkuppel
:Goya / die bebilderte Freiheit
»Weil sie eine Liberale ist«

der vietnamesische Stricher
lächelt und tänzelt

Hotels ohne Stunde
was soll das: Zimmernachweis

da, bei den Trichtern zu stehn
Ansagen, sagen,

Kommando-
-Strecken, fahren

Stuttgart, nachts

*S. 441

Hingerotzt, hochgespült:
gekachelt
eine Blinkerwand /

Tabaris
und Hindenburg-
bau

:alles frei in der Luft:
rhapsodisch

wer handelt sich was ein
hinter Fassaden

zu den Figuren gehn
aus Stein

… sieben Tage weiter

*S. 441

vom Bleiben war die Rede, vom Gehn
von Sätzen ohne Grund
vom Chagall/blau im Eis, Mitte Dezember
vom ins Fenster gehängten Glasherz
das tönt

die Rede ging von Prag

was wir getrommelt haben
tief/
im grünen Tal wirst du den Grund
nicht finden

um's Husdenkmal ging's
Hus, um

der Fingerzeig hinüber
der Arm aus Bronze, gestreckt

die Theynkirche steht/ Pražské jaro
der Frühling steht bei den Türmen

aus einer Uhr tritt …
/ins Geglotze

die Stufen hinunter: das große Geläute
Marsch am Fluß,
ein Rebbe säuft am Mond
es treibt das Eis
zu Steinen

die Steine stehn, und sieben Tage weiter
war gehn schon bleiben, gehn

Sehen

das Zirren, oigerle
deine oigen:

wir werrn plärren schön

oh, Schönes du
du Hautstück, hinter

mir's Augen, schönes

Äugen/ wir sehen uns
nimmer satt

und R

*S. 441

-hude / Fischer-
hinter der Wümme:
»der fischer un sine fru«

es war genug. Für uns zwei,
Fischerhude, dieses Haus da:
Haushude

müde: zwei Fenster nach Westen,
ein Dach über zwei

psst. / da:
Regen. Ganz dunkel:
ichunddu
:riechen, kriechen / schön
»tusentstunt«
von der ersten zur achten Stunde.

Fischerhude. Nichts kräht

So

1.

so entlockt: dieses Eisding
aus den Wasser-Carrés:
nördlich & tief: fließen

so entlockt: diese Kiefer
die wischt in den Himmel
der taut flach

so entlockt: Pfähle,
Pflockzäune. Den Tieren
stünde das Wasser am Knie

uns ist der Himmel am Hals:
wir sagen: Glück unter/
Dach und Fach.

Morgen werd' ich reisen
von Nord/februartief zu Eis

werd' ich Finger suchen

2.

so:

daß wir zu Sinnen sind
von uns/
die Nagelprobe hier am Hals:
wir fahren Haut ein
Aug' in Aug'

deine Brandseite, Narben
:mir am liebsten:
da bist du außen/innen
gebranntes Kind, mein Feuer

wir scheuen am Damm.
Es ist zu früh, zu dunkel,
zu spät. Hausen:
geborgt/

bieg' dich zu mir. So:

Liegen

*S. 441

ich leg' mich ans Glas:
Schneekinn.

da drüben ist schon Nolde/
-grün & dieses Wasser,
gelb im Februar

ich leg' mich an dich/ du
springst, wir schneiden
ein ins Eis:

Morgenblau und weg.

ich leg' mich ans Glas,
zu, sieh zu

Munch-Stück

*S. 441

das Motto
»These are pearls that were his eyes«

kyrie-heh …
eintreten Hirnen. Eins-
zweidrei

»Liegen in der Mitten«:
Lampenschein und Haut

draufschreiben: Oh
Staunen

:einer hängt! Schlagen-
drauf, Schlager-le

'emblem-, -atik: ticken:

-tockte,
-pannte:

s,s,

:cri

Tanguy

*S. 442

die Stimme ist der Rücken offen
so eng
:Laura-Canzonen
/ ein Liedlein gegeigt
Seit' an Seiten

:schwarz das, aus

kau' ins Alphabet, den gedrehten Reim

betagt, beschlafen je

zur Ruh' gestochen, Blau
geh zur Ruh

hieß es Leibgedinge,
hieß es,
heißt es, das zu haben

Bilder offen, fallen

schließen zu, so eng
so tief, zu

Spanisches

*S. 442

soviel Lippen
über Sicheln gezogen

das Amen über den Gaumen gedrückt
drehn/ rudern

»im Erlenschatten, Liebste«

Angel, Engel -us
: ein Gruß aus Asturien

harte Laute, Vokale
: den Mund aufspannen,
trocknen, braun

Lippen. Es ist still

Jiménez, der hatte ein Haus.
Spät.

Fänge

*S. 442

die Katzen von Baux
ihr Fell ist/ ihr Schrei
unter Blättern: Bäume
& Stein

die Dämmerung spuckt Rot
über'n Hang/ Wein hängt

in Windschloten steigen Vögel
:Sirren

ein Kardinal war gehenkt
hinterm schön geschlagenen Kreuz.

Kindskopfgroß, für die Katz
:Steine,

tiefer, ein jähriges Tier
das seine Hufe verliert

Vaterland, kornblumenblau

*S. 443

… denken viel, die
Stimmen verbieten / die Farbe Blau
(diese Farbe)
die Stimmen verbietet, Gebrüll

:staken, hüten: hecheln

Überhänge von
proche orient, carré
creuser: crever
(Exilreden hinlagern)

schrie nicht im Tiergarten
die Stimme
(die Göbbelsgosche)
zu tausenden Stimmen, die gafften:
wir haben
wir haben sie zu Paaren getrieben
(heilig und paarig)

trieb es, hoch
die Hand /, aus
und schlug

mal sind diese Stimmen auch nah und ganz
blau
sie sagen:
du kommst nicht vor
(ich nicht)
& machen aus Stille ein Tier
es ist ein Verhör in der Luft
ein Auge ist in der Luft

die Rüben sind eingemietet,
ein Hochbunker steht,
horcht

da in der Rue d'Ulm

*S. 443

der Treffer plötzlich
mitten im Tag:
der Himmel heißt: Hasenfell
nicht Fischgrät

nicht Gerät und nicht Mantel
schützt, Madonna –
die Zeder im Gitter
da in der Rue d'Ulm

bei den Maroniten
geht es vorbei,
rechts wird in Curie gemessen,
in der Glasloge ein Augenpaar geschält

es war ein Kreuzgang jeweils bis zu
Javel,

Mabillon, Mabillon:
die Kastanien, abgebrannt,
wachsen wo fort

–

jetzt weiße Kiesel
auf diesen schwarzen Granit legen
unter die Scherben
unter die erfrorenen Mimosen

im November weit vor Paris,
kein Blauglockenbaum wuchs
hier bei Tag und bei Nacht,
Paulownia: connu de la Seine

er war gebraucht (und gehetzt)
ins Eis,
hinter Eisernes gehängt,
hinter Geschütze, …

Januar-Weiß

*S. 444

die schöne Hure da
sie schenkt mir trocken ein
sie sagt
ach sprich mit mir

den Gaumen vereist im Geschirr
»la femme à la voix roque«

(die vom Rauhen Haus, die mit den schwarzen
Beinen hinter der Porte St. Denis
die da
schön stehn, geordnet zum Treff

sie stehen am Wind)

der blanc sec läuft über's Knie
ein geschabter Knochen
»blanc de blancs« schluckweis
trocknet der Niederschlag
an langen Spiegeln

die Schöne da,
liegt mir zu Tisch, der mec
langt zu

Madame in Saarbrücken

*S. 445

so's ist: finden tu
ich geh
– brücken. Unter

»Chez Madame«
weltunten, blau in der Nacht
hängen, hängt
eine Frau an meinem Nacken
(:Intensivstation, Nacht-
schwester, besoffen:)
hängt

am frühen Morgen. Dann
wieder Sterne im Michelin,
(Deutsch)

zwei Männer am Treseneck
lieben einander. Ah:
»Baiser la main d'une femme du monde«

Madame,
das Gedicht: unten
ist auch Welt

in Häuten: Brücken,
(Bar)

Treppen

*S. 445

Treppab Tritte

die Scheibe klirrt, das Glas
ist ein Frost im April

Lauschen dreht weiß
ins, ins

:römische Ziffern auf Emaille

längs gehn:

»ut pictura poesis«

hängen, genten gehn

an Treppen, bis dahin
gesoffen, den Hund geleckt

jetzt streck dich

Oktober

*S. 445

Blutbuchen-
Hall, schwäbisch

Hessenthal, die weggekippten Friedhöfe
(Polacken)
&
eine hebräische Schrift
(unterirdisch Salzstöcke)

Sudpfanne. Siedertanz
die ganze Bande

—

Züge und Bronx-Style:
Punkersprayerhermetik
Graffitti-Kinder

Punks-lohe, brennte

Ramazzotti

*S. 445

am Wind/
ein Fenster schlägt:
wir sollten es halten

wir saßen bei Trakl/
Thomas, über Kreuz

das Reden für wenige
so, am Wasser

der Kocher im Dunkeln
unten in Hall

es wird schließlich alles begradigt
und: über Kreuz

Hall in Schwaben

*S. 446

ins Brot gebracht, so
:Gezeter/
Öden. Der Kocher im März

& immer dieses Licht

Liegen, Gehen:
auch das ist tierisch
:Fressen. An der Haut,
                an der/haut-
hin.

& Dunst auf der Treppe,
(en face: Ochsenblutrot)
im schönen Michaels-Blick

... hätten's gern
buchstabiert, also brauchbar

die Knochen

dieser Stadt

*S. 446

»am Wasser zu wohnen«: vertrieben
am Ufer
das Geräusch aus Hin-
& -Wieder …

wie es anläuft, das Wasser
nieder / von den Wettern gerissen
Hoch-
Wassermarken, Mann gegen Mann,
so hoch

legt mir Regen in den Lauf
(Kreischen auf den Schienen:
die Züge,
ins gebrannte Siena)-hier
liege ich,
wende mich zu Hunden

(vor / Tür, irgend)

trink' ich mehr, bin voll Wasser
schwanweiß, Vogel aus Grau
und Gestöber. Ein Katzenkadaver,
wie Menschenfleisch weiß
dick in der Nacht

die steht in den Helmen, hängt unterm Altan
mein Kopf schlägt auf den Stein,
die Haut ist stückweis
und zu eng

November, November:

*S. 446

sichtbar und unsichtbar
die Verwendung des Fleischs
da,
»fesselt ein Blick mich an.«
Schwan
Schwerenöter, bist ein Vieh

Blinde haben zwei Augen: gerade
deswegen .../
»Ländlich Schönste«

zu lange geschonter Sandstein
den bebrüllten die Jesuiten nicht

das wäre ein Eisgang jetzt
/und Winter: Verbringung

ich werd' nicht ruhig
in den Wörtern: Farben

das war die Losung

Grüße

*S. 446

schütt' mir den Krebsbuckel/
aus,
Narziss! gelber
großgoscherter Mund:

was reißt du ihn auf

da sauf
und grüß die Lupinen, das böhmische
Glas & Herrjeh (zurinnen)

:am Früh ist Mittag ist Abend schön

wer wird mich pfeifen

ich pack' mich

Tönen

die Nacht kommt auf den Zungen
: lauschen
es ist ein Federspiel

die Krebsmetapher:
sie giengen schön

'n Töte-Emblem
das macht er ist gericht
ein Wörtlein kann ihn retten
-'n Töte-Emblem

Mandrill-Pfiffe,
darum pfeifen wir

Sehen: um

*S. 447

»when forty winters«
sich weiß aus Augen ziehn
sehr schlank

hinter welchen Augen leb' ich dann

gone

ein Blick gewesen, da und da

Rindenstück, schön eingeschnitten
sehr verwachsen

hinter welchen Augen

Jemandem

Schnee: diese Sperre in den Augen

ein Gedicht über Blau
geht mit Rot an/

an, an-
lockte,

locken. Da, aufgehn:

Sehen

LiedDeutsch

1981

der Fels ist zu Weide gut,
das Trockene zu Trank.

Hölderlin, Der Adler

Gehst Du ....

*S. 447

gehst du
zu Land zu Wasser in die Luft
da ist es schnell ein Schall
schneller schmilzt
das Wachs dir aus den Augen
da fällt ein einziges Wort
federn
gefedert, geteert

ein letzter und noch einer
ein Schlag geschrien
das tägliche Vokabular
glücklich noch heißt es
wenn du unter Bäumen
gehn kannst, nein
nur nicht fliegen
gehn sollst du
einen Schritt machen

glücksfähig Kinder seid
ihr es sei denn
ihr triebet ab
mit dem April dem ersten
geratet in Haumichblau
April. April

da schlagen die Bäume aus
schlugen
dann später, Johannisnacht
Käferchen flieg,
abgebrannt, abgebrannt

Der Mai ist ’kommen

* S. 449

wir führen ins Treffen
wir schlagen die Mitternacht tot

wir halten sie wach
in den Uhren der Nachbarn

die messen mit großem Gehör
was hier schweigt

keiner fragt, ob’s schwer war
was schlug

ich brüllte shalom hin
dort hin und hier

wir lebten das
die quarter-Stunde
den Schritt und skandierten Gesang

die kündigen an, was zur Lesung
steht
                    gegen den Lärm

der Mai ist ’kommen
ein Anschlag, das Pendel:
                    Quarz ist’s

wir kennen den nicht
der uns zuhört
wir gehören ihm nur
in seinem Ohr
                    welcher

wie Kinder schrein,
diese Genauigkeit
mitten im Ruf, –
                    da,

Lirum, Larum

*S. 449

deutsch, das ist auch
Zeile für Zelle, lange Gekeimtes
in Metronome und Schlagstöcke gehängt
in Verse
den Hunger in Deutschland, Zeile für Zeile
Sonette

und Kupferstiche, radierte Schandflecken
hinter dem Kontra-
punkt. Die hohen Töne
aus Abgesang, die geschränkten Beine
des Vogelsängers und Riemenschneiders Arme
unter Kalkschutt

der berutschte Marienweg, Käppele
kniefällig tief Maulwerke, die Säulen

Hallelujafans: der Reichston
abmarschierte Psalmen: aus Franken blühte Sturm

das Stürmerlied, das Türmerlied
das Trümmerlied, ach Walther

tandaradei
was heißt hier Liebe

___belei, lei
larum, larum

darum, daß einer ein Vieh, ein gehäutetes Vieh
wird, ein Stück, ein Hakenstück

Im Nacken

*S. 450

Ginster steht uns im Nacken
gelb, weiß
wird die Nessel taub

Nebensonnen im Norden
Maasholm, die Reeling im Nacken
vor Dänemarks Küste

luv, lee
die Möven schreien prosaisch

Wind steht im Nacken

es drehen sich Sonnen ins Blau
über Arles

vieles dreht sich zusammen
es fällt

Nord, Süd
steht uns im Nacken

Es hagelt

*S. 450

es hagelt ein geringer Frieden
er schreibt uns auf, löchert

dahin contre jour, er geht
und er steht gezurrt,
syllables gesegelt, Gerede

geht ins Gebläse, es legt sich
ein Staub in die Lungen
gelb gräbt er sich fest

ein Fest ohne Stimmen
Makkabäer, macabre la danse

es geht, es ist konjugiert
begriffen, begrabbscht
weiß es uns, unberührt blind
ist es, still, genau gekörnt

Moggendorf

*S. 450

im Muschelkalkschotter
steht eine Schnecke halb

es wird finster am Damm
es wird mit dem Berg geredet
die leisen Mörder gehn
sie sitzen auf den Blumen

der Vers geht in die Wiesen,
die Lichter, die Lampen gehn entzwei
in eins, es ist gedroschen

das Korn knackt sommers:
August, es brennen Ränder ab
und irgendwo, Feld neben Feld

in einer fränkischen Mulde steht Wasser
der Wind streicht's über den Kalk
es fliegt rot zu den Beeren

(les trous rouges au coté droit)

nicht rechts, nicht links, keiner der schläft.

Mähdrescher auf der Kuppe,
ein Kornapfel fällt bestochen

einer schlägt gegen die Karten

halt's Maul, Herz sticht

Am Graben

*S. 451

wir stehen am Graben
im Nesselweg

das Nesselgelb, taub
der ausgesaugte Honigstrunk
(wie's Kinder tun)

dieses eine Gelb von Vermeer

Blaukreuz, Gelbkreuz

mehrfach Vertriebene
wir bleiben stehn
wir arbeiten mit Farben

diesem Licht, taubnesselgelb
über den Hügeln

Lieddeutsch

*S. 451

Gesang auf der Kelle
inmitten des Herbstpsalms
des einhundertdritten und Walthers
        Kreuzlied

Würzburgtrümmer, beflogen
Schneewittchenvogel, der Eisschaber
        das Märchen Ewigkeit

Mutter wieviel Schritte
darf ich

        spielt das bleiche Kind herum
gehn und spielen, das Knöchellied
das Spiel aus Draht
        und Tagbleiche, dem Bildverschnitt
aus Querelle und Masken

wir legen uns Selbstmördernamen zu
wir decken sie zu
        und tanzen

alle kommen sie her und saufen das aus
sie dreschen die Trommel, das Maul
        sie lassen marschieren

Leichtes Lied

aus dem Acker Adams und Evas
des alten Mörderpaares geduldiger
Sand: dieses Lendenspiel
das Wippen, die Kippe

da wird berochen der Schrei

schöne Gegenden das:
ein bißchen Hüftknochen, die
Verrenkung da hinkt einer
ganz plötzlich durchs Bild
wird ein Wild, früher, früher
eine schöne Büste, ein Museum
da kannst du sein
ein Geriebenes, ein Auswurf,

angesetzt einen Hund
auf die Spur

(jetzt einen Sommer eingelegt
ins Brennglas, du riechst so gut
da trifft es gebündelt,
eine Stelle im Fleisch)

diese Musik entdeck mir, den Takt
wir nehmen das Sterben herein
da weisen wir ihm die Tür,
Gewetz, Mergel, Scharnier

Märzlich

*S. 451

wie sie sich schonen im März
die Geschabten
sie rauchen

(im Rücken Leonce,
Lena im Rücken)

der Wein brennt verschnitten
in Rebstücken,

(gegen jede Gegenwart
immer quer schreiben)

Oh, ihr
hängt das Exil aus, wie Wäsche
(Oh, schmeißt euch zusammen)

etwas das wir heißt
hat die Augen eng, weiß nicht wohin

(Schlehen blühen weiß
lauter
Neuntöterstücke)

etwas überfallt uns in Ruhe
etwas entgeht uns in Freiheit

(wie es trifft
was uns zählt zwischen Namen und Zeichen)

unserkeiner entgeht nicht
er wird einfach verbraucht,

merzen, aus . . . .

Treffer

*S. 451

was mich trifft
mitten im Aorta-Ort, im Gestränge

Virchowschnitt, zack
über Kreuz, später dann

umsonst und wieder bebrülltes
Levitengestühl, Loccum

und vieles Menschliche . . .

verblasene Hymnen,

auch die Elfte Brigade besungen,
ein spanisches Protokoll

Sprachgrenze

*S. 452

ich sah, ich schliff mich
ich überquerte den Main
den Tauf-
fluß, die Sprache quer

die lag immer schon zwischen
nördlicher
südlicher

bin über Friedland gekommen
zum Levitengestühl

längs blühte Holunder, der Mohn
Häuschen am Damm
grün Gebuckeltes

ein Haus aus Glas
die Nähe ein rascher Wurf
Steine und Schotter, Streckengeher

der jüdische Friedhof
in diese Richtung gelegt
zwischen Fulda und Hersfeld
Herzfelder sind Schreberstücke

Räderspuren im Feld

geritten vor Angst, ihr
Genossen
sah ich, ich schliff, ich kam . . . .

aus Stichen besteht die Welt
austariert: rührt euch

Zwei Junistücke für Koeppen

*S. 452

1

sie scharren das Gelächter
in den Abend
der hängt in den Drähten

wer will mich töten

ich hab' ein Kind auf der Schaukel
und drüber hängen Kirschen
rot, grün
die werden täglich verpfiffen

ich hab' ein Kind auf der Schaukel
Kopf im Sack und rot

wie wir das Frieren trinken
täglich und rot

2

friedvoll zu gehen, komm
wir werfen den Abend ein, die Scherben
springen schön
ins Feld, der Mohn klatscht roten Beifall

Trott, zackzack
wir schmeißen uns zusammen
bis auf die Haut
wir füttern die Luft
mit Hunger

satzlang, wortlang, immer entlang

lang, lang ist's her
das Linden-, Brunnen-
dröhnen
vor dem Tore: da machte Arbeit frei
es soff der herre godt sich voll

friedvoll zu gehen, komm
wir werfen uns zusammen
wir reißen uns zusammen

bis auf die Haut

wir wollen zu Land ausfahren

*S. 452

ich bin bei meinen Sätzen
den gebrochenen Gelenken
was tun Birnbäume
jetzt
sie haben gelb geflaggt
halbmast
blauer Peter
kein schöner Land
ich sage leise
ja und nein
nichts weiter mehr
im Gehör
ein Geräusch
wie von bröckelndem Gestein

Zwischenruf

*S. 452

du führst deinem Körper
Gifte zu, sagt man
es könnte vergeblich sein
dieses einfache
jemanden anrufen
man sagte
Anrufung und Bär
jetzt geht es um's Sprechen
ein Wort fällt
dazwischen
die Zunge steht auf
richtig wählen
die Auskunft
du hältst das in Ordnung
einen Gesang
eine Litanei
die Zeitungen sind da
Wochenende
der Kalender schlägt um
sich hinlegen
man sagt Frieden
es ist ganz still
ein Wort ist ganz frei
ganz nackt
gewendet und getreten
eine Leiche
sich betten
beten

Chorus

*S. 453

es fällt ins Gebet
das Trommeln,
das Feuer
das vor den Mündungen liegt:
quer liegt es

Goya und Koreanisches,
alles
im Netz
das nichts hält
das mit dem Weh
das mit der Welt
gemahlen, gewiegt ist

das Kindchen besternt
mit Hirtenliedern, gemessen
und schön zu singen, den Abfall
in den Idiomen
in lingua, diese Klippschule
Barmherz,
                    ig-keit, -keit

Scheitergerede, bestrittenes Alphabet
hinter Trümmern und Widerwehn:
Stahlgestelle

den Farbentrog ausgekippt
so gelingt das Getünchte, das getäuschte
das Kindeskindgesetz, wie es sich rottet

▿

das Geblöke
mittelschiffs, und quer
der große Orgelton, dahinter Schlagzeug
Blech

ein Pfändergeschirr die Wandlungsschelle:
friß oder stirb

züchte Raben, dieses Anna-
-lied
Spanisches im Gewölbe
im Gewölbe
im bemalten Himmel
-koluth, -koluth

Auferstehung

spricht wer den Frieden genau:
ressurexit, –
was war da
worin bin ich gewaschen

Kieselgur oder Glassturz
ein geschränktes Tabernakel

Flamme empor, auch da

diese Rufe, das billige Leuchten:
très Saint Sauveur
(Staniol und schön Verrottetes)

diese Leuchter: Ampeln, Signale am Gleis
Stellwerke wie immer,
Fahrten

Beichtstühle und Wachtürme

da leuchtet die goldene Wand, Räuchergefäße:
Rauchfaß, Nebelkerze, Urnen

Ohrenbeichte, Augenbeichte

beschlagt mich mit Wasser, mit gemahlenem Wasser
mit Staub

lichtig wie die Fisch'
und schiltig

Wege, Wege

*S. 454

Geräusche,
das Wort Überlebensschuld

etwas unterbricht uns, verursacht diesen Gesang
Scherbengeplärr, Lessingglanz:
ein prologisches Blau

alles haben wir gesehen,
das Verpfiffene, den Gehenkten
der schlug gegen den Wind

der ging am Stationenweg
um ein Amen zuviel
dieses Bütteltarock

alles haben wir getrunken
fad das Bleiweiß, der Ausfluß
aus der Thomasseite

im überdauerten, bewachten Schlaf
dieses Schlaflos

wer wiegt
als das Feuer kam
über diese Brücke nach Moldawien
über den Fluß

die linke Seite war die Todesseite
die rechte Seite war die Arbeitsseite

Rabbinisches, mein Traum vom Schneider in New York,
wer heilt das

La Hutte, abends

*S. 454

der Wald steht
und die alte Schramme schweiget
ein Gerücht aus weiß

aus Wurzelholz ein gebleichtes Stück
aleph hinter Steinen
: Fundsache:
unten liegt es, im Steinbruch
im rötlichen Basalt

Schraffiertes und fein gekörnt
Garbenflöze
: und weidet mich:
geschälte Stämme hangabwärts
sie haben geschlagen über die Tage

wer sagt, wir müßen liegen
im Harz und riechen.
Es brennt uns hinter die Kämme
: das Mal, das Denkmal
Le Struthof, Holz und Zimmermann:
es bellt: la chasse, Claude

la reine, la reine
ein Pflaumenbaum, ein Galgen

es palavert wo und unten
zu Strasbourg
: auf der Schanz':
da trommeln sie
: sie weiden aus:
die neuen Lieder. Sie pfeifen
die Quadrille, sie stellen Wände auf
der Psalter steht im Korn.
Er ist zu Weide gut

Strasbourg, Le Diable Bleu

*S. 455

die toten Seelen, Platanen
die dann so stehen im März
am Wasser, geläufig
zu Knorpeln geschnitten

drüben, le Diable Bleu
gastlich
im trockenen weißen Wein
der modert im März
der hängt im gelben Licht

il a froid narcisse

Narzissen vom braunen Buben
dem vom Berg
der hat den Arm voll Gelb

pas cher

hinter der Verglasung in Blei
hinter dem Messinggriff quer
im Fenster landen Helme an

Beim Wein Eingießen

*S. 455

geht mir Aigues Mortes
über die Augen, durchlässig
gemauerte Fugen

führt und geht mit

ein schmaler Gang, Runde
über dem Salz, turmhoch
Leuchtfeuerkäfig den Winden
ein résister
steinernes Herz, es kratzt
es geht über die Wendeltreppe

unter der Sonne türmt Wasser
Weißwein, Weißglas
ein Katzenschrei, grasgelb
im Stein, da plaudern

verschüttet, verlandet
Kinder vom Heiligen Land
ich seh sie ins Wasser gehn
aus ihnen wächst Hafer
Strandhafer wächst, sandig
und Queller, Netze gespannt
im Feuchten
Tore in alle Richtungen
die Madonna zu Ende gesichelt
hochherzig
Papier zwischen die Zähne gelegt
ein Verbrechen gekaut
auf der Zunge vergeht's, ein rundes
kleines Weiß, spuck's aus, sprich: geht mir
aus den Augen

collection

* S. 456

Kornrade blau, wir wissen
Hundedreck

manchmal fahren wir heim
und finden vom jeu de cartes:
Herz-Zehn, ein begangenes Spiel
ein verdrecktes Blatt
sticht unter Métro Javel

später, im Régalia
Café bei Zola, du weißt
du weißt, was du weißt
und nimmst ein Stück Zucker

Rue d'Odessa, da bist du
willkommen am Hauptturm, Parnasse
et fnac, am Haus gespiegelt
am Haus von Potin

da geht dir das Aug auf, links
unter der Braue steht's auf, geht
nimmer zu
in der Rue des Petits Ecuries, hinter
den Bogen, im Durchhaus:
die Nachricht aus Deutschland:
da is mir a Schwester geschtorbn
a mejdele, da gehen Uhren
anders: Locken links über'm Ohr

stiefmütterchengelb das Papier
von dem Zucker, weggebissen
Liebsmütterlein, du bist
sprachlos und leicht
stehst als ein Schatten
hier neben dem Mund

Kornrade, blau

(für D. D.)

Der Schönen von St. Denis

*S. 456

ich kann dich nicht lieben, du
Schöne, du weisst meine Liebste
du besäufst hier dein Unglück
zahl's ihnen heim
die dich zahlen
was erzählen sie dir
du Schöne

du stehst am Faubourg
niemandes Ehre, nur dir
und dem
dem bist du die Erste
die Erste, gab's das
komm, kipp's über

schnell, wem Erste,
bist du, schnell
zwischen Türen, Gesims
Haus und Öffnung

wer sprach von Feigen
Öffnung
da hast du den Kuss

stehst am Faubourg, Liebste
ich kenn dich nicht, ich kenn dich
dein Vorwerk
Vorburg
fallen in den Garben
fallen in den Graben

das Bergelchen steht dir
es steht dir
gut zu Gesicht
nannte dich einer
nannte dich wer

zu Gesicht und das Haar
das da, das
Venus-
das Hügelchenhaar
das schamlos verkommt
das diesen
und einen und viele
beschämt, es beschämt sie

keiner sang dich
komm
giess über, verschütt

giess ihn über dein Knie
Liebste, wein
wein weissen Wein

Sète, Cimetière

*S. 457

das Grab von Valéry
habe ich nicht wieder
gefunden ich habe
andere Namen gelesen
unter den Eidechsenlinien
auf den Steinplatten

vor den Kreuzen am Wind
werfen die Geranien
an den Grabkanten
kleine Schatten
die Schriftrinnen
die Salzspuren
hat der Wind abgetragen
den Pinien
in die Fächer geworfen
die streuen die Namen
über den Hügel
das Erdsegel
schräg über das Wasser
in die Luft gestellt

um im Schattennetz
fliegende Fische
zu fangen oder
wenn einer käme
um die Steinuhren schliche
ihm
eine Falle zu stellen

Ölbäume, dahinter das Meer

*S. 457

Rot liegt Bauxit in Windbrüchen offen
unter Blättern rollt sich das Silber

ein benedictus, camisards

sie schleifen orphée, sie schleifen
sie schleifen den Trog
und reden von Schlaf

Kindlein, schlaf

da hängen sie dich, sie spannen dich aus

du lebst allein in den Stirnen

Bretonisches

* S. 457

auch da Fischer blühte dein Haar
ein Wasser regnet
Amoco Cadiz
unter billigen Flaggen blühte dein Haar
schwarz im Geschlick

gelbe Steine, bretonisch
von den Vögeln gereinigt

die Frauen tragen die Hauben hoch
die Wellen gehen hoch
es grünt ein Wetter

wer räumte auch da Fischer
die Bänke von geschlossenen Muscheln
blühte dein Haar Schwefel-
-blumen blühte dein Haar

der Wind blakt
die Feuer gehn aus, es brennt:
abgefackelt

tel quel, es brennt
nichts schreit Kiwitt
nichts ist
quitt, Meister Eckhart

écart, fusilés: Leuchtbojen treiben am Wind
in der Schußlinie

in der Linie Horizont, rundum
umrundet. Stunden, Uhr, Gezeiten

Keiner da

*S. 458

niemand sitzt da, keiner auf Trebe
nichts ist zu teilen
wenn es auf's Ganze geht

wenn es dunkel wird
im Parc Monceau oder im Luxembourg
wenn es still wird
über'm Eck und der Calvados trocken

es schneit dann in der Bretagne
in Berlin fließen Läufe ins Eis

nichts von den Inseln, nichts kommt
über den Januar, Steine wechseln Lage
und etwas weniger Kalk an den Hunden
von St. Jacques und noch dunkler

Sacre Coeur

*S. 458

hier wird ein Fleisch hinauf gekarrt
und abkadavert;
der Blick über die Rodung, den Stadtverhau

nun zu uns beiden, Väterchen Goriot

sie steigen auf und fallen
in Farben die Vokale

wer wird wüten gegen sich selbst
Oh!
dieses Hosianna aus Kalk

welch eine Steinasche!

löscht den Brand

Keiner

*S. 458

auch den Schlaf gekalkt
gelb streunt ein Licht über Paris
Brüste strotzen in Stein

»les chimères aux lanternes«

Nerval im blauen Schal:

Kandelaber, calvaires
in der Gosse: Morgenwasser

»se habla español« ma meurtrière!
– und van-Gogh-Blau, blöd

wir gehen zu zweit. Weit.
Und breit

Zürich

*S. 458

au lac, da ist kein Wohnen

gegossen füttert wer den Vogel
den Raben, den alten
von so vielen Gräben

übern See müßt es kommen
(kein Heiliger von Kilchberg)

ich geh mir verloren
zwischen Stäben und Schlag
»quel pays d'exile«
Untergrund, Passagen

geh Griechen suchen
im Stehbiergeruch
im Televisionblau, im vollen Dunst
zwischen Toren und Welt

Verschiebeplätze, Bahnhöfe untertunnelt
getreten Spreesand und Connecticut
jenseits vielleicht der Geruch von Zitronen

hier wird verreckt
in verschiedenen Häuten
der große Gesang hat keine graffitti

dem Sprayer nach, häuserwandlang
Bruder Leichtfuß, diese Augenhatz
hinter welchen Bildern

sinken in den See
timpetu, sine fru

ins Helmblau, ins Gelände flieg
Vogel, s'ist Zeit

s'ist Opferstecherpack

Stück für Walser

*S. 459

Pinkusgenossenschaft, Zürich
(mehrere Einzelgräber da)

nichts wird man wissen
in der vermessenen Landschaft

wie es abprallt, Prellhang in der Biegung: fließen –

vor Augen: Häute und Horn

kein bündisches Wandern, kein Gang über's Gebirg

Froschaugasse, Limmat ist geflossen
kam geflossen dem Robert übern Schuh

über'n Schuh, holen ihn die Raben
Schnee in der Stirn, heissa
Kathreinerle

es ist hin, Schnee im Hirn

Mannheimer Ufer, abends im Februar *S. 459

wir stehen
die Toten fließen
zu eins und zu zwein in die Welt

ein jäh zerdroschenes Blau
schön über das Wort hoffen gezogen

hoffen, hoch am Mast

die Gesichter gehen uns glänzen
sie glänzen längs dem Fluß
sie glänzen genau
und schauen dem Abkindern zu

es klingen Lieder an
von snapshot and daylight
die Augen werden beworben

es gibt nichts zu reden
der Fluß tritt über die Ufer
in den dunklen Bäumen steht Wasser

Platanen schießen Kugeln, die Rinde platzt
Weißes tritt an

treibt ab, iwwer die Brick'
iwwer die Brick'
schöne Parade
Baracken

keine Kinderlieder über keinen Pontons
diese Brücken stehen nicht mehr
es sind nur die Chöre, die getrommelten, großen

»kde domov muj«
wo ist mein Heim,
in den Steinbrüchen drüben, im Stein
da knallt es, es hallt, es schwemmt

Den Beiden in Bremen

* S. 459

sie brennen das Kobaltblau über den Ton
hinter den schwarzen Katzen

auf dem Freimarkt dreht sich das Rad
ein altes Rädern aus Geräusch, Regen
und Katzenkopfpflaster

sie sagen später Spanisches
und zwei Sätze zu Portugals Küste
(und wieder ein anderer Pablo
und wieder
ein canto general)

hinter Glas, Veranden und Klinkern
Grünes und duldsamer Umgang

(nichts zum Anschaun. Sei still,
sitz und bleib
weitere Morgen, weiter)

ein spanischer Ruf, weit im Norden
sie kommen durch,
Umzüge, da fehlen die Trommler

ein bißchen Bleiben bei Kobaltblau, Schwarz
(das Hausen vorbereiten
hinter fremden Fenstern)

die Stadt liegt spät im Ocker,
Weser und – blättern

Dreieichenhain, Pawel Pan

*S. 459

Eichenlohe, der Garten des Theophrast

etwas hat ein Gesicht,
war Huchel hier, der Ammoniter?

Masken, zerschlagene
Krüge

Dreifacher Hain. Südlicher liegt
Olevano, Serpentara
der gerissne tierische Schrei
aus den Bergen

altes Ölgehölz, umschlichen die Mühle

etwas hat ein Gesicht
etwas presst Worte aus
entkernt Psalmen und Masken

Hainbuchen, Buchstaben, Stäbe
hinter Venedig saß Pound gefangen

Mantragerede, Chinesisches nach hier

Nachtgespräch, telefonisch

*S. 460

diese Tätowierung: Sinn
wo hinein geschnitten:
Apostroph, Apostroph
von früher etwas wie:
»more geometrico« oder Leibniznachlaß

die Kuppel vom Charlottenburger Schloß
über beschossenem Basalt auf Wegen

(wer schreit uns in die Abruzzen
wer peitscht uns Frieden bei
wer verätzt uns die Haut mit trockenem Wein?)

der Schrei einer ägyptischen Katze
(dieser falbe Laut,) das tierische Auge
gelb
und Scarabäus, amonamon
Königstal, zerdroschene Schädel
Krüge, ja Ammoniter

dazwischen Römisches
das Bad im Roten Meer:
Schlangenbiß
Regen schlägt ans Fenster
Rindensprünge reißen in Pappeln
taubenleer und nachts
irgendwo Rufe der Rangierer,
aufgleisen, das Verschieben

(für Wolfgang Bächler)

Pavese

*S. 461

dem aus Turin, dem Hageren

Piemonteser, dem scheint ein roter Mond
dem scheint schilfig das Licht
dem stürzte der Schild ein, die Stirn

eine gestochene Platte, Kaltnadel-
radiert, das Fleisch
: kupfern

einem gaukelt die Stunde blau
weitergestochene Kähne
Lorenzo und Genueser Geruch

es liegt einer im Hotel

Terrassen, Schatten schlagen das Meer
von den Bergen, Viehisches
vom Porphyr, Wein raucht im Herbst

Tunnel, Treppen, Stufengebete
geschabt
das Manifest der Hunde. Sandiges

in der Verbannung hob er den Tuff,
wie stark der duce war, als er hing

Für Kuwilsky, Maler

ich sitz dir unter Nußbaum
ein Gesicht ins Geviert;
die Richtungen stimmen im Kompaß

(was heißt hier Räderwerk
Uhr, für wen
wen denn –)

ja, ja, die Latten der Namen

in den Gabeln Misteln
und Eichen:
das deutsche Altlaub

in den Nüssen brüllt Sommer,
die abgehagelte Landschaft
Dämmerungsbuckel, ach schönes
grün
hinter dem gehängten Stein

: der Einstieg geht über die Augen
das ist die Fraktur

Bild

*S. 461

Marsias ist ein Schächer
geschächtet
des Herren liebstes Vieh

Hrdlicka schlägt den Marmor rot
er kreuziget den Stein

Wahnarbeit, radiert

parier

ein Schlagstock der Meißel

bestochen gehen Masken

Der da, …

*S. 461

der Menschenwäscher
Gärtner geht zu Land

er laugt aus

Nolde, schütt' die Farben aus
der Himmel geht zu Land

Bar-
-lach:
dein Engel hängt entartet

jetzt kommt man Frieden husten
da,
den schön gewaschenen Song

Strophen

*S. 462

süßer die Stimmen nie

sie haben immer gesungen von Genick und Gedicht

schwarzbraun ist die Haselnuß
ins Gebüsch, ins Gebüsch

tief liegt der Sand; den streut wer
in die Augen; aus dem Sinn

nun jauchzet und seid froh

LiedDeutsch 1981

Die tiefen Töne

*S. 462

wie tief das geht:

daß man ein Naturell haben muß
einen einzigen Schrei:
Orgelton, Geschütz

daß du sterbst
als ein solchener, als ein solchener

(bist's ja nicht gewesen
hier, im Abraum)

der Orgler spielt genau
tritt das Hölzchen mit dem Fuß
er tritt den großen Ton
nimmt dir das Geldstück aus dem Mund
legt ein Hutzelbrot rein

Zur Nacht

und komm noch zur Nacht
die schläft uns nicht
nicht im Baum

da reifen die Nüsse grün
braun
giocoso, die Lauben es nickt

ledig, leg dich nieder
»da sind die angelin«

es schmelzen in den Wellen
die Streicher, Holzbläser
Blätter im Mundstück
in Eins

zur Nacht komm ich leise

Meinem nicht geborenen Kind

*S. 462

zu singen, ich hab
mich an dir verwundet, Kind
du schlägst noch
du hast den Takt

du schläfst im November
die Mandel friert zu

: zu singen, nun sag ich

curette

jetzt schlägst du
zwischen die Schenkel gespannt
(ich warte auf den Beckenschlag)

schlafe mein Kindchen, schlaf ein
es kommt einer, der fidelt dich

der saugt dich ab in die Schürze
du bist ein langer Ton

da wird die Sau gebrüht und geschabt
Katzen streichen ums Haus

Er

*S. 462

er findet morgens einen weißen Kiesel
er hebt ihn auf für ein Grab in Paris
er gräbt ein Farn aus an der Mauer

im Regen sitzt

er unter einem Rebgestänge
er feuchtet die Farnblätter an
er gibt Regenwurmdreck auf die Erde
er sieht junge Fische im Fluß

ganz am Rand

er sieht einen Angler
es sieht eine Katze beim Jagen

er hört in der Nacht einen Husten
es ist ein Igel im Laub

es klingt

ein kleines Kind stirbt
in den Büschen

Schellenbaum

*S. 462

am Himmel fetzt September
reisst ins Blau

Manöver pflügen nördlich

die Wappen als Gürtelschnallen
enggeschnallt

es zieht an

Freigelassene reden von Jod
reden von Jodsalz,
von Jodseife, Bad Tölz

wir buchstabieren die Väter
aus blauen Zinken
blau unter die Haut gesetzt
zwischen Zeigefinger und Daumen

das Blutgruppenzeichen

nach Basel, im September

*S. 462

ein Zug fährt durch's Hochblau
da wird geerntet dort steht
ein Grün
ein Kind stürzt im Herbst
ein Name fährt über die Alb
Salzwinkel
da zieht man Soldaten
da schlug man ein Kreuz ein
da gießt man die Toten
einmal im Jahr
ein Wind geht durch den Wacholder
und legt sich nicht hin
singt nicht
die Oden von Keats

ich bring ein Gedicht mit
und Laub an den Hut
zu stecken oder ins Netz
das Land
sieht mit großen Augen

Fahnenwehen, bunt

was vor mir herzog,
war über Verrat geflaggt:

Wimpel, Lumpen und Loden

perditi, lost

in Uhren kreischen Anker,
quarzgenau ein Kristallgeschiebe

in diesen Uhren heulen die Hunde
sie bellen griechische Zeit
Hafenzeit in Piräus
schlug sie in offenen Klavieren
im Zollhof

einer schlägt dem Köter den Nacken entzwei

Brise, brackiges Wasser
Ölschlieren: das ganze Gloria

Diese Stadt

* S. 463

das Radebrechen, das Kreuzbrechen
vor der Berliner Freiheit, die große Glocke

Kreuzberg, ohne Sorg'
und Morgenrot, a capella das Vokalensemble

Schinkelberge und der tägliche tiefe Anflug,
Helme

wer möchte streiten im Feld?

singen das Beltlied, den schönen Marsch
das Michellied
dieser gezupfte Hansel

die große Geige: es sungen drei Engel

das alte Leid, ein neues Lied
die Neue Zeit

ein Kehrenvokabular
um den Toten Punkt am Großen Stern

Am Nikolassee

schrittweise
Gespräche am Ufer
entlang der schilfigen
Spiegelungsgrenze
spült uns das Wasser
die Bäume braun zu

die S-Bahn macht
ein rotes Geräusch
auf dem Gleiskörper
der Himmel steht still
in den Zugfenstern
ein Nachmittag
leicht bewölkt
bis zum Ende
ein rotes Licht links
verschwindet hinter
den Büschen am Damm

wie war der Satz
ja, gehen
wir weiter
bis zum Steg

(für Rainer Blum)

Morgengrauen

*S. 463

Schleierkraut, rotgold
Rotfeder, ein Weißfisch
liegt über dem Berg
bruegelsch
reißt eine Saufeder den Himmel auf

Rotbuchen, Friedenau
ganz plötzlich am Wasser
Weiden streuen die Schüsse

jetzt rudern, Feigenbäume plündern
jenseits der Stellwerke
südlicher, nicht
auf der Nordgrenze

da werden die Morgen verraten
die alten
Morde neu ausgelegt
Fallen gestellt, locker

ins Kraut schießen, da
tropft
gesalzener Schnee aus den Augen
Treffer, es blaut
es blaut noch, blaut wieder,
Blauaugerle schau

Nachts, hier

*S. 464

(für Christoph Meckel)

unter den Nägeln entsteht mir die Nacht
ein Mund brennt
ein Mond
die Zeiger in der Mitte festgeschraubt
ein gleichmäßiges Geräusch
ein Gedicht im dunklen Berlin
ein rotes Licht in der Luft
ein schwarzes Gedicht geht zu den Kindern
jetzt

ein altes Steinmetzzeichen
dein Name
ein Schlüssel
Schlüsselbart, feingefeilt
und schließt an der Tür, alter Mann
immer an dieser
und sie öffnet sich nicht

Zinken geritzt, Rotwelch
für Landfahrer übers Wortgefälle

Rückfahrt, 30.11.78

*S. 464

mir liegt Schnee auf den Augen
er schmilzt
etwas gefriert langsam in mir

keine Abschiede mehr
heiterer, ein Gewölk
Schneeregen über Geleisen
schwarz glänzt der Schotter, naß
der Weg geschient, der gebrochene

ein Punkt fern
in der Landschaft da
noch vor mir
wo es sich trifft komm
ich nicht mehr an

Havelgewässer neben dem Damm
Gelichter, grün
rot, Positionen
auf Posten stehen
ein gelbes Fenster im Morgen

Kiefern, da hinten liegt Potsdam
Garnisonkirche, Kuppel
Himmel und grau

Hans im Glück, Winters

*S. 464

Längs den Schienen, rostiger Befall
zwischen Eisenach, Weißenfels
wer grub sich da durch
wer ging in den Draht, sagte Verhau wer
grüßte von Landsberg, Block zwei
Übersetzung, Blütenstaub
Doppelleben und Ringe
das alte Lied Schnee, schnell über die
Schwellen gestottert

der Winter ist in die Garben geweht
spielt glänzend auf
er spielt in die Trichter
die streuen was
wenn man Glück hat
war's hündisch

zwischen Streuschuß und Gitter
Transit
Mitropagelenke, gedeckt
im Fenster splittert Winterlicht
Frostränder am Glas, innen

ein Läufer da einzeln auf Eis
eine Vogelscheuche im Feld
ein Schuß aus dem Fenster
ein ratterndes Vorbei, ländliches Gestückel

▿

es geht einer mit Hund
Guten Abend, Guten Abend
der meteorologische Spruch
Reichsbahn, deutschordensrot

irgendwo setzen sie Keile an
unter die Nägel schiebt sich Frost
wird blau, so blau
es wird einer geholt

Pfeifen

*S. 464

. . . und pfeifen ein Pfandlied, den Groschenspott
ein Schuttlied
Fidelio
das war's aus den Kerkern

der Radio –
der überrundete Chor
jenseits der alten Kratzer
Gereinigtes

das hieß Willen
es wollte zur Macht
ins Einfache, Mann gegen Mann
in Trümmer ging's

Amselgezeter, Grünfinkenschlag
vor dem Fenster
Tauben holen sich Futter
du fütterst auch da
diese Kreatur, sommers wie winters

Steiniges steht

einer geht über Ruinen, überwachsene Schädelchen
ein Osterspruch gekotzt, gespieen

chrestos anesti, Schwetzinger Blau
Moschee und Brückenschlag

Japangeflüster

noname

*S. 465

noname, nickname
an etwas wie hier verliehen
die Litanei, die geflüsterten
verrauchten Stundungen, angerichtet
aus alten Scherben, Stanzen
in die Schädel gepunzt, in ein innwändiges Leder

dagegen gesungen
gegen die Trommel drei Lieder
leicht von Verrat

beräucherte Abwesenheit, Blondchen
es ist dein Fleisch, das sich spreizt
die zweite Sprache, der Abgesang
mortual

Wäsche wird leichter ein Fetzen
Gebet, ein schartiges Geräusch
ein gelittenes Gebell, zwölfmal gerundet
über Amen und Amen

unserkeiner
ist unserkeiner in die Hände gefallen
über Gebrauch, Fangschuss und Eisen
immer das abfragen, aufsagen

vier kleine Zettel, hintereinander

*S. 465

den Rest besorgt der Kalender
auch das Töten
auch eine alte Musik
ein bißchen Furcht zwischen
zwei Blicken, Wendehals
glücklicher Vogel

uns bleibt ein Rest
Welt unter der Schädeldecke
auf der Zunge ein Zeitwort,
diese Tage, das Bittere

sie reibt sich gern an uns
die alte Vettel
so entsteht das in uns

wir nennen's dann
ein Gedicht
mit der Zunge bricht es
dir das Genick
ein halber Christus
rostet an der Wand

Frostiger Morgen

*S. 465

was tut mir mein Name
im Englischen Garten, gefroren
ein Weiß, ein kahles Geäst

da gehn zwei, zeitig
Enten schießen, nur Erpel
ein Schrei fliegt auf
schwärmt hoch und kreist
ein Schrei geht mir nach, quer
angelegt über die Kimme das Korn
ins grüne Gefieder über dem Wasser,
vorne am Flügel

ein Schrei geht, ein Schuß
aus dem Winter, eine Krähe
streicht niedrig vorbei
quer über den Garten im Aufflug
plötzlich
ein schutzloses Tier
ich trete hinter den Baum
wer weiß, wie gezielt wird

aus Zeitschriften

1974–1985

Das / was …

womit wir was:
– hätten.
Ich bin ein Dunkel-
-viech,
am Automaten zu
schießen, so'n Sonett

das
über'n Honeywell kommt,
über'n Kirschbaum nimmer.

Ziffern

Münchner Freiheit, Im April

*S. 465

… sondern es ist / Ossip
wie das Vergrabene, zu Stein
: Steinmandeln im April

Darüber hoch der weiße Spaten
auf rotem Grund / Ein
Gegenverkehr

: es wird sich beruhigen. / Sondern
es ist Nacht

ein und ein wir hängen im Entkommen.
Es ist / Sondern zu Stein,
dieses Ein:

ein Geräusch drüber, Fall
und Quietschen. Es blühte,
blühte, blüht. Wie das

Sondern. Es ist …
Ruh', über es, ist.

Drei Gedichte für keinen

Mücken zu fressen
im Licht,
: daran hängt's

»einer macht das/
real und …«
:frißt das:

(sicher, so haben wir/
wer/Orte gesehen)

… jeweils was

Da ist es zerschlissen, dieses/
... was
zählst du: du / ich:

um vier Uhr früh. / Früh wird's
abgetschilpt. Es überdauert
dich,
was vom Grün pfeift, von den
Firsten : Antennen

»Firstendach«: Worten /
tön ..., so
oben ein Schönes ist,
ist's Tönen, so.

Haben zu sehen, so
zu hören. So, zu tönen.

Es ist hör'n wie einer/
denkt's: Stille

Keinem Sohn im Juli: *S. 466
wir hätten das abgeklopft,
was
:Namen heißt / Ding-
-'en, zu sein …

Da: die Quitte
setzt (, wenn es glückt,)
dieses und
/ und ihr Gelb
an ; so,
als gälte das

, wie sich, z.B. die Stein-
Nelke
durch den Zaun quetscht –

: daß es ein
ver -/
sei, ein -gangenes:
dieses Zusehn

Septemberlich-

*S. 466

-t. So'n Fall am Wasser,
abends
aus Rot. Keiner

glänzt diesem Untergang. Was
uns freundlich scheint
meint nicht uns

Menschenviel, -viech
zum Schwimmen, zu fallen
abends aus Rot ins Wasser

zu, meint-
licht:

vertember, -geblich
Licht/ weg

(Berlin, Am Sandwerder, für Max)
13.9.83

Seit

*S. 466

seit Schnee:
viel / Laßt fahren.
Dahin
… von dannen er /
kommen …
seit Schnee fiel
über alles: ein Tuchenes
ein Hemdenes. Zu sehen
: großes Weiß / Ein
Hinhauchen: rosentot
ist winterviel

Die ganze Winterreizung

Die ganze Winterreizung:
drin:
Aus Weiß / was
weiß ich was
Weiß ist:

die Reizung / Über das
Augenblenden:

zu Dunkel gehn, zu Hell

1984

Wird Schnee sein: bei Gelegenheit

*S. 466

(... ich habe eine Gelegenheit für Heißenbüttel /
am Wannsee / werden die Schienen geschliffen)

dessen was äußerst Nachtigall mitten im Winter:
Schnee,
so, es: ein Kleines. Bucheckernschön
zu sagen. Ein unverbrauchtes Blau zu haben
gegen Abend, gegen Westen, ein Rot zu
glauben.

zurückkommen von da dessen was äußerst
mitten und äußerst schon nicht mehr
zurückkommt, geht mitten in Eichen zu

Ende. Zu Sand bucheckernschön und Eicheln
gefallen zu platzen unter'm Tritt dessen,
: ein Kleines: mitten; mitten im Winter zu
sagen. Nie oder Wasser, ein Schießen von weit
wie hinter'm Stein. Und Kiefern. Das legt
sich bei Gelegenheit werden, nie:

es wird Schnee sein, unverbraucht schön
so,
es wird, was äußerst zurückkommen von da

1984

Monogrammiert

*S. 466

es ist ein Welten:
-de: da
so'n Schwirrn, schon:
aus.
Es fängt an / zu
brauchen kein Wort.
Keins zu Welt.
.ist, da.
ein Angst zu /
Liebe. Zu
einundzwei Angst.
Drei, zu.
Schnee zu:
Zu.

November
Ich liebe den Herbst: die Jahreszeit der Trauer stimmt gut zu Erinnerungen. Wenn die Bäume kahl sind, wenn am Himmel die tiefroten Farben des Sonnenuntergangs schwimmen und das vergilbte Gras übergolden, dann gewahrst du mit Entzücken, wie alles verlischt, was jüngst noch in dir brannte.

Flaubert, November

ein Leicht

*S. 467

mir liegt ein Leicht von Haus,
ein Brand aus Laub
kastanienbraun im Herbst, ein
Kind zu hand

es brennt. Ein Wasserdunst
kreischt über'n See
ein Leicht fliegt auf, sehr
schwer zu sagen, was

zur Hand geht nichts
mir liegt daran, zu gehn
so leicht, als wie

ein Kind, sehr schwer zu sagen
was es wirklich sieht
im Laub so leicht vor'm Haus

Haben: ein Fracht

*S. 467

heuer: Gebrüll/
daß wir das alles wollen,
wollten: geschieht dieses Herbst-/
-liche. (Buchstabier' das,
dieses Wort über 's Imperfekt)

»werde und vergeh'«

:tu commences ...:

und habest,
habest du diesen,
das, da

heißt zufrieden, dieses
Ende./ Ein Segeln (wie im Auf-
-wind zu denen. Diesen:) Vogel

werden: Bussard in diesem Aufwind

:... und haben ein Weit / ein Fliegen
Bussarde doppelt über'm Berg

/: zu haben ein Kopf
so
ein Zeit, dieses (Stolpern)
in schönen Zeiten, immer,

immer mehr, immer:
Schönes

17.10.83

Ich wollte heim
oder zum Beispiel nach Köln
und dann weiter

…, aber,
hier tritt sich der Sand fest
& ich geh' nicht

ich lasse die Katze ins Haus
als bliebe ich

wer weiß was von da oder hier
(also lungern)

so seh ich tierischen Tritten nach,
tue ein Streicheln, sehr fremd.
Eine Fellhaut und weg,

wie sich das dreht

als bliebe einer zurück
wenn er geht, dann

(10.11.83, nach Mitternacht)

Nachsätze

... hat man nicht alles das gelesen, um am Ende zu sein. Und wieder anzufangen, weil alles gesagt ist und nichts wieder neu gesehen.
Das ist es ja, was über die Augen kommt: daß das Gekannte, was uns als Zitat in die Augen springt, das wie ein Schrecken plötzlich den Stand von wirklich und unumstößlich einnimmt, damit man es eben jetzt und nur in einem einzigen Augenblick, – den man auch Riß nennen könnte –, nachbuchstabiert in einer alphabetisierten Sprache von Sehen. Es gibt noch keine Geschichte des Blicks. Vielleicht wäre das dann die Umkehrung der verschrieenen Metapher, die sich bildlich ihrer Bildlichkeit entkleidet, den Kopf in die Bewußtheit ihrer eigenen Allegorie stellt und damit dann sich selbst allein läßt.
Denn der Blick hat hinter sich nichts, außer ihm ist kein Bild. In diesem dauernd bewegten Bild aus der Summe aller Bilder zu stehen und sich die Augen auszusehen und so dann an den Rand zu kommen, das ist auch eine Grenze des Gedichts.

wer unsere Sprache verletzt, meint unsere Haut. Wir geben sie stückweis zurück und man zeiht uns der Regelverletzung. Das ist der Anstand im Hochstand.
Sprechen und Sprechen ist zweierlei. Es ist eins. Man hätte es nur gern geschieden.

einer wächst unter Todesdrohung auf: er kann sich durch nichts mehr rehabilitieren. Er schleift sein Urteil mit sich überall hin. Er sollte es vollziehen, daß ihm ein Recht geschieht.
Eine Hundehütte: ein Hund, der seine Hütte an der Kette hinter sich herschleift.

einer hört ein Wort sagen: daß es gesagt wird.

sich selbst zum Waisen erklären: der Abschied aus Zeitverhältnissen.

so bin ich nach Berlin gefahren als einer, der ganz unberechtigterweise hinzugekommen ist. Als jemand, der zusieht, wie seine Geschichte in den Augen anderer abläuft, in anderen Köpfen zu Ende geht, am Ufer des Sees, an dem ich als Kind schon alt und unberechtigterweise hinzukam zu einem Vergängnis, und, da dies unschuldig geschah, hatte ich inmitten des Staunens, das die Bilder über Jahre hin festhalten sollte, auch keine Verpflichtung gespürt zu bleiben. Aus diesem Gegensatz hatte sich die ganze Sehnsucht entwickelt, einmal den Weg einer Vertreibung rückwärts zu gehen, so als könne dann endlich in dieser fortschreitenden Rückkehr die Fremdheit aufgehoben werden und erreichte dann den Stillstand eines Bildes, darin Wasser und Bäume keine Erinnerung mehr für sich beanspruchen können.

Vom O

es / von diesem Staunen
kreischen die Ticker

(bits and quarks):
kleinste Teilchen leisten

die Rede: das große Wort

es ist ein Nie
& Nimmer, das hat mich
im Gefrett:
ein nimmer-nie

– … gehen. Zu Herbst
treten

-scarpe

*S. 467

trag mich zurück. Du –
wir sind doch/ klein ineinander
in Gegenden dort:
wir liegen im Norden

(und wollten so weit)

scheckig werd' ich, irr:
fünfmal hast du den Namen
geändert. Mir zu

Ruth in Sophie in Anna
in Anna-Maren.

ich heiße dich: Ruth,
wir tragen den Namen zurück:

wir müssen uns stoßen, an
»hands over suspects«

gehn wir: ich-sagen/
sagen, es heißt uns

ich-sagen: gegen, … Contre-,
oder so:
Straßen, schossen, tragen

Welch ein Gehäuse

*S. 467

Welch ein Gehäuse, na und –
:die Vokalreihe
»Jaunerloh gebi…«

Holdrio, Holder-
-lein

Lied: Jaunerpaß
oder passa porte:
Joch und Gangbares,
darüber wird Freiheit gestammelt:
ein klares Wort

welches ? Schlafarbeit immer
dieses Wachsein,
dieser Jargon: Wirklichkeit.

Zeichen, Zeichen, Zeichen
welch ein Gehäuse, na und –

der Hieronymus-Dreh oder das Auge
im Aeroplan oder: Semiotik
-tik, -tik. Fahren schön,

Weinberg schön, -öhm

1982

*S. 467

bartok, kleines stück für klavier oder tastalfabet

sie träumt, er spiele bartok, aber anders als er gespielt gehört oder für gewöhnlich gespielt wird. siehst du, so spiele ich dich, sagt er in ihrem traum.
er hat noch nie bartok gespielt.

wohnen wo, in einem musikalischen satz ist keiner zuhaus. da ist kein nennbarer raum, von bleiben war nie die rede. die stimmen gehen wässern. hausen, über gekrümmten linien. die farbe weiss ist so unerträglich geworden. die taubblinden-lehrerin prüft mit dem grellen licht einer stablampe, ob das rötelnkind noch einen sehrest hat.
muss lernen, lernen muss, sich durch gebärden verständlich zu machen, das hautige hörvermögen in der stille, die lautreste: die unhörbaren treffer werden geübt, über die finger wird etwas für's augenlicht in auftrag gegeben. es empfiehlt sich diese übung täglich zu wiederholen. unbekanntes wird geschaukelt, regelmässig, bis es zur ruhe kommt. wo keiner zu wohnen gelernt hat, da ist es an einem zu bleiben.

mir ist das heuer immer verdorben *S.467
es riecht nach gurkengewürz, nach
steinnelken, ist abgebrannt
ist sehr verschimmelt, das jahr
um jahr, frostspanner hinter den kiefern
hinter bornim standen die russen
nach köpenick flogen wasservögel
es war ihr rückzug, die havel
spülte etwas auf, ein gloria
preussischblau, geronnener sand
von Mann zu Mann
kein grosser horizont, die wannseekonferenz
wassert, wendisches obstland steht
jährlich in blüte, verbranntes kommt
zu nektar, stempel und narbe
frühling lässt ein rotes band
den sieg verheissen, backsteingotik bröselt
kähne werden weitergestochen
nichts meint sich selber, abermals heuer
nehm ich mir mein leben aus minen
vom grund

Das Individuum zulassen. Den Verfall. Auch das Schweigen, das Scheitern, das lautlose muß gelingen. Eine Lüge. Das ist ein wahrer Satz. Die versteinertsten Verhältnisse. Ein Steinbruch. Urteil über dich. Das Zitat entfällt sich. Da liegt es bloß. Jedes Geflecht läßt sich einteilen, durch die Räume, die es läßt. Verscharrt, den Kadaver. Eine alte Uhr. Die Zeit verbringen. Verbringung. Vom Rücken her. Sich durch Schuld ins Verhältnis setzen. Der Balken, an dem du hängst, ist der Splitter in deinem Auge. Wir sind nahe genug: jetzt zustechen. Ohne Antwort gelassen. Eine Spindel. Wir spielen Hunger. Es ist ganz still. Das verstehst du nicht. Es schnippen zwei Finger. Ein Reisesegen. Du lebst von einem Wort, einem Erschlagenen. Eine Kurzschrift. Ein langer Laut. Eine Farbe. Blau über einem Berg. Der borgt dir den Schatten, du Wimper, und legt sich dir übers Wort. Das Gedröhn, solange wir leben. Das ist eine Bedingung. Es kann dich ein Schrecken ankommen. Etwas kommt auf dich zurück. Im Schatten der Polizei. Dafür Sorge tragen. Ein Begräbnis. Früh genug. Ein angemessener Tod. Es geht kein Kampf weiter. Junge, niemand, sonst niemand wird es erfahren. Freiheitssystematik. In der fremden Heimat vereinsamen.

Mit Menschen ins Gespräch kommen. Ein bißchen reisen. Post aus Deutschland. Da ist eine Landschaft. Die Forderung nach der Todesstrafe. Gegen Geld natürlich. Nachforschen. Auch am Sohn wird ein Vater gemessen. Die Landschaft. Ein großer Sohn. Da ist die Provence. Ein freier Wind. Hineingerutscht. Viel Leid. Ich weiß, was Leid heißt. Daß ich solche Söhne habe. Was muß ich für ein Vater sein.
Da sitzt du in Deutschland. Ein Land. Manche sprechen vom Lande. Dieser eine Vokal. Da ist die Nacht. Etwas tun. Was Menschen tun. (3.11.)

Da treibt dir das Bild mit dem Fluß ab. Das bleibt, was es ist. Ein Licht fällt. Ein Punkt. Eine Welle. Ganz klein, ich, sozusagen. Und keine Gnade. Einer der Sätze schreibt. Am meisten. Was mit d beginnt, Dauer, du, dauerst mich, schon fällt ein Konsonant aus: es wäre ein m zu streichen. Ich sage, was mit d beginnt, Dauer, die Zeit in dir.

Es lebt sich leicht im Land. Wir sind entsorgt. Salzstöcke. Gefrorenes. Darüber Draht und Prozeß. (25.10.)

gut gemischt

*S. 468

fernab indessen
ein Bekannter, ein Freund
mein Name ist Niemand
ein I-land
das kennst du
das Wortspiel
ein König bist du
unter gezinkten Karten

Zeichen neben der Tür
nicht von Bettlern geritzt
nein von denen
die dich verraten
über Nacht

du öffnest und staunst
da war einer
der erriet dich
doch nicht
liefert dich aus
stich den Buben
da fällt dir das
Spiel aus der Hand

1979

dem Maler Duvanel

*S. 468

ich schmeiß dir ein Blatt
hin siehst es mach
über fünf Zeilen den Ton
auch tausche die Farben
denk dir den Schlüssel
es fällt einer über
den Rand da huscht ein Pinsel
und schattet ein Dunkel
schon liegst du dir quer

für Tadeus Pfeifer

*S. 468

ritz es dir ein
in die Haut
ein Gaumen schlägt zu
zeichnet den Tag ab
einen Haken geschlagen du
Hase lauf
dir selbst über die Hand
spring schnell
der Puls holt dich ein
verraten
verkauft
rote Beeren hängen
mitten in den Monat
Aberesche
Eberesche die Amseln
fallen über dich

4-74

Tadeus, Frank und Rainer sitzen am Tisch

* S. 468

und da stehst du und
gehst und kommst an
heh, Tadeus, setz
den Käfig in einen Vogel
laß ihm die Flügel
da singst du und Rainer
der geht Alban
ist es ein Heiliger
frag in der Vorstadt
was hilft es das Ganze
du kennst es das
Pentagon
Kreml
laß es und der Zorn
auf den Vater geht weniger
leicht über die Lippen
uns fällt ein Wort ein
ein Baum
sagtest du Pappel, Günter

Schlaflied

deine Schlaflosigkeit
niemandes Name, kein
Gedenken, ein Wälzen, da
setzt eine Uhr zum Schlag an
es trifft dich ein Stottern
ein Anfang übersetzt dich
zu Traum

es herzt dich mein Kind
ein Silbenspiel, verschlaf's
da geht dir kein
Ruf dazwischen, kein Hunger
kein Auge, weit und breit,
kein Geschrei, nur der Mond

geht dir blind
über die Stirn
verschleißt dir den Schlaf

die Dinge verändern sich *S. 468
Orte verändern sich
das wächst sich aus
Kinderfraisen
schulterbreit zwei
Handrücken weit
die Abstände
die zwei Zeigefinger
aneinandergelegt
das bedeutet zwei
verstehen sich gut
auch auf ein
altes Münzenspiel
an die Hauswand geworfen
Wappen oder Zahl
es liegt auf der Hand
ein einziges Trümmerfeld
da kriecht Neschek
die Natter
die alte Händlerin
und fährt
in einer trockenen Astgabel
aus der Haut

Potsdamer Abkommen

*S. 469

rückwärts im Wind
löse ich mich
auf gehe hinüber
zum Streifengebälk will
eine Konferenz halten
in Cäcilienhof
am runden Tisch
fordere Wasser und Bäume
zu Zeugen
und unterschreibe
den Park

die Stufen hinauf
laufe mein Kind
in den hängenden Gärten
findest du vielleicht
den Alten Fritz
siehst den betenden Knaben
Orangen essen
während ein Schwan
den Rotarmisten schlägt
nur mit den Flügeln
das Blattgold
vom Teehaus in die Schatten
springt ohne Rücksicht
auf die Filztritte
im Gefolge der Führer
und nichtachtend
der Jahreszeit

1978

Pfaueninsel

ein Stück Wirklichkeit
genau
diese Rauchringe
in denen die Nebelfetzen
hängen ein
Vorhang
aus Asche und Rauch
das windet sich
zu einem Strick
der Atem geht aus

weit drüben
über dem Wasser
steht ein Stück Ravenna
ein Rest Loreto
die Pfaueninsel
rutscht ab
aus jedem der Rundbögen
fällt ein Vogelschrei
ganz leise ins Wasser
und wieder bilden
sich Ringe
mit den Blattspitzen
fischt die Weide
sie auf
indes einer der großen
Vögel doch noch
einmal ein Rad schlägt

zwischen zwei
Bewegungen der Nickhaut
wird hörbar
daß Soldaten hinten
im Wäldchen
Krieg spielen

1978

bei Lothar Fischer im Atelier

*S. 469

brenne ein
Auge in Scherben
Ton
rot oder braun
das liegt auf dem Tisch
in der Werkstatt
offen
blickt es zur Decke
an der Wand hängt
die geflügelte Frau
über der Kiste
mit pfälzischer Erde
aus der morgen schon
ein Etrusker steigt

1978

Babenhausener Elegie

es liegt ein Schlaf
weiss über uns
die Opferkrüge sind leer
bist du gewesen sagst ein ich
ich sage Erinnerung
buchstabiere von der Zunge
den Schrecken da
fällt mir ein Herbst
aus dem Mund
sagst mir ins Ohr deinen Spruch
vom grown-up tree
da entfällt mir das Land
schattengenährte Augen
sind Narben
als ein Geruch liegst du
mir auf der Hand
in der Achsel die Tritte
der Hündin im Moos
die schnellen Schnitte
der Günz neben dem Mais
früher stach man hier Torf
mir ist jeder Kolben
ein Schuss da treten Soldaten
auf die Erde ist schwarz
nimm das Kind rasch bei
der Hand erklär ihm schneller
den fruchtbaren Himmel
die fuggern uns aus die
uns ein Erbe versprechen
sag's ihm und komm
wir wollen verschränkt sein
im Mitternachtswinkel ehe
bestimmte Tiere wiederkehren
ein altes Tuch sich senkt

vaincu

*S. 469

die Beziehung ist
nicht von Dauer
das springt uns an
einen Augenblick
lang wird etwas
zur Katze
schlägt
und zieht sich zurück
hinter das Auge
aus einem Kreis
wird ein senkrechter
Spalt
die Pupille spielt
mit dem Licht
etwas war so
dazwischen ein
tierisches Bild
ein Riß von oben
nach unten
als sei ein bestimmter
Vorhang
wieder gerissen
als hinge er nicht
immer in Fetzen

eine Postkarte von Reiner Kunze

*S. 469

»Fest auf dem Land«
steht auf der Rückseite
drehe ich die Karte um
wird alles grün
es könnte greiz-grün sein
ich weiß nicht
grün jedenfalls
und dann ist ja noch
amtlich
ins Quadrat gestempelt
POST – damit Sie
in Verbindung bleiben

so ist das
schwarz auf weiß auf grün
neben der Nachricht
in blau
von Feldbett und Tauchsieder

ausruhen
aufwärmen
mit der Donau denken

Vokalisch

wir laufen uns
gegenseitig
ins Messer
nicht nur wörtlich
manchmal
reißt der Himmel auf
Wetterberichte
sind vorläufig
Sätze
aus genauen Beobachtungen
hergeleiert
ihnen auf den Leim gegangen
schon klebst du
ganz lautlos
du brauchst
ein altes Wörterbuch
dir die Zufälle
zu übersetzen

1978

Im Hotel

*S. 470

Für Hermann Lenz

das gehört mir
der Gedanke an den
Englischen Garten
hinter dem Haus
die Luft die ich
diesen Morgen ins Zimmer
lasse
der Blick durch das Fenster
auf den einen Kirchturm
das warme Bad
die weißen
sehr weichen Handtücher
die Handbewegungen
des Zimmermädchens
als es das Bett macht
eine endlich
beruhigte Nacht
mit der Tagesdecke
zuschlägt
während ich
am bocksbeinigen Tisch
eine heiße Milch
trinke

Der Prophet aber

*S. 470

Wie viele Gebete
Den wenigen Göttern.
Mehr als die Summe der Tage
Die in den Wind gehängten
Worte,
Die geknoteten Schnüre,
Zuviele Steine schon
Auf die Gräber gelegt
Und immer wieder gedreht
Die Mühlen.

Der Prophet aber
Trennte den Ärmel von
Seinem Mantel
Für den Schlaf seiner Katze

Für jetzt

Jahres-zeit,
Halbwort, vielfaches.
Ich sage nicht
die Welt,
sage nicht der
Mensch:
ich sehe und sage
ein und Ding
vielleicht
und nenne beim Namen
und gebe dem Herbst
Wort für Wort.
Ich kann nichts versprechen.
Andere sagen mehr

11-75

Das nicht, nur
was uns zufällt,
zu reden zu schweigen.
Gegen das
Sternzeichen hin
der Zweifelteil
gälte er nicht:
was fehlte denn,
dann im Möglichen,
genügte es nicht
unfertig zu sein

3-77

Am Nachmittag
saßen wir dann
in der schriftlosen Zeit,
im Gedächtnis und Mund
die alten Zeichen:
das ist vielleicht
die einzige Sprache,
die letzte,
ein mögliches Vorwort.

Für Elias Canetti

Landschaftskunde
*S. 470

durch Jahre,
die auf dem Fischrücken
entführte Uhr:
der Mantel,
der die Wasser teilte,
hängt bei den Windtischen
draußen.
Jetzt sind andere Sommer
und die Dornbüsche
warten auf Feuer.

Sirius

Ständig im Spielraum:
Der frostige Frühmond,
der wievielte Januar.
Zuviele Worte für die
einfachen Sätze der Zeit.
Als gälte es,
sich vor den Einbrüchen
zu retten.
Hundssterngleich.

Im brandfleckigen März
hängt Huflattich
Gewichte in
die sich fortschreibenden
Tage.
Warten auf den Kirschbaum
Pappelknospen springen.
Jährlich.

29-4-73

Die Bauern vergruben
ihr Silber,
lese ich.
Ich unterstreiche
den Satz:
er könnte noch
einmal zu brauchen sein,
zwischen den Windwellen.

Stimmen, Stimmen, *S. 470
ein Tedeum,
die jährlichen Zeiten
und was Schatten wirft.
Es gab einer
drei Briefe zur Post
bevor er stürzte,
am 3. Januar 1889
auf der Piazza Carlo Alberto
in Turin.
Was jeden Tag geschieht,
geschieht,
als bliebe in der Zeit
noch Zeit
für Tage

Vom Hermetischen

ich will
euch Worte machen
bewohnbare auch
solche die ihr
anfassen könnt
nehmt sie mit
schaut euch um
Haus ist nicht
Haus
Baum ist nicht
Baum
ich sage euch
Baum ist Baum
und Haus ist
Haus
wohnt in euch
wohnt lange
die Dauer allein
gibt euch dann
auch die Worte
fürs Ganze

Freund

ja du hast
stets eine Möglichkeit
hergestellt in mir
das Bild vom aufrechten
Gang gegen die Wirrnisse
hier den einen oder anderen
Satz gesprochen Zauberspruch
ganz ohne Zauber
die Neigung blieb
eine Brücke für die ich
manchmal den Brückenzoll
nicht hatte
dieses Kleingeld
so gab ich und dachte
mein Bestes zu geben
einen Stein wenige
Worte eine Lampe
aus Ton die zurückblieb
von ihrem früheren Licht
ein gebranntes Stück
Erde

Jeweils

Jeweils
im Sommer
erscheinen die Laute,
die weiten Räume.

Die Küchenschelle im Kalk
ist
noch in der Zeit.
So wird Erdiges groß

14-6-72

Für U.

Ich gebe dir die Hälfte
des Herbstes
Die farbliche Absprache von
Birke und Ahorn
kann nicht verhindern
den Aufriß der Felder.

Mehr als ein Nebel
zieht dieser Tage.
Die Grautaube mahnt:
des anderen Schlaf
besser bewachen.

Wie ein Taubenherz,
das in den Schatten gerät,
stelle ich mich
in die Ordnung der Dinge.
Der Stein auf der Innenfläche der Hand
wiegt schwer
die Schwäche aber nimmt zu
im Laufe der Stunde
Ich sage noch einmal:
ich.

5-75

Frühjahr

Die junge erste
Amsel
Altert das Jahr
Vor dem Sommer
Im Blütenbaum

Grün ist zu spät

27-4-72

Wenn, *S. 470
Den Bäumen schon zugerechnet,
Worte tauschbar werden
Ohne die Hand, wie die Tage
Dann, im Oktober,
Steht Zeit umher

12.1973

Berührung

Der warme Sand
Deiner Haut über
Den Linien des Körpers
In unfertiger Lust
Ist noch in meiner Hand.

Frühes Spiel
Setzte seine Steine
In Mund und Finger

25-6-72

frühe, unveröffentlichte Gedichte

bis 1980

Robert Walser

*S. 470

ich sehe die Knoten
im Geäder auf meinem Handrücken
ich sehe
Sebastian im Schnee
so einfach sich hinlegen
si le grain ne meurt
wirf's auf
da knotet es in der Hand
die Schrift stürzt ein
Vokal fällt
oder mehrere für die Tauben
die Konsonanten
für die Lippenlosen
als ginge es nur
um das Innenohr
spielt die Spirale
die Walze gegen den Kamm
:er konnte mich denn:
dreh es herum
sag's in die gängige Muschel
den Steigbügelhalter
da bewegt sich das Fell
hörst du's im Hirn
für das du nichts kannst
du Lurch
du Larve im Bach
Feuersalamander
Gewitter sollst du beruhigen
und verreckst
zwischen den Bäumen
am Weg

meinem Bruder Jakob

*S. 471

mit Bronze bin ich
getauft
flüssiges Metall fiel
von der einen Stelle
der Stirn in die Schale
ein bißchen Dampf stieg
weiß auf
riß mir die Oberlippe
ein und die Zunge
seither spreche ich
verschiedene Sprachen
suche mir den einen Engel
unter den Worten
es genügte auch
eine Silbe
sprich los
sag Warszawa
sag Lysá Hora
sprich von Tilman
ein fränkisches Wort
unter dem Weinberg
einen noch älteren Spruch
sunt golimida sin
heil mich auf dem Rücken
des Delphins
im Wasser von Küste zu Küste

bin ich ein Goy
bin ich kein Goy
warf Zettel ein bei
Rabbi Löw unterm Mond
einer Osternacht
in Prag
Pražské jaro
in jener Zeit
in dieser Zeit

Spaziergang

Augen ihr Münder
Augen ihr erschlagt mir den Lattich
im März
die Kreuzblume über dem Müll
am Rand der Stadt oder da
wo der Boden aufgeschüttet
wird über
dem Grundwasserneutralen
weg soll es weg
oder da wo es karger ist
Wegerich
im schütteren Licht
dem Weißhaar
ich weiß die Spinnen
faden später
über Kalk oder Lehm
der Kiesgrube dort

geh ich über den Hang
entlang einer Schonung
ihr schöngepflanzten
Bäumchen wechsle dich
Lärche im grünen ersten
Gefieder so schonungslos
frisch
nur nicht hinsehen will
ich nichts schöner machen
der Goldlack ist ab

ich komm aus dem Kalk

*S. 471

wie sich das gibt
Nausikaa
Hamlet steht mir
im Hals
einer ließ mich
ein in die Gänge
friß mich und stirb
Minotaurus
gehörnter Schädel
ich will ihn dir
brechen
auswürgen sollst du
mich
dann trete ich
in die Wände
tanze dir und deinesgleichen
über den Rücken
greife dir ins Horn
ritze ganz leicht
mit dem Daumennagel
mein Monogramm
dir ins Auge
ein roter Faden
rinnt dir
durch den Rotz
über die Nase
denk dran
ich habe Schlächter gesehn
als Kind
denk dran
ich komm aus dem Kalk

Besuch bei S.K.

*S. 472

ich stieg auf
die Treppen dachte Kamille
sanft
Hintereingang durch
den ich eingehe
der gekastete Graben
quer weiß
ausgeschlagen stand
für welche Sanftheit
steig über

noch eine Stiege
höher ein Läuten
durch Messing
gelehnt an mein Zittern
öffnet ein Junge
bin ich bei Moritz
und seiner Mutter
in Western City
wie er sagt
und Frosch ist Frosch
und Fisch ist Fisch
hinzufügt

ja sage ich
denke zwei Treppen tiefer
wo etwas für immer
verschlossen wird
der Abstieg ist frei

20.2.78

Tegeler See

*S. 472

drei Bussarde
in der Luft über
Humboldts ehemaligem
Besitztum nun baumt
einer auf
die andern schreien
hinüber zum See
aus dem Kreisen im
Aufwind läuft ein kurzer
Strich über das Eis
und friert an
in den Kratzern der Kufen
keiner der Läufer
hält inne
im Winter in diesem
ach was
kümmert die Thermik
und der Schrei eines Vogels

Inneneinrichtung

*S. 472

so wirft einer
ein Haus hin und legt
den Sandstein dazu
und sagt
haust hier
das ist eine Wand
er setzt ein Licht auf den Stein
leuchte
so sagt man Licht
es sei hell
darüber ein Kasten
mit geschliffenen Scheiben
die Lichtspiegel an den Kanten
indes das alte durchscheint

so ist es an Abenden
die gerichtete Schrift
ein Wort setzt das andere
einer schläft
der andere wacht
noch im Traum
da sagt er
es ist
und dann bricht
für einen Ton das Eis
es war nur ein See
Tegeler See

2-78

Landwechsel

*S. 472

immer wieder
die Nachtzüge nach Norden
über die Angstdarre
Gerstungen
über Doppelherzstücken
bestimmter Weichen
ein Kreischen der Räder
in die Adern hinein

mir spannen die Lippen
die ersten Landschaften
neu ins Alphabet
der Mund bleibt
mir warm

in den Buckelwiesen
bei Krün das Moor
gab grundlos die Nachricht
eine warme Zugluft
aus Erde
und färbte sich um
in Entengrütze
eine Sommerfarbe
von Potsdam

dazwischen in Drahtseile
gehängt die Loren
in der Luft
bei Karlstadt
die Kalkstein
vom anderen Mainufer
bringen ins Mahlwerk

Liguster

die schwarzen Beeren
stehen den Winter durch
übrig gebliebener Schrot
den der Sommer verschossen hat
ohne genau zu treffen
der Ligusterschwärmer
in seiner Totenkopfraupe
fraß sich
durch's Grün
Blatt für Blatt

12-77

Gras drüber

ich will vergessen
daß ich vergessen soll
wann die Schlaflosigkeit
uns anfiel
diesen einen Augenblick
in dem es anfing
aufzuhören
zwischen uns
und uns das Gras
die Färbung der Zeit
diese irdische Nahrung
über die Lippen
zu wachsen begann

12-77

Mir zum Geburtstag

notiert auf der Rückseite
eines Briefumschlags
der ungeöffnet blieb
seit Mitte Dezember
und nur eine Mahnung
enthielt

:bevor ich wieder
ein Jahr
über die Eiskante breche
wollte ich noch
sagen
ich bin nichts
als meine Haut
ein Sieb
und
ich will
Freunde haben die
mir die Haut
dichtmachen
zeitweise
ich bin
ein Liebhaber von Gedichten
Sarah:

und damit
ist der Rand schon
erreicht auch
der des Umschlags

12-77

von meiner Arbeit

*S. 472

die leisen Worte
Sterbeworte westwärts
schrieb einer und
starb so zufällig
wie Horváth
da war es noch wenigstens
ein Baum und in Paris
wie leise

so wie das geschieht
nicht nur einen Ziegel
Ezra der fällt ins Dasein
gedacht nichts eben
auch nicht die Stunden
und das Reden vom Stein
einfach so

ich sehe die Jungschwäne
sind weiß geworden
das Jahr fällt
in kleinen Schädeln
von den Nußbäumen
es scheint als fließe
der Fluß langsamer

11-77

Schildbürger

*S. 473

die Nacht ist ausgeworfen
ihre Netze sind
in die Stangen gehängt
in den Reusen
haben sich Tage gefangen
und hängen
mit toten Vögeln da

ich gehe jetzt
mit Säcken Licht holen
ich kann Farben
nicht mehr erkennen
vielleicht finde ich
Unterschiede im Schwarz

nur die Zeit
spitzt sich zu
hinter dem Zeiger
der unsichtbar mit
seinem Schatten umspringt

11-77

Esther

*S. 473

Buchenscheite verbrennen
das gibt es noch
auch das Bild von
einem Kopf in der Zange
dem toten Körper
vorangeschleift
Asche das ist
keine Versöhnung
nicht auf der Stirn
nicht auf dem Scheitel
nicht in dem Rauch
der in den Wolken
wiederkehrt und
auf die Späteren fällt
zu spät
Megillah
das große Versprechen
aufgerollt das Buch
aus der neuen Gefangenschaft
und genau bezeichnet

11-77

Adolphe Lamaille
Selbstbildnis von 1849

*S. 474

père et fils
was weist euch aus
im Silberstand
der früheren Wirklichkeit
abgelinst
den Kopf voller Zitate
und selber Zitat
der gefühlvollen Eitelkeit
Spiegelwerfer
ihr Fotografen

freilich
Aufbau des Bildes
und Sprache der Hände
sind meisterhaft
worüber dann noch
etwas sagen
oder wiederholt sich
das Verlangen nicht
so Hände und Arme
umeinander zu legen
auch gekreuzt
sich zu stützen
und dann als einen
Kratzer im Glas
ein Gedicht über das Schweigen
zu schreiben
oder den Schatten davon
in diesen Lichtverhältnissen

wenn alles so klar ist
wie dieses Bild da

11-77

Es ist jedoch eine Zeit,
in der wir genau sein müssen.
Hilde Domin

das ist die Grenze *S. 474
David
tauch in den Fluß
Fischäugiger
suche dir deine
fünf Kiesel zusammen
lege dir einen davon
auf die Zunge
besprich die anderen
vier die du noch
in der Hand hast
und du auftauchen mußt
Luft holen weit
ausholen
vom Anfang nur A
sagen
den Stein auf der Spitze
der Schleuder
den Riesen im Auge
und diese Stelle
mitten auf der Stirn

11-77

Naturalien

was in die Augen fällt
fällt ja
Mähdesüß
eine rosige Trugdolde
fünftägiger Einfall
eine Laune
zu sagen
ich bin eine Rose
ich bin ein Fall
meiner eigenen Natur
so komme ich vor
auch in den Sätzen
morgen und übermorgen
werde ich mir selbst
zum Kalkstein
Jahresfilter aus Keuper
Pflanzensammler
und Muschelfänger
oder auch trittfester
Meeresboden
oder ein Tropfstein

11-77

Nebeltage

der Mehltau
fällt feucht in die Farben
der Essigbaum
wirft seine späte Hitze ab

um die Frucht gebracht
taugt der Kirschbaum
vor meinem Fenster nicht
einmal mehr als Schlafplatz
für das Zittern der Pappel

die hat ihr Lichtspiel
fallen lassen
dem Ahorn hingeworfen
glatt und gerauht

um ein Jahr mehr
grau wird
weiß werden
unter dem ersten Reif
der bekannteren Farbe

11-77

Evelyn

dein Gesicht erscheint
mir als Herbstbild
ein Farbfoto
eine Doppelbelichtung
vor den Jahresringen
des aufgeschnittenen Stamms
stehen die Bögen
deine Augen
dein Mund spricht zur Rinde
und sagt nichts vom Harz
es scheint mir eher
als sähe ich Licht
ein ganz einfaches
eine Helle zwischen
dir und dir

10-77

Bergfahrt

*S. 474

für Ludwig Hohl

hüttenwärts
gedacht über den Grat
dann der Fall
für jeden
so gilt es
zu stürzen in uns
zu fallen bis auf den Grund
dem wir erliegen
die Kräfte sind wetterwendisch
ihnen nachsetzen
Satz für Satz
über Steine springen
Tritt für Tritt
fester in der Kälte
für den einen Punkt

10-77

Cluny

*S. 474

es war Eisenbahnerstreik
es galt sich weiterzuwinken
vom Straßenrand her
sich mit fremder Hilfe
über die Burgunderhügel zu werfen
um für eine Weile
im Mauergeviert
zu stehen
das ein Stück Himmel verspricht
dieser Vierungsrest
der sich erhalten hat
in den abgebrochenen Bögen
seine Versprechungen
machen den Vögeln Platz
Wahrsagergehilfen
die Tauben fallen ein

der sechste petit blanc
ist für die Vergänglichkeit
der siebte für mich
damit ich heil
zurückkomme

10-77

Orpheus

*S. 475

der Tod
ist dein Meister
du spielst auf
seiner Rippe
über diesen Bogen
hast du dein Lied
gespannt
von Körper zu Körper
die Steine verlassen
dich auch
sie fügen sich
ein in die Klage
sie sind die Töne
die fallen
von deiner Zunge
aus deinem Auge
dem Mund
über deine Lippen
bricht das ganze
Salz
ein Wundharz ist
Bernstein
eine Mandel
eine Salzmandel

10-77

auch für Elis

*S. 475

im Oktober
ist die jährliche
Gerechtigkeitszeit
unter den Sternen

komm
wir wollen einander
die Hände auf das Gesicht
legen damit uns
die Augen nicht übergehen
wir könnten zum
Salzstock werden

fünfteilig erscheint
das Unausgemessene
in dir
auf deiner Handfläche
die Lebenslinie
um den Marsberg herum
ordnet die Sternläufe
spiralig liegst
du dir selbst
auf den Fingerkuppen
unverwechselbar

und du weinst über
deine Kinder
Rahel

10-77

Ich rede mir zu

*S. 475

ich bin der
dem ihr abwinkt
ich mische mich
nicht mehr ein

ich hatte doch
den Habichtsflügel gefunden
und in den Wind geworfen
Tage mit Hähern verbracht
ich hatte dem Spruch
von der blauen Feder
getraut
ich hatte mich auf die Kiefern
verlassen

der Habicht fliegt
der Häher schreit
die Kiefern weisen
mich nicht ab

der Schlaf weist mich ab
der Traum weigert sich
den Tag zu übernehmen

ich mische mich ein

9-77

Atemwege

mit meinem Atem
liege ich Wand an Wand
wir haben uns
daran gewöhnt
manchmal einander
zu begegnen in
Klopfzeichen
dann ist die Rede
vom Luftholen
vom Stehenbleiben
vom Weitergehen
von einer alten Frau
in der Hohen Tatra
von einem Himmel
den ich nie gesehen habe
von dem mir manchmal
ein Stern vor die Füße fällt
wenn ich diese Atemwege gehe
von Wand zu Wand

9-77

auf ein Wort

auch vom Herzklopfen her
aus den Kammern
heraus und herauf
steigt mir das Wort
die Angst steigt
über die Zunge
den Zahnzaun
und legt ihr Schnittmuster
aus
grüne Scherben
das Maßband bereit
Kreidestriche gemacht
so und so

wer träte darauf
leichtfüßig und spurlos
sagte ich nicht
auch du
gib mir dein Wort
auch vom Herzklopfen her

9-77

ganz einfach

*S. 476

über die Mittagslinie
hinweg diesen Schattenrand
Schattenwurf schreien
die Stare und ziehen
die Linie nach

eine ganze Hausseite
fällt mitten aufs Pflaster
diesen harten Widerspruch
gegen die Schatten

einen Augenblick lang
drehe ich mich um
und habe das Licht
im Gesicht die Sonne
voll von vorn

und denke wo kommt das
her dieses Wort das wieder
und wieder so vor mir steht
TENEBERLEUCHTE
hüben und drüben
das Licht
hell
teneber

die Farbe des Mittags
einer Linie entlang
und ich habe nur
die Stare gehört
und eine Straße überquert

8-77

Thymian

*S. 476

die Mittagsstunde ist
günstig für Kräuterkenner
sie schneiden die frischen
Triebe ab
es ist die günstigste Zeit
anzufangen mit dem Trocknen
wenn die Sonne
ganz hoch steht

wartet ab
ehe ihr ein neues
Blatt ausschiebt
Quendel und Kuttelkraut
heut' pflanzt man euch
im Quadrat je zwei
Handbreit nebeneinander

die Mauersegler
verpfeifen den Mittag
ich weiß noch Stellen
in den Windfängen von Baux
da steht ihr noch
frei in den Himmel

8-77

Windbrüche

*S. 476

Hilde Domin zum 65. Geburtstag

sie braucht Ostwind
den Hochdruck
nicht unbedingt eine Rose
aber Ostwind
und einen freien Tisch

solang nur
der Tisch frei ist
unter dem Windkreuz
auf das die Richtungen
gespannt sind
auch die Hinrichtungen
unter diesem Himmel
im Freien

der Wind kommt von Osten

8-77

Musik

*S. 476

schrei wenn du kannst
aber schrei leise
und mahne mir
diesen Stirnknochen nicht an
der blutet

es fällt ein Schrei
aus den Wolken
und läuft über die Erde

die Mauern stürzen
nur die Schrift da
an der Wand
die bleibt

einmal schon
stand einer vor der Stadt
und gab das Signal

Josua
tönt
spielt auf

die Stadt auf dem Berg
bleibt
gehalten von Ketten
wörtlich

8-77

vergessener Name

*S. 477

Schläfenmulde
Wortgrube du
immer wieder
gleiten die Finger
über dich hin
suchen die Worte
oder was blieb
von der Erinnerung

gebilligt zu sein
in unserem Körper
aus Jakobs
Hüftpfanne her
das ist schon viel

mir hat geträumt
auch
daß du kommst
so voll von Weggang
bleib erhalt
dir deinen Namen
hier noch
hart am Schlafrand
dem Angstzöllner

7-77

Ausgrabung

*S. 477

für George Menelaos Nassos

sie kratzen die Toten
aus ihren Gräbern
einen halben Meter unter
dem Asphalt Parkplatz
darüber sich lieben über
zwei Tage Parkhaus danach

geh oder bleib über die
Verse lang zwei Blicke
hin und zurück
die Übergänge die Gegenwart
über dem Brustkreuz
das zweihundert Jahre da lag
die Knochen liegen jetzt
im Plastikeimer

es setzt sich alles
zusammen im Alter
einen Körper entlanggehen
die Hände die da lagen
als griffen sie die Tränen
den Stein unter dem Wind
zart so hingegeben es ist
kein Herbst in der Stadt
die Toten ruhen sich
nicht aus

sind du und ich geschieden
verzeih wer ist nicht
geteilt ich höre die Schreie

▿

abfallen von den Wänden
das ist nichts zum Spielen
wirf das Blatt aus dem Fenster
der Hunger füllt uns hier
die Kinderstadt
das Totenfeld

wir klagen Malville
Schrecken über der Stadt
der gewöhnliche wie man
sagt der aus den Knochen
der von den Schreckzäunen kommt
und fällt wie der Rauch über
uns hier und dort ja
sag ich   weiß ich was

laß mich und drüber hinaus
den Wind über der Landschaft
duck' dich

Arles

*S. 477

im Sommer 1977

sich auf ein Gelb
stürzen das der eine
Garten verspricht
zwei Sonnen dort
wo ich in der Flußbiegung
unter der Pappel
die junge Katze
aus Baux begrub
und las
Tage zu spät
daß der tot war
der sagte
:ich bin also an mir:
dort möchte ich sein
in diesem Totenwinkel
unter einer der großen
Sonnen an der Ufermauer
sitzen
die Brücke über ihre Reste
legen
in den Zeitungen
nach Hoffnungsworten suchen
unterwegs auch
in den schwarzen Zeilen

Angelus

nicht jedes Wort
glauben nur dieses
eine den Schmerz
unter dem linken Schulterblatt
als wüchse
daraus
der eine Flügel zur Hälfte
es könnte sein
der andere schlüge
im Flug zu
dann jedenfalls
wirf den jungen Vogel
in die Luft
er kommt
in die Achselhöhle
zurück er wird
ein Nachtvogel sein
mit Flaum an der Flügelkante
ein Dämmerungsschrei
nahezu unhörbar

Niederung

vom Hiesigen schreiben
indes die Verwerfungsbögen
aus den Handgelenken
kommen
Reflex spezial
das Antwortpapier
für die geläufige Schrift
Buchstaben in den
Ausweisungszusammenhängen
die Grenzstreifen
vermint hier und da
in den Drähten
hängen die Fetzen
der letzten Fluchtversuche
Erdwechsel
die zielgenau eingelöst wurden
gezogen auf die
Ruhe im Land

Uhrengedicht

das Gerät
aus Gleichgewicht
nimmt seinen Schatten
und pendelt an
die alte Räderuhr
wird digital
läuft über das Komma
wie viele Stellen
weit
diese eine scheinbare
Linie
ist doch der Rücker
zum Regulieren
der Unruhe
falsch gezeichnet

ein Vogel fliegt
über das Ganze
kein Wort für die
Gleichzeitigkeit
immer nur
Abfolge
die Bewegung des Pendels
Schwingung neuerdings
im Kristall
viel genauer
das Schmerzmineral
für das Eichmaß

trink Auge
aber die Leber

Jonas

*S. 477

die Fische ersticken
an der Luft sie werfen
ihre Bäuche auf
die Kiemen sind nutzlose
Wasserrechen
Schläge mit dem Schwanz
in den Sand
vergebliche Spuren
eine Flosse abgespreizt
die Kiemendeckel sperren
sich indes ein Auge
den Himmel nach innen
vergrößert
eine flache Wölbung
das Maul
spuckt keinen Propheten aus
es bleibt ein Stück
Sand oberhalb des Wassers
das alles auswarf
in langläufigen Wellen

diese Reden

*S. 477

kopflos das Schilfrohr
es beugt sich noch
immer das alte Bild
und fragt nicht nach
der Richtung des Windes
der den Aschenbaum schüttelt
machte die Jahre weiß
zwischen den Kriegen
nie hörte die Vertreibung
auf in mir
die Seßhaften ducken
sich nicht sie
sprechen sicher vom Bleiben
zwischen zwei Bergen
am Fluß

auf das Nähzeug meiner Mutter

*S. 478

Zuckersackstoff
aus Saaz
Lagergewebe
über die Jahre hin
ein Nadelkissen

ein Leichentuch
hat alle
Stiche ertragen
und das Blut
vieler Fingerspitzen

ein ganz fester Stoff
auf dem ich
mir meine Tage
ankreide

Sternzeichen

*S. 478

es ist keiner
gekommen und hat gesagt
bleib
hause hier
ich mache dir
ein Dach aus Händen
setze dir Wände
um deinen Grund

mir immer einreden
wollen
ich brauchte
das nicht
es sei gut so

der Steinbock
wird also
Flügel brauchen

Standpunkt

ich bin mir
abhanden gekommen
die Stille
über dem Land
behauptet sich
laut
die Fingerkuppen
werden in den Papieren
weitergereicht
es wird mitgehört
vier Blätter
machen einen Wald
es ist alles
in Ordnung
ruft einer
hält ein Weilchen
die Hand hoch
den einen Finger
feucht in die Luft
gestreckt
die Windrichtung
zu prüfen

für Rose Ausländer

Immer schon

*S. 478

versprochen, von je her,
der Königsweg.
Da aber sind
nur Stufen, Steinschreie
über dem Staub.
Ein Niemandsname
sagte sich zu,
den Augenblick
aufzulösen und das
Gedächtnis, das Wort,
das gesprochen wird

2-77

Ja, so bist du *S. 478
auch, indessen längst
der Widerspruch steht
bei den armenischen
Sternbildern,
nicht nur da
Stein,
Steinzeichen je
überwachsen von Mitzeit
nun wieder
am Tag
ein unfertiges

76

Vom Gezweifelten *S. 478
sprach einer, nicht
von der Ordnung der Vögel
spricht er,
vom Engel;
dieses blieb
von der verrenkten
Hüfte:
eine gedoppelte
Stimme
und ließ ihn
zurück

9-76

Lange, lange,
jede Träne ein geborgtes
Stück Licht.
Wirf Schweigen über mich
und halt mir den Rücken frei,
so laß mich sehn,
was zu sehn ist,
bevor mich der Schatten
der Steine einholt.
Es war doch,
uns war doch
so viel Liebe versprochen

8-76

So bliebe dann: *S. 479
im Sand zwischen den Kiefern
die Fußnoten nachsuchen,
den Ingwergeschmack noch
im Mund und das Gelb vor Augen
und JONATHAN
diesen Ruf wie ein Flug
aus dem Bogen
des hochgeworfenen Arms
im Ohr,
neben den festeren Formen
der Zeit

8-76

Platanen

Mit welcher Zuversicht
Wörter gebrauchen,
wenn einem Baum schon
bis nah an den Stamm
ganze Äste fehlen,
gerade diesem vor allen Bäumen.
Und dann kommt
das Laub, das Frühjahr,
der Sommer,
wir vergessen
zu fragen, nichts
soll mehr ahnen lassen

76

Ende September

*S. 479

für E.E.

An die Sterne
glauben wir nicht,
auch du nicht, Oktobergeborener.
Die Waagen geben sich auf.
Fünf Schüsse genügen:
ich denke an GOYA

David nahm fünf Kiesel
und spielte dennoch die Harfe.

Mit einem Gedicht
nimmst du niemandem
das Messer weg.
Und dennoch:
der Kenntnis der Dinge
die Worte entgegensetzen,
einen Baum Baum nennen.

2-10-75

Immer wieder

Immer wieder
ist es der März,
der sich unter den Hecken
rechtfertigt nur
mit dem Gelb der Amselschnäbel
als Zeugen,
obwohl ihm die Sterne
geraten hatten zu schweigen:
die Tage wären ihm zugeteilt
wie dem Holunder,
der nicht vor der Zeit
blüht.

5-75

Laß
die Vögel unter deinem
Hut in die Lüfte:
das Tägliche,
die unpäßliche Rücklage,
bleibt wortkarg;
belegt im Handschreiben.
Nur dauernd
im Uhrzeigersinn das
Windgeräusch

5-75

Zugute zu halten

Nur daß du weißt:
es bleibt die Begabung
der Sinne, die Kenntnis
vollkommen zu machen
von der verschlossenen Stimme
eines einzigen Satzes;
ganz zu schweigen
von den Worten, die
wie Luftwurzeln gelten,
als Ruf und Widerruf.

5-75

Nur der Anfang

Die Alphabete reichen
nicht mehr aus.
Nach vielen Tagen von
den Gewohnheiten lassen,
im Mißtrauen gegen
die Worte den Atem
verlieren.
Bleiben nur die fünf Finger
einer jeden Hand und
der Vorrat an Mohn.

4-75

Im Schloßpark von Tegel

*S. 480

Der eisengehaltene
Stamm einer Eiche
Am Ende des Querwegs
Von der Lindenallée her.
Abhorchen der Zeitreste
Zwischen Rom und Berlin über
Der Wiese
Im wiederholten Oktober

Im Tegeler Schloßpark

Nach den Tagen der
Breitschattenden Bäume
Der eisengehaltene
Stamm einer Eiche
In der Mitte des Querwegs.
Abhorchen der Zeitreste
Von Rom und Berlin über
Die Wiese hin
Im wiederholten Oktober

11-74

Mittelwort der Gegenwart

Ausgesetzt den Gesichtern
Zwischentönend in Straßen,
Hingelegt
Dem Ansturm der Augen,
Wortlos wie
Krähenflug im Lichtfall:
Ohne Zeugen
Die notwendige Zärtlichkeit,
Die Vorwände zu meiden

11-74

Nicht veranschlagt

Wortkarg belegt im Handschreiben
Die unpäßliche Rücklage,
Doch unter der Freigrenze bleibend
Versagt Nachweisbares
Die Erzählbarkeit

11-74

Beiseite gesprochen

*S. 480

Wann, wenn nicht jetzt,
Sage und schreibe.
Es gibt nichts nachzuholen.
Kein Ding ist
Die Rechtfertigung eines
Anderen

11.74

Aus Cuzco zurück

*S. 480

für K.H.

Nach unteilbaren Tagen
Bleibt diese Stelle
Im Fallholz der Jahre
Auf der dein Schatten
Zu lang lag

Nichts mehr hinzuzufügen
Ist hier dem Erdton.
Am Blutberg
Warten noch immer
Die Steinzeichen auf Götter

10.74

Gedicht

Die Fremdheit der Erde.
Das Stichwort
Unter dem frühen Pappellaub
Nach dem Lichtsturz des
August

10.10.74

Alleinsein geschieht
Zwischen den Worten
Und dauert nur eine Erinnerung lang

Die Träume
Handeln dir deinen Tag aus

Laß dem September
Die Tür offen,
Für ein Denkmal der Zärtlichkeit

10.10.74

Satz

Weiteres geschieht.

Spätestens im Herbst
Wenn die Äcker aufweichen
Kommt meine Spur ans Licht

Es sei denn
Die Mücken verrieten mich
Schon eher

17-6-74

Assur

*S. 480

Die Tage und Namen
Haben die gleiche Zeit:
Da
Liegen die Stellen wie
Im Skelett
Des assyrischen Knaben,
Wo Blinde lachen
Auch
Wenn sie nichts hören

29-11-72

In Tozeur

*S. 481

Flüchtig auch
In den Händen
Der wechselnden Häuser

Nur
Beim Vergleich der Haut
Im Grünwasserwurf
Aus dem Sandfeld
Siegten die Lippen

4-9-72

Tanz

Die Darboka schlägt

Im Kreisschritt
Treten die Füße den Sand
Körper biegt sich zum Tuch
Und die Arme
Fangen den Ton
Ohne Abbruch

4-9-72

Madeleine Gide
Tagebuch, 26. Okt. 1891

Amsel

*S. 481

Sie sang Hoffnung, trotz allem
Und sang
Schon über den Winter
Hinweg
Kommenden Sommern entgegen

Wir haben das Licht

18-6-72

In der Früh

Gestaltig
Fallender Morgen
Im tonräumigen
Frühlicht.
Die Luft
Schmeckt im Atem,
Der Großkörper

23-5-72

Gitarre

Blauhoher Himmel
Im Lachklang
Der Biegung
Einer Hand über Saiten.
Im Raum
Springt Südlicht

2-72

Vorhof

Ich will den Tag
Weil ich nackt war
Und
In mir Erdasche ist.
Dem Sturz
Zwischen Gleitpunkten
Worte herausbrechen
Und Umrisse bilden:
Ein Tonklang
Muß Körper werden.

8-11-71

Tagbeschwörung

Gesichtdunkel
Zwischen Kreuzwänden:
Weiß machen die Arme
Das Zeichen
Und halten die Höhe.

Im Erdgriff
Steht Lidinneres hellzeitig auf.

15-10-71

Weigerung

Warten auf Sagbares
Bis Stille wird
Und
Bildklänge Form füllen
Gebeugt über vorzeitigen Ort

Nicht mehr

9-10-71

L'oasis de Gabès

*S. 481

Halte den Blick
Auf nachtsonniges Weitland,
Wo es klein ist in der Tiefung
Grün
Mitten im Sand

Aufgebrochener Granatapfel
Atemgeburt
Im undenklich Ruhigen,
Tastbare Formen handnah
Braun
Eine Bewegung über Augen und Mund
Frei

1-10-71

Mittelschiff

Fadig zerweht
Körpervolles
Im Zugriff des Wortes

Was gibt das Wort
Wenn im Hinblick
Unbenanntes
Ding werden muß
Und Namen verlangt

Überschattet von Brüchen

19-6-71

Aufgetragen

Und Sprachweigerung
Engt nicht die Räume

Einfordernd voll
Senkt im Entzug
Unausdenkbares
Worte ins Schmerzfeld

Und
Spürbar erlebt sich
Einsichtloser Empfang
Die Geträgnis …

11-6-71

Fischglas

Hinter geschlossenem Fenster
Wasserluft raumvoll
Ungehört lärmt Inneres auf
Stimmtürme stürzen

Lautleerer Klang von Draußen
Stummt als Bewegung durchs Glas
Mittelos
Bedrängnis wird Atem

Kreisig schwimmt der Versuch
Glas zu zertönen

18-5-71

Mahnung

Noch gibt es
Glockenschlag vor dem Tag
Vor der Helle
Geschehen Anfang und Aufbruch
Begleitend enttönt Klang dem Davor
Und voraus dir
Und sieht dein Gesicht:

Keine Wendung
Du wirst schon von Helle beatmet

28-4-71

Anhang

Kommentar

Neuere Gedichte

... noch ist ein Grund (S. 7)
Zur Frage des Grundes (v. 1) vgl. ... sieben Tage weiter (S. 172), Arkonaplatz, Berlin, und anderswo geseijt (S. 43), Lauschgold, letzter Septembertag (S. 53). Mit dem zitierten englischen Vers (v. 19) beginnt Dylan Thomas' Gedicht *Do not go gentle into that good night,*[1] das sich der poetischen Gattung der Villanelle zuordnen lässt, vgl. Tourterelle/Tauberle (S. 129). Der Vers wird viermal im sechsstrophigen Gedicht als Refrain wiederholt. Die erste Strophe lautet: »Do not go gentle into that good night, | Old age should burn and rave at close of day; | Rage, rage against the dying of the light.« Moyenmoutier ist ein Ort in den Vogesen, von dem sich südlich der Landweg *Les Quatre chemins* erstreckt. Zur Fledermaus vgl. Harbouey, im Juni. Zur Nacht ... (S. 83), Sans, Souci/Schwan und Virgule (S. 61). Zum Motiv des Hähers (vv. 13, 21) vgl. Ich rede mir zu (S. 345), Col de Nideck (S. 109).

Kopfstein, opak (S. 8)
I Zur Widmung vgl. Jenufa, im Juni (S. 77) (vv. 2–4). Zum Motiv des Porzellans vgl. Tonwahl; Hallraum o.J. (S. 60) und Sans, Souci/Schwan und Virgule (S. 61).
II Der Abschnitt verweist auf Paul Celans frühestes bekanntes Gedicht *Drüben*, das mit dem Vers beginnt: »Erst jenseits der Kastanien ist die Welt.« (GA 13) Vgl. ... man nennt es Glück (S. 75), da in der Rue d'Ulm (S. 183). Mit der »Kleinstadt« ist Karlstadt gemeint, wo RRM die ersten Lebensjahre verbrachte (vgl. Landwechsel, S. 329, Wege, Wege, S. 218). Zu Saaz und dem Motiv der Zuckerfabrik vgl. das Gedicht auf das Nähzeug meiner Mutter (vv. 1f., S. 362). Das Datum – der 20. Jänner – spielt in Celans *Meridian*-Rede eine zentrale Rolle (M 11). *Verweigerte*

1 Dylan Thomas, *Collected Poems 1934–1953*, hg. von Walford Davies, Ralph Maud (Dent, London 1998), 148.

Poetisierung der Welt. Versuch einer Deutung ist der Titel einer 1974 erschienenen Arbeit von Klaus Voswinckel zu Celans Werk.

III Im 6. Absatz zitiert RRM das eigene Gedicht Mount Scopus (S. 15).

V Das Gedicht geht auf RRMs Besuch in Israel im Januar 2019 zurück (vgl. »Davidsturm«, v. 14, in der Jerusalemer Altstadt). Mishkenot Sha'ananim ist die Künstlerresidenz im Jerusalemer Viertel Yemin Moshe, in der RRM untergebracht war. Vgl. die Überschneidungen mit dem folgenden Gedicht Mount Scopus (S. 15).

Mount Scopus (S. 15)

Das Gedicht geht auf RRMs Besuch in Israel im Januar 2019 zurück. Auf dem Ost-Jerusalemer Skopus-Berg hat die Hebräische Universität ihren Sitz. Die Einladung nach Jerusalem erfolgte u. a. mit Mitteln der deutsch-israelischen Martin Buber Society of Fellows (vv. 3f.), deren Büros sich auf dem Skopus-Berg befinden. Die Gesellschaft ist nach dem österreichisch-israelischen Philosophen Martin Buber (1878–1965) benannt, der u. a. für das Buch *Ich und du* (1923) und das darin dargelegte dialogische Prinzip menschlichen Daseins bekannt ist (vgl. Zwischenzeiten, S. 132, Über dem Gras …, S. 63). Am 10. Januar hielt RRM im Institut für Germanistik der Hebräischen Universität einen Vortrag zum Thema »The Legacy of German-Jewish Thought and Literature« (vv. 5–8, 31). »Meleke« (königlich, v. 20) ist die arabische Bezeichnung des in der Architektur Jerusalems allgegenwärtigen Kalksteins, vgl. Kopfstein, opak, III (S. 11) und V (S. 14). Das Zitat in v. 22 stammt aus der sechsten Strophe im Passionslied Paul Gerhardts, das mit dem Vers beginnt: »O Jesu Christ, mein schönstes Licht«: »Dein Blut, daß dir vergossen ward, | Ist köstlich, gut und reine, | Mein Herz hingegen böser Art | Und hart gleich einem Steine.«[2]

Schatten zu (S. 17)

Das Gedicht wurde kurz vor RRMs 70. Geburtstag geschrieben. Zum »Gang in St. Cloud« (v. 9), einer bei Paris gelegenen Gartenanlage, vgl. Drei Stücke im Volkston (S. 78). Zu vv. 5f. vgl.

2 Paul Gerhardt, *Dichtungen und Schriften*, hg. von Eberhard von Cranach-Sichart (München 1957), 170.

Mt. 10,30, vgl. Fahren (S.166). Das grundlegende und häufig wiederkehrende Motiv der Platanen findet sich bereits im frühen Gedicht Platanen (S.370) sowie später in Strasbourg, Le Diable Bleu (S.220), Mannheimer Ufer, abends im Februar (S.235), Strichscharen II (S.140), Paris ist schwer (S.73), … oder so was (S.82), Bildverwickelt (S.45).

dark matter, Auskoppelung (S.18)
Gustave Flauberts Erzählung *Novembre* (*November*, 1842) spielt auch in Rißvernähung : Oxygène (S.59) eine Rolle. Außerdem wird die dritte Strophe von Ernst Meisters Gedicht *Ein Kind sagt* aufgegriffen (EM 1, 215).

Benn, -bleu ; mit Licht, jetzt (S.19)
In der ersten Strophe von Gottfried Benns Gedicht *Blaue Stunde* heißt es: »Ich trete in die dunkelblaue Stunde – | da ist der Flur, die Kette schließt sich zu | und nun im Raum ein Rot auf einem Munde | und eine Schale später Rosen – Du!« (GB 246) Die letzte Strophe, in der das Enden (v.5) angedeutet wird, lautet: »›Was sich erhebt, das will auch wieder enden, | was sich erlebt – wer weiß denn das genau, | die Kette schließt, man schweigt in diesen Wänden | und dort die Weite, hoch und dunkelblau.‹« (GB 247) Vgl. Belle Alliance (S.157), Berlin, 22.5.84 Tegel (S.158). In der Umgebung von Heidelberg gibt es Steinbrüche, wo Porphyrgestein (v.12) abgebaut wurde. Sie sind von Weitem an den Seiten der Hügel zu erkennen (vgl. Pavese, S.240, Taglilie, S.24). Die französischen Zitate in der zweiten Gedichthälfte (v.25, 31) stammen aus Charles Baudelaires Gedicht *À une passante* (*An eine, die vorüberging*).[3] »[E]in langes, dünnes beiderseitig geschärftes Fleischermesser«[4] wird für die Hinrichtung Josef K.s im Schlusskapitel von Kafkas *Process* verwendet.

für : wenn ich tot bin (S.21)
Die französische Wendung »peur bleu« (wörtlich »blaue Angst«) ist idiomatisch und bezeichnet eine große Angst. Das

3 Charles Baudelaire, *Die Blumen des Bösen. Sämtliche Werke/Briefe*, Bd.3, hg. und üb. von Friedhelm Kemp (München 1975), 244f.

4 Franz Kafka, *Ende. Der Process. Historisch-Kritische Ausgabe sämtlicher Handschriften, Drucke und Typoskripte*, hg. von Roland Reuß und Peter Staengle (Frankfurt a.M. 1997), 21.

erwähnte »Tuch […] mit Fransen, | mit a paar blau'n Streifen« ist der Tallit, der Gebetsmantel, der im jüdischen Gebet von den Männern über Kopf und Schultern (vv. 9f.) getragen wird. Zum Wort »ein Tucheness« (v. 7) vgl. Seit (S. 101). In vv. 20–23 wird die Abtreibung angesprochen, die in Meinem nicht geborenen Kind (S. 247) bereits thematisiert wurde. Zum blauen Stein Lapislazuli (fr. outremer, v. 5) vgl. Selbst, in dorischer Tonart (S. 23). Zur Wortverbindung »Sein. Stein« vgl. … Schöntrauer, winters (S. 67), Fasanenstrafe: Steine (S. 35).

Selbst. In dorischer Tonart (S. 23)
»Dorisch« und »phrygisch« (vv. 1f.) sind Bezeichnungen – griechischer Herkunft – für zwei Tonleitern. Am Anfang der Ballet- und Orchestermusik *Le Sacre du Printemps* (*Die Frühlingsweihe*, 1913, v. 11) verwendet Igor Strawinsky einen dorischen Modus. Die Figur »a bloody child« (»ein blutiges Kind«, vv. 1, 4, 12) erscheint Macbeth in William Shakespeares gleichnamiger Tragödie (4,1), um ihm vorherzusagen, dass »keiner jemals, dem ein Weib geboren | Wird Macbeth Schaden«.[5] In der Matutin des kirchlichen Stundengebets an Gründonnerstag, Karfreitag und Karsamstag, die auch als Tenebrae bekannt ist, werden u. a. die Klagelieder des Jeremias gesungen. Am Ende jeden Abschnitts wird der Satz wiederholt: »Jerusalem, Jerusalem, convertere ad Dominum Deum tuum« (»Jerusalem, Jerusalem, kehre um zum Herrn, deinem Gott«, v. 10). Es ist zudem üblich, am Anfang des Gottesdienstes den sogenannten Tenebrae-Leuchter anzuzünden und dann Kerze für Kerze wieder auszulöschen, um die allmähliche, vom Tod Christi verursachte Verdunkelung zu versinnbildlichen (vgl. ganz einfach, S. 348). Die vom böhmischen Komponisten Jan Dismas Zelenka (1679–1745) für die Karwoche vertonten *Lamentationes Jeremiae* (ZWV 53; 54) sind für RRM von besonderer Bedeutung (E-Mail an CC, 20.9.21). Paul Celans Gedicht *Tenebrae* bezieht sich ebenfalls auf diese Übernahme jüdischer Gebete im christlichen Kontext (GA 101, 748f.). Zum blauen Stein Lapislazuli (fr. outremer, v. 5) vgl. für: wenn ich tot bin (S. 21).

5 William Shakespeare, *Macbeth. Dramatische Werke*, Bd. 9, üb. von August Wilhelm v. Schlegel und Ludwig Tieck (Berlin 1867), 512.

Taglilie (S. 24)
Johann Wolfgang Goethes Gedicht *Über allen Gipfeln* (1780) endet mit den Versen »Warte nur! Balde | Ruhest du auch.« (MA 2.1, 53) Vgl. Münchner Freiheit, im April (S. 266), Mirabell, Vogesenbuckel (S. 161), Arkonaplatz, Berlin, und anderswo geseijt (S. 43). Das jiddische Wort »ebbes« (etwas, ein wenig) findet sich in Lieden (S. 130) und Über dem Gras (S. 63).

Brüderchen, dein Traum ... (S. 25)
Titel und Motto zitieren das Kinderlied, das mit der Strophe beginnt: »Brüderchen, komm, tanz mit mir | beide Hände reich ich dir | Einmal hin, einmal her, | rund herum das ist nicht schwer«.[6] Durch den Verweis auf den Schwur, den Jakob seinem älteren Bruder Esau vor dem Essen eines »Linsengericht[s]«, ihm die »Erstgeburt« zu verkaufen, entlockt (Gen 25,31–34; »Linsenverrat«, v. 13), wird die Heiterkeit und Zuversicht des Kinderlieds ins Gegenteil verkehrt. Der Satz »... beuge dich, daß ich *dich* | *segne*« (vv. 1f.) ist gebildet nach der syntaktischen Struktur der Aufforderung »rede, daß ich dich sehe«, der Sokrates zugeschrieben wird und insbesondere vom Philosophen Johann Georg Hamann (1730–1788) und in jüngerer Zeit von Christa Wolf (1929–2011) aufgegriffen wurde.[7] Auf der griechischen Insel Patmos (v. 17) soll Johannes der Täufer die *Apokalypse*, das letzte Buch im Neuen Testament, verfasst haben. Noch für Hölderlin war, in der Hymne *Patmos*, der Autor der Offenbarung identisch mit Johannes dem Täufer und dem Verfasser des Johannesevangeliums, das beginnt: »Im Anfang war das Wort, und das Wort war bei Gott, und Gott war das Wort.«

»Alle, die da fallen...« (S. 26)
Der Titel ist ein Zitat aus Psalm 145,14, das als Titel für Samuel Becketts erstes Hörspiel von 1956 *All that fall* diente: »Der Herr hält alle, die da fallen, und richtet alle auf, die niedergeschla-

6 Barbara Boock (Hg.), *Kinderliederbücher 1770–2000. Eine annotierte, illustrierte Bibliografie der deutschsprachigen Kinderliederbücher im Deutschen Volksliedarchiv* (Münster u. a. 2007), 361.

7 Johann Georg Hamann, *Kreuzzüge des Philologen: Aesthaetica. in. nvce.* (Königsberg 1762), 166. Christa Wolf, *Rede, daß ich dich sehe. Essays, Reden, Gespräche* (Berlin 2012).

gen sind.«[8] Zum Maler Johannes Vermeer (v. 15) vgl. Am Graben (S. 205), Strichscharen II (S. 140).

Knochenmusik / Echo's Bones (S. 27)
Zum musikalischen Begriff des Particells vgl. Bildverwickelt (S. 45). Das Wort »Steinschmelze« (v. 4, 6) ist zentral in Fasanenstrafe: Steine (S. 35).

Fasanenstrafe: Steine (S. 35)
Das Gedicht geht auf eine Lesung im Literaturhaus in der Berliner Fasanenstraße am 17. Dezember 2016 zurück. Anlässlich der Reihe »Gedichtbände des Jahres« lasen RRM und Yevgeniy Breyger (*1989) am gleichen Abend. Aus dem Band *flüchtige monde* (Berlin 2016, vgl. v. 9) las Breyger das Gedicht *was geschieht, wenn steine schmelzen wollen?*, dessen letzte Strophe mit dem Vers beginnt: »wie gehen die expaare vor ohne nähe?« (vgl. v. 12). Zur »Steinschmelze« vgl. Brüderchen, dein Traum (S. 25). Die Verben in vv. 10f. stammen alle aus Breygers Gedicht. Breyger hat Literarisches Schreiben am Deutschen Literaturinstitut Leipzig studiert (v. 13). Am 16. Dezember las im selben Zusammenhang Kerstin Becker aus ihrem Band *Biestmilch* (Dresden 2016, vgl. v. 3). Die Verbindung »Stein sein« (v. 14) findet sich abgewandelt in … Schöntrauer, winters (S. 67), Mount Scopus (S. 15), für : wenn ich tot bin (S. 21).

geschriebes

… das Verlangen (S. 39)
Zu den »Fahrenden« (vv. 6, 16) vgl. Rainer Maria Rilkes *Fünfte Duineser Elegie* (RMR 2, 214) sowie das darauf Bezug nehmende Gedicht Paul Celans *Mit uns* (GA 272), das in vv. 4–7 zitiert wird. 2005 erschien die deutsche Ausgabe des Hefts,[9] in dem Francis Ponge 1954 seine *L'opinion changée quant aux fleurs* (*Änderung der Ansicht über Blumen*) notierte und aus dem er 1968 in der Zeitschrift *L'éphémère* einen Auszug veröf-

8 Samuel Beckett, *Alle die da fallen* (Hörspiel), in: *Die neue Rundschau* 68 (1957), 255–282.

9 Francis Ponge, *L'opinion changée quant aux fleurs. Änderung der Ansicht über Blumen*, hg., üb., kommentiert und mit einem Essay versehen von Thomas Schestag (Basel 2005).

fentlichte (vv. 7f.). Lithophanien (v. 11) sind häufig aus Porzellan hergestellt. Zum Motiv des Porzellans vgl. Tonwahl; Hallraum o.J. (S. 60), Sans, Souci/Schwan und Virgule (S. 61).

... ach, Mörike (S. 40)
Das Motto ist dem Gedicht der US-amerikanischen Dichterin Lisa Olstein (*1972) *Dear One Absent This Long While* entnommen.[10] Außerdem finden sich Spuren mehrerer Gedichte Eduard Mörikes (1804–1875): *An eine Äolsharfe* (EMö 48), *Auf eine Lampe* (EMö 153) und *Auf eine Christblume* (EMö 196) – letztere ist die Pfingstrose, Paeonie, die in v. 16 erwähnt wird.

Am Fuß der Treppe (S. 41)
Das Gedicht nimmt Bezug auf Marina Zwetajewa *Treppengedicht* (1926).[11] Wie von RRM selbst angegeben, handelt es sich beim Zitat aus 2. Chronik 29,28 um die französische Übersetzung der Stelle durch Henri Meschonnic, auf die dieser in seinem Buch *Éthique et politique du traduire* (2007) eingeht. Meschonnic selbst gibt zu, dass seine Übersetzung im Vergleich zu den auf Französisch, Englisch, Spanisch und Deutsch vorliegenden Übersetzungen eigensinnig und einzigartig sei. So lautet die Passage in der Luther-Übersetzung: »Und die ganze Gemeinde betete an und der Gesang erscholl und die Trompeten ertönten«. Meschonnic übersetzt hingegen das Hebräische »Wort für Wort, Rhythmus für Rhythmus« als: »und der singt, ist der Gesang« (»et le chant est qui chante«), und fügt hinzu: »Es ist der Gesang, der selbst singt. Nicht die Sänger. Wir sind jetzt – über einen assoziativen Sprung, der aber bereits die gesamte Poetik enthält – bei Mallarmé angelangt, der in *Crise de vers* schreibt, dass das ›Gedicht‹ der eigentliche ›Sprecher‹ sei! Das Gedicht bringt den Dichter hervor. Trotz alledem trägt keine Übersetzung dem poetischen Wert dieser beiden Worte Rechnung. Sie bleiben unhörbar.«[12] 1850 (vv. 7f.) ist das Baujahr

10 Lisa Olstein, *Radio Crackling Radio Gone* (Port Townsend 2006). www.poetryfoundation.org/poems/48139/dear-one-absent-this-long-while (zuletzt abgerufen am 23.9.21).

11 Marina Zwetajewa, *Das Treppengedicht*, üb. von Felix Philipp Ingold (Pretzien 2018).

12 Henri Meschonnic, *Éthique et politique du traduire* (Lonrai 2007), 71; dt.: *Ethik und Politik des Übersetzens*, üb. von Béatrice Costa (Berlin 2021), 84.

des von RRM Anfang der 2000er Jahre bewohnten Hauses im französischen Dorf Harbouey, vgl. Kohlenkutscher vor Kind (S. 51). *Il ritorno d'Ulisse in patria* (*Die Heimkehr des Odysseus*) ist eine Oper von Claudio Monteverdi, die 1640 uraufgeführt wurde. Mit dem Wort »Hineni« (Hier bin ich!, v. 14) antwortet u. a. Abraham auf die Anrufung Isaaks und des Engels in 1. Moses 22,7 u. 10.

Proprium (S. 42)
Das lateinische Wort »proprium« bedeutet »Eigenes« und bezeichnet in der katholischen Liturgie die abwechselnden Teile der Messe. Rosa Eliescher ist nach Auskunft RRMs der Mädchenname von RRMs Großmutter mütterlicherseits, vgl. Kohlenkutscher vor Kind (S. 51).

Arkonaplatz, Berlin, und anderswo geseijt (S. 43)
Als Lindenlied (siehe Zueignung) ist Walthers von der Vogelweide berühmtes Gedicht *Unter der Linden* bekannt (WvV 126, vgl. Lirum, larum, S. 201). Die erste Strophe verweist auf Goethes Gedicht *Über allen Gipfeln* (1780), das bereits in Mirabell, Vogesenbuckel (S. 161) vorkommt (vgl. auch Münchner Freiheit, im April, S. 266, Taglilie, S. 24). Das Zugrundegehen wird dort sowie in Kopfstein, opak, V (S. 14, v. 1) und Vom Gehör (S. 152) thematisiert. Vgl. auch den Verweis auf Heideggers *Der Satz vom Grund* in ... sieben Tage weiter (S. 172), Lauschgold, letzter Septembertag (S. 53). Die Frage des Atems bzw. des Erstickens (vv. 5f., 18), die hier mit dem traditionsreichen, aus dem Griechischen stammenden und religiös konnotierten Begriff *pneuma* (Geist, Hauch) zusammengeführt wird, kommt auch prominent in Rißvernähung: Oxygène (S. 59) zur Sprache. In der fünften Strophe wird aus dem Kinderlied *Ein kleiner Schelm bist du* (v. 27) zitiert. Vor dem Zitat heißt es dort: »weißt du, was ich tu? | Ich steck dich in den Habersack | und bind ihn oben zu!«[13] Zu Struthof (vv. 21–24) vgl. La Hutte, abends (S. 219) und Drei Stücke im Volkston (S. 78).

Bildverwickelt (S. 45)
Das Gedicht gedenkt der Zerstörung der Heidelberger Synagoge, zu der die Lauerstraße (v. 9) führt, in der Nacht vom

13 Lutz Röhrich, *Gesammelte Schriften zur Volkslied- und Volksballadenforschung. Volksliedstudien*, Bd. 2 (Münster u. a. 2002), 305.

9. zum 10. November 1938 (v. 6). Am Platz, wo sie stand, findet jährlich eine Gedenkveranstaltung statt. Während einer solchen Veranstaltung im November 2016 wurde Psalm 91 vorgetragen und eine Klarinette gespielt, auf die mit dem »Ton des Rohrblatts« angedeutet wird (vgl. Zur Nacht, S. 246). Im 91. Psalm (vv. 13f.) heißt es, Gottes »Wahrheit ist Schirm und Schild | dass du nicht erschrecken musst vor dem Grauen der Nacht«. In der ersten Strophe wird die Oper *Mitridate* (1736) von Nicola Antonio Porpora (1686–1768) erwähnt, die im Winter 2017/18 im Rokoko-Theater in Schwetzingen zu sehen war. Der Satz in vv. 1f. stammt aus dem italienischen Libretto der Oper, dem während der Aufführung in deutscher Übersetzung gefolgt werden konnte. Im Hintergrund steht für RRM auch die 1943/44 in Theresienstadt verfasste Oper *Der Kaiser von Atlantis* des Komponisten Viktor Ullmann (1898–1944), die wie *Mitridate* um das Thema der Macht und der staatlichen Gewalt kreist. Einige der von Ullmann im Konzentrationslager Theresienstadt komponierten Stücke sind als Particelles (Entwürfe) überliefert. Zum musikalischen Begriff des Particells vgl. Knochenmusik / Echo's Bones (S. 27).

... leila tov, contre cœur (S. 46)
»leila tov« ist Hebräisch für »Gute Nacht«. Die Zitate auf Jiddisch (v. 5 und vv. 10–14) stammen, nach Angabe RRMs, aus dem Werk des Dichters Avraham Sutzkever (1913–2010). Die genaue Quelle konnte nicht ermittelt werden. Der 1948 geborene Literaturwissenschaftler Werner Hamacher starb 2017.

Doppelsamen (S. 48)
Im Aufsatz *Die Sprache* (1959) führt Martin Heidegger mit Bezug auf Georg Trakls Gedicht *Ein Winterabend* den Begriff des Gevierts ein (v. 3): »Wir nennen das im Dingen der Dinge verweilte einige Geviert von Himmel und Erde, Sterblichen und Göttlichen: die Welt. Im Nennen sind die genannten Dinge in ihr Dingen gerufen. Dingend ent-falten sie Welt, in der die Dinge weilen und so je die weiligen sind. Die Dinge tragen, indem sie dingen, Welt aus.«[14] Vgl. Für Kuwilsky, Maler

14 Martin Heidegger, »Die Sprache«, in: id., *Unterwegs zur Sprache. Gesamtausgabe*, Bd. 12, hg. von Friedrich-Wilhelm von Herrmann (Frankfurt a. M. 1985), 19.

(S. 241), … sieben Tage weiter (S. 172), Lauschgold, letzter Septembertag (S. 53), Lormen, mit Primzahl (S. 54). Im Aufsatz *Wasen* hat Werner Hamacher Paul Celans Gedicht *Todtnauberg* (GA 286) interpretiert, das Celan 1967 nach dem Besuch in Heideggers Hütte im Schwarzwald schrieb (vv. 16–18).[15] Ein Vers darin lautet: »Waldwasen, uneingeebnet«. Im Brief an Hans Bender, der in der Anthologie *Mein Gedicht ist mein Messer* (1960) aufgenommen wurde, antwortete Paul Celan auf die von Bender gestellte Frage: »Wie macht man Gedichte?« mit dem Satz: »Ich habe es vor Jahren eine Zeitlang mit ansehen und später aus einiger Entfernung genau beobachten können, wie das ›Machen‹ über die Mache allmählich zur Machenschaft wird.« (BCA 80, vv. 15f.) Vgl. Ende September (S. 371).

Heidelberg, sobald – (S. 49)
Das Palais Boisserée befindet sich am Heidelberger Karlsplatz (v. 6). Dort hat das Germanistische Seminar der Universität Heidelberg seinen Sitz. Eine Statue der Madonna von 1718 steht unweit davon inmitten des »Kornmarkt[es]« (v. 9). Seit 2014 ist Heidelberg als UNESCO City of Literature ausgezeichnet (v. 13). Den »entoptischen Farben« (v. 5) widmete Goethe 1820 eine gleichnamige Abhandlung zur Ergänzung seiner *Farbenlehre* (1810, MA 12, 473–517). In Hölderlins *Menons Klagen um Diotima* fallen verstreut die Wörter »traurig, nüchtern, tauchen« (v. 20): »Nicht die Wärme des Lichts, und nicht die Kühle der Nacht hilft, | Und in Woogen des Stroms taucht es die Wunden umsonst. | […] So, ihr Lieben! auch mir, so will es scheinen, und niemand | Kann von der Stirne mir nehmen den traurigen Traum? || Ja! es frommet auch nicht, ihr Todesgötter! wenn einmal | Ihr ihn haltet, […] | Dann zu suchen, zu flehn, oder zu zürnen mit euch, | […] Und mit Lächeln von euch hören das nüchterne Lied.« (FHA 6, 169) Der Vorgang – wie die Struktur des Gedichts auch – entspricht der Vorgehensweise des ungarischen Komponisten György Ligeti beim Verfassen von *Drei Phantasien nach Friedrich Hölderlin* für 16-stimmigen gemischten Chor a cappella (uraufgeführt 1983). Ligeti habe »nicht einfach am Text entlang« gearbeitet, sondern »[v]ielmehr […] in den Anfangstakten vor allem mit motivischen Einfällen

15 Werner Hamacher, *Wasen. Um Celans Todtnauberg*, in: Ders., *Keinmaleins. Texte zu Celan* (Frankfurt a. M. 2019), 93–142.

sowie der Stimmbesetzung und Textverteilung zu Hölderlins Gedichtanfängen« experimentiert.[16] »[E]in kunstlos Lied« (v. 21) will das Ich »der Vaterlandsstädte Ländlichschönste«, Heidelberg, in Hölderlins der Stadt gewidmeten Ode schenken (FHA 5, 466). Vgl. Drei Stücke im Volkston (S. 78).

Kohlenkutscher vor Kind (S. 51)

RRMs Großmutter hatte in den Nachkriegsjahren einen Gemüsestand in Potsdam (vv. 1, 9f.), vgl. zu ihr Proprium (S. 42). Der Aufruf »lösch die Lupinen!« findet sich in der letzten Strophe von Ingeborg Bachmanns Gedicht *Die gestundete Zeit* (IB 37). Vgl. dazu den IV. Abschnitt von Kopfstein, opak (S. 8). In Paul Celans *Bremer Rede* (1958) steht der Satz: »Erreichbar, nah und unverloren blieb inmitten der Verluste dies eine: die Sprache.« (BCA 23) Das »alte[ ] Schulhaus | in der Lorraine« (vv. 22f.) ist das Haus im französischen Harbouey, das RRM in den 2000er Jahren bewohnte, vgl. Harbouey, im Juni. Zur Nacht… (S. 83), Am Fuß der Treppe (S. 41). Eine Ausstellung mit hochwertigen Faksimiles von Pablo Picassos Vorbereitungsskizzen für das Gemälde *Guernica* (vv. 20f.) organisierte RRM im Frühjahr 2017 in Heidelberg.

Lasker-Variation (S. 52)

Das Gedicht führt, dem im Titel genannten musikalischen Prinzip der Variation entsprechend, verschiedene Gedichte Else Lasker-Schülers zusammen: *Weltende* (*Der siebente Tag*, 1905), *Mein Volk* und *Die Stimme Edens* (*Hebräische Balladen*, 1914, 1920).[17] Vgl. auch für Elis (S. 344), Monogrammiert (S. 274). In seinem Beitrag für die Zeitschrift *Der Sturm* mit dem Titel *Versuch einer neuen Metrik* (1911) schreibt Max Brod zum Verhältnis von Metrik und Rhythmus in der deutschen Lyrik, »dass nicht nur der Klang, auch der Sinn der Worte und Sätze entscheidend mitwirkt, dass das Inhaltliche ins Formale gleichsam umkippt. […] Als kleinen Beitrag zu dieser künftigen Metrik bringe ich die Beobachtung, dass Interpunktionen und

16 Vera Funk, »Einen Anfang finden. György Ligetis Skizzen und Entwürfe zu den Drei Phantasien nach Friedrich Hölderlin für 16-stimmigen gemischten Chor a cappella«, in: *Zeitschrift der Gesellschaft für Musiktheorie* 14 (2017), 263–283, hier: 283.

17 Else Lasker-Schüler, *Gedichte*, hg. von Karl Jürgen Skrodzki, Norbert Oellers (Frankfurt a. M. 1996), 75, 96, 126f., 157.

Sinnpausen oft die Stelle von Silben vertreten«. Brod vergleicht daraufhin ein metrisch gebundenes Gedicht von Stefan George mit einem metrisch ungebundenen Gedicht Goethes, um zu zeigen, dass die Verse in letzterem eigentlich »gebundener als alle andern Verse [sind], denn sie müssen ihren Rhythmus nicht einer vorbestimmten Schablone, sondern den immanenten Kräften der Sprache entnehmen.« Brod wolle mit seiner Ausführung »[d]iejenigen [treffen], die in dem scheinbar exakten Wechsel von Arsis und Thesis mehr sehn als ein ungefähres Vorbeischaukeln, etwa eine wirkliche Strenge und Exaktheit.« Zum Schluss stellt Brod die »viel exaktere sprachgemässere Regelmässigkeit in den scheinbar unregelmässigen Versen von [...] Else Lasker-Schüler« fest.[18]

Lauschgold, letzter Septembertag (S. 53)
Ein Verweis auf Martin Heideggers *Der Satz vom Grund* findet sich bereits in ... sieben Tage weiter (S. 172), dann in Arkonaplatz, Berlin, und anderswo geseijt (S. 43), ... noch ist ein Grund (S. 7). Zum Heideggerschen Begriff der Lichtung vgl. das Wort: Traktat,/Sehen (S. 145). RRM polemisiert gegen Heideggers Erklärung des Begriffs »Holzwege« im gleichnamigen, 1950 erschienenen Band: »Holz lautet ein alter Name für Wald. Im Holz sind Wege, die meist verwachsen jäh im Unbegangenen aufhören. Sie heißen Holzwege. Jeder verläuft gesondert, aber im selben Wald. Oft scheint es, als gleiche einer dem anderen. Doch es scheint nur so. Holzmacher und Waldhüter kennen die Wege. Sie wissen, was es heißt, auf einem Holzweg zu sein.«[19] RRM verweist dagegen auf die mittelalterliche Bedeutung eines Holzwegs als Wirtschaftsweg im Gegensatz zu den Fernverkehrsstraßen (vgl. Grimm, Bd. 10, Sp. 1784). Vgl. dazu auch das nachfolgende Gedicht Lormen, mit Primzahl (S. 54).

Lormen, mit Primzahl (S. 54)
Martin Heideggers *Holzwege* (1950) werden im vorherigen Gedicht Lauschgold, letzter Septembertag (S. 53) erwähnt. Kardinal Giovanni de' Medici (1475–1521), der spätere Papst Leo X., komponierte ein Stück in fünf Teilen auf der Grundlage

18 Max Brod, »Versuch einer neuen Metrik«, in: *Der Sturm* 58 (1911), 462f.
19 Martin Heidegger, *Holzwege* (Frankfurt a. M. 1950), 3.

der Tenorlinie des in der Renaissance berühmten und beliebten Liebeslieds *Cela sans plus* (*Nur dies…*) von Colinet de Lannoy. In v. 2 verdichten sich drei Verse aus dem früheren Gedicht Zwischenzeiten (S. 132). Martin Heideggers *Holzwege* (1950) werden im vorherigen Gedicht Lauschgold, letzter Septembertag (S. 53) erwähnt. Das in den Versen 22–26 geschilderte »Fingerkuppenklopfen« bezieht sich auf das im Titel erwähnte Lormen bzw. auf das Lormalphabet, ein vom österreichischen Schriftsteller Hieronymus Lorm (1821–1902) erfundenen Tastalphabet für Taubblinde. Vgl. bartok, kleines stück für klavier oder tastalphabet (S. 283), Tropus, Ostern (S. 62).

{…& ich in NY}, Poussin (S. 56)
Das Gedicht sammelt Eindrücke und Erlebnisse eines Besuchs – gemeinsam mit dem Künstler Harald Kröner (v. 13) – in New York Mitte der 90er Jahre; diese werden kombiniert mit literarischen Verarbeitungen der Stadt und dem Gedenken an deutschsprachige Autoren, die sich, wie Hannah Arendt (v. 8), dort niedergelassen haben oder zu Besuch waren. So häufen sich in der ersten Strophe Verweise auf Max Frischs Erzählung *Montauk* (1975, v. 1), Ingeborg Bachmanns Hörspiel *Der gute Gott von Manhattan* (1958, vv. 3f.) und Uwe Johnsons *Jahrestage* (1970, 1983), deren Protagonistin Gesine Cresspahl wie Johnson selbst in New York wohnt (v. 3). Eine Ausnahme zu dieser Reihe bildet der US-amerikanische Dichter Jack Spicer, der den Sommer 1955 in New York verbrachte und dem das Gedicht zugeeignet ist. Mit den Hinweisen auf Siegfried Kracauers Essay *Das Ornament der Masse* (1927, vv. 30f.) und Walter Benjamins *Thesen über den Begriff der Geschichte* (v. 35) wird eine kapitalismuskritische Haltung gegenüber New York als Konsumhauptstadt eingeführt. Dazu in einem ambivalenten Verhältnis steht der im Titel enthaltene Verweis auf Nicolas Poussins Gemälde *Die arkadischen Hirten* (1627 und 1637/8), das die berühmte und auf verschiedene Weise interpretierte Grabinschrift trägt: »et in arcadia ego« (»auch in Arkadien [bin] ich«). Die New Yorker Kunst- und Galeriewelt, die für RRM als Kurator von Interesse war, wird mit dem Namen von Mary Boone (*1951) angedeutet, die 1977 eine heute noch berühmte Galerie für Gegenwartskunst im New Yorker Viertel SoHo gründete. Zu diesem Verweiszusammenhang gehören

auch die Namen der Künstler Christian Boltanski (1944–2021) und Anselm Kiefer (*1945). Das Wort »Neigungswinkel« aus Paul Celans *Meridian*-Rede (M 9, vv. 16f.) kündigt die Ebene der persönlichen Erinnerung an, die durch die Begegnung mit den jüdischen – chassidischen (v. 19), Jiddisch sprechenden (v. 21) – Einwohnern New Yorks hervorgerufen wird. Die Erinnerung nimmt in vv. 25f. die Form eines Selbstzitats aus dem Gedicht collection (S. 222) an. Auch das Wort »Talmi« (v. 25) kehrt in RRMs Werk wieder, vgl. Canvas (dunkles Bild) (S. 155) und Verleihung, dominikanisch (S. 65).

Pasquill, bitter ... (S. 58)
Am 7. April 2016 las RRM im Berliner Veranstaltungsort *ausland* in Prenzlauer Berg aus seinem kurz davor erschienenen Band *poèmes – poëtra* (2015), der mit einem Rückblick auf sein Werk seit den 80er Jahren RRMs Rückkehr auf die literarische Bühne markierte. Eine Aufnahme dieser Lesung findet sich unter https://www.youtube.com/watch?v=YFni5bLLxHA&ab_channel=ChristianVogl (zuletzt abgerufen am 15.8.21).

Rißvernähung : Oxygène (S. 59)
Das Gedicht führt die reale Begebenheit einer Nahtoderfahrung (vv. 1–4) mit zahlreichen literarischen Bezügen eng. Das zwei Namen zugeschriebene Motto (»Um ... die Zeit mit Nichtigkeiten zu vertreiben und zu fantasieren«) ist Gustave Flauberts früher Erzählung *Novembre* (*November*, 1842) gleichsam als Motto vorangestellt, unter Angabe des Autors Michel de Montaigne.[20] Eine Passage aus *Novembre* verwendete RRM bereits als Motto für ein Leicht (S. 275). Zu Beginn von Montaignes Essay *Coustume de l'Isle de Cea* (1573/74), in dem die Frage nach der Zulässigkeit des Freitodes verhandelt wird, steht lediglich das Wortpaar »niaiser et fantastiquer« (die Zeit mit Nichtigkeiten vertreiben und fantasieren), eingelassen in ein anderes Satzgefüge: »Si Philosopher c'est douter, comme il disent, à plus forte raison niaiser et fantastiquer, comme je fais, doit estre doubter: car c'est aux apprentifs à enquerir et à debattre, et au cathedrant de resoudre.« (»Wenn Philosophie-

20 Vgl. Gustave Flaubert, *Novembre,* in: id., *Les Mémoires d'un fou. Novembre. Pyrénées-Corse. Voyage en Italie*, édition présentée, établie et annotée par Claudine Gothot-Mersch (Paris 2001), 113.

ren zweifeln heißt, wie man sagt, dann muß dieses mein Faseln und Herumphantasieren erst recht Zweifeln heißen; denn Sache der Lehrlinge ist es, Fragen zu stellen und darüber zu palavern, Sache des Lehrmeisters aber, sie zu entscheiden.«)[21] Die Wörter »pour niaiser« bilden auch den letzten Vers von Tourterelle/Tauberle (S. 129) und finden sich in Strichscharen II (S. 140). Mit der Wendung »Sirenen | aus Stille« übernimmt RRM Franz Kafkas paradoxen Zusatz zur homerischen Überlieferung in *Das Schweigen der Sirenen*, nach dem letzteres eine »noch schrecklichere Waffe als ihr[ ] Gesang« darstelle.[22] Das Wort »othem« – eine »nebenform zu athem« – ist »aus der Lutherschen bibel als feierliche form besonders in die dichtersprache eingedrungen«.[23] D. E. Sattler, der Herausgeber der historisch-kritischen Hölderlin-Ausgabe, hat im 62. seiner *144 fliegenden Briefe* einige Passagen aus dem Werk Hölderlins versammelt, in denen der Begriff »othem« fällt.[24] Die Aufreihung beginnt mit Versen aus dem Entwurf *Vom Abgrund nemlich …*: »Scharfer Othem aber wehet | Um die Löcher des Felses. Allda bin ich | Alles miteinander.« Das letzte der zwei Blätter ist bis auf wenige Zeilen vollständig weiß gelassen; lediglich auf der recto-Seite, rechts oben, findet sich klein gedruckt »othem«, darunter: »Für Rainer-René Müller« [sic]; im unteren Bereich der Seite liest man einen Verweis auf Johannes 3,8–10. Auf der gegenüberliegenden linken Seite stehen Auszüge aus dem Gesangentwurf *Wenn aber die Himmlischen …*, in denen »die Dioskuren« als »othembringend« bezeichnet werden, sowie aus *Der Adler* (»Und was du hast, ist | Athem zu hohlen«, FHA 7, 449f.). Vgl. Gehst du … (S. 199), La Hutte, abends (S. 219), Treppen (S. 186), dieser Stadt (S. 190). Zum Riss des Tempelvorhangs nach dem Tode Jesu vgl. Mt 27,50f., Mk 15,37f., Lk 23,45f.; zu dessen paulinischer Auslegung vgl. den Hebräerbrief 6,19, 9,3,

21 Michel de Montaigne, *Coustume de l'Isla de Cea*, in: id., *Les Essais*, II, 3, hg. von Jean Balsamo, Michel Magnien, Catherine Magnien-Simonin (Paris 2007), 368; *Ein Brauch auf der Insel Keos*, in: *Essais*, üb. von Hans Stilett (Frankfurt a. M. 1998), 172.

22 Franz Kafka, *Oxforder Oktavheft 7*, hg. von von Roland Reuß und Peter Staengle (Frankfurt a. M., Basel 2011), 48.

23 Grimm, s. v. odem, Bd. 13, Sp. 1147.

24 D. E. Sattler, *Friedrich Hölderlin. 144 fliegende Briefe* (Darmstadt, Neuwied 1981), S. 243.

10,20. Dieses Motiv findet sich bereits in vaincu (S. 297). Die vorletzte Strophe (vv. 13f.) greift James Joyce' frühen Roman *A Portrait of the Artist as a Young Man* (1914) auf, vgl. Stephanus (S. 127).

Tonwahl; Hallraum o.J. (S. 60)
In *Hölderlin-Hybride*[25] nimmt die US-amerikanische Dichterin Rosmarie Waldrop Wörter und Satzstrukturen aus Hölderlins Gedichten und komponiert sie neu. »Ein baum- | hoher Gedanke« findet sich in Paul Celans Gedicht *Fadensonnen* (GA 183). Ein weiterer Verweis auf dieses Gedicht findet sich in Vertikal, noch (S. 66). In vv. 20, 23 wird Psalm 103 zitiert. Zur Bedeutung von Porzellan in RRMs Spätwerk vgl. Kopfstein, opak (S. 8) und Sans, Souci/Schwan und Virgule (S. 61).

Sans, Souci/Schwan und Virgule (S. 61)
Das Motto entspricht dem ersten, von Clov »mit starrem Blick und tonloser Stimme« geäußerten Satz in Samuel Becketts *Endspiel.*[26] Der Titel sowie vv. 1, 16–18 verweisen auf die Inschrift (SANS, SOUCI.) auf dem von Friedrich II. erbauten Schloss in Potsdam, auf dessen Architektur und unmittelbare Umgebung im Gedicht vielfach Bezug genommen wird. Befremdlich und geheimnisvoll sind an der Inschrift das Komma (auf Französisch: *virgule*) zwischen den Wörtern *Sans* (ohne) und *Souci* (Sorge) und der Punkt am Ende der Inschrift. Heinz Dieter Kittsteiner hat in *Das Komma von Sans, Souci: Ein Forschungsbericht mit Fußnoten* (Heidelberg 2003) zwei Auslegungen dieser Interpunktion vorgelegt. Das Zitat in v. 4 ist Conrad Ferdinand Meyers Gedicht *Der römische Brunnen* entnommen;[27] vgl. Schreiknoten (S. 113). Die als Zitat markierten vv. 13f. sind genau genommen eine Abwandlung folgender Verse aus Rilkes *Achter Duineser Elegie*: »So reißt die Spur | der Fledermaus durchs Porzellan des Abends.« (RMR 2, 225) Vgl. Harbouey, im Juni. Zur Nacht … (S. 83), … noch ist ein Grund (S. 7). Die Verse aus demselben Gedicht: »das freie Tier | hat seinen Untergang stets

25 Rosmarie Waldrop, *Hölderlin-Hybride*, hg. und üb. von Thomas Schestag (Basel 2003).

26 Samuel Beckett, *Endspiel. Fin de partie. Endgame*, dt. üb. von Elmar Tophoven, eng. von Samuel Beckett (Frankfurt a. M. 1974), 11.

27 Conrad Ferdinand Meyer, *Gedichte. Sämtliche Werke*, Bd. 1, hg. von Hans Zeller, Alfred Zäch (Bern 1963), 170.

hinter sich | und vor sich Gott, und wenn es geht, so geht's | in Ewigkeit, so wie die Brunnen gehen« (RMR 2, 224) klingen in der Figur des Schwans (v. 7) und der Erwähnung des Brunnens (v. 5) wider. Die Szene mit dem Schwan und dem »jungen Russen« (vv. 7f.), die RRM als Kind gesehen hat, ist bereits in Potsdamer Abkommen (S. 293) geschildert (vv. 19–21). Zur Stadt vgl. Potsdam (S. 169), Landwechsel (S. 329), Rückfahrt, 30.11.78 (S. 256), Zwischenzeiten (S. 132). Zum Motiv des Porzellans vgl. Tonwahl; Hallraum o.J. (S. 60), Kopfstein, opak (S. 8).

Tropus, Ostern (S. 62)
Das Gedicht greift – wie im Motto angegeben – mehrfach (vv. 1f., 15f.) Maries Worte aus der zweiten Szene von Georg Büchners Stück *Woyzeck* auf.[28] In der zweiten Strophe wird Offenbarung 13,8 zitiert, wobei die Auslassung im Zitat bedeutungsvoll ist: »Und alle, die auf Erden wohnen, beten es an, deren Namen nicht geschrieben sind in dem Lebensbuch des Lammes, das erwürgt ist, von Anfang der Welt.« Der darauffolgende Satz »Hat jemand Ohren, der höre!« (Off 13,9) steht im spannungsvollen Verhältnis zur vierten und fünften Strophe, in denen die für RRM wichtige Frage der Kommunikationsarten von Taubblinden (Braille, v. 9; Lormen, vv. 10–12) angesprochen wird. Vgl. bartok, kleines stück für klavier oder tastalphabet (S. 283), Lormen, mit Primzahl (S. 54). Die Reflexion geht zurück auf eine Beobachtung im Berliner Pergamonmuseum in Gesellschaft von RRMs langjährigem Freund Rainer Blum (v. 12f.).

Über dem Gras … (S. 63)
Für RRM steht Gras in Verbindung mit Psalm 103,15 (»Ein Mensch ist in seinem Leben wie Gras«) und Jes 51,12, wo von »Menschenkindern, die wie Gras vergehen«, die Rede ist. Vgl. … mit Ichton (S. 81). Psalm 103 kehrt häufig in RRMs Werk wieder, vgl. Lieddeutsch (S. 206), Tonwahl; Hallraum o.J. (S. 60). Zum aus dem Jiddischen stammenden Wort »Geseijere« vgl. Arkonaplatz, Berlin, und anderswo geseijt (S. 43). Zu »Wind« (v. 2) und »Wehen« vgl. Jes 41,16. *Bei Wein und Verlorenheit* ist der Titel eines Gedichts von Paul Celan aus dem Band *Die Nie-*

28 Georg Büchner, *Woyzeck*, in: id., *Werke und Briefe*, hg. von Karl Pörnbacher, Gerhard Schaub, Hans-Joachim Simm und Edda Ziegler (München 1988), 220f.

mandsrose (GA 130). Das jiddische Wort »ebbes« (etwas, ein wenig) findet sich in Lieden (S. 130), Taglilie (S. 24). Das aus dem Namen Martin Bubers gebildete Verb »bubern« (v. 24) steht bereits in Zwischenzeiten (S. 132). In »entsprungen :« (v. 28) klingt das Kirchenlied *Es ist ein Ros entsprungen* (GW 135–145) sowie Friedrich Hölderlins »Ein Räthsel ist Reinentsprungenes« aus *Der Rhein* an (FHA 7, 164). *Es ist ein Ros entsprungen* beginnt mit einem Verweis auf Jes 11,1–2 und vergleicht Jesus mit einer Rose, während Maria der Zweig ist, auf dem die Rose blüht (GW 135–145), vgl. Strichscharen I (S. 137).

Verleihung, dominikanisch (S. 65)
Das Anfangswort »rosengestützt« (v. 1) bezieht sich auf den Gedichtband *Nur eine Rose als Stütze* (1959) von Hilde Domin und damit auf die Verleihung des Hilde-Domin-Preises für Literatur im Exil in Heidelberg (v. 7) im dortigen Rathaus (v. 9). Der im Titel erwähnten Dominikanischen Republik, wo Hilde Domin ihre Exil-Zeit während des Zweiten Weltkriegs und bis 1954 verbrachte, entnahm Domin ihr Pseudonym. Zu Hilde Domin vgl. das ist die Grenze (S. 337), Windbrüche (S. 350). Zum Wort »Talmi« vgl. Canvas (dunkles Bild) (S. 155), {...& ich in NY}, Poussin (S. 56). In der ersten Strophe greift RRM den ersten Vers aus Hölderlins *Heimath* auf: »Froh kehrt der Schiffer heim an den stillen Strom« (FHA 5, 503), sowie den Titel von Hilde Domins Gedichtband *Rückkehr der Schiffe* (1962). Die letzten drei Strophen beziehen sich auf einen Vorfall, den RRM wie folgt beschreibt (E-Mail an CC, 25.8.21): »[ich] hatte […] an einer Veranstaltung der beiden Europa-Parlament-Abgeordneten, SPD und CDU, im Heidelberger Rathaus teilgenommen, bei der ein Neo-Nazi aus seiner Aktentasche ein Reprint des *Völkischen Beobachters* rauszog, hochhielt mit der Schlagzeile: ›Deutschland erwache‹. Das blieb von beiden Abgeordneten unwidersprochen, die reagierten gar nicht, erst als ich, Kippa-Träger, protestierte und drohte, die kleine Konferenz zu verlassen, wurde der Mensch aus dem Saal geschickt.« Bei der Wendung »Deutschland, erwache!« handelt es sich um einen Auszug aus dem nationalsozialistischen Sturmlied (1920) des Antisemiten Dietrich Eckart, das nach dem deutschen Strafgesetzbuch verboten ist.

Vertikal, noch (S. 66)
In v. 8 wird Psalm 1,3 zitiert. Das Wort »Ödnis« kommt in v. 2 von Paul Celans Gedicht *Fadensonnen* (GA 183) vor. Ein weiterer Verweis auf dieses Gedicht findet sich in Tonwahl; Hallraum o.J. (S. 60). Das Staunen als Anfang der Philosophie behandelt Aristoteles in der *Metaphysik* 982b (vv. 19f.).

… Schöntrauer, winters (S. 67)
»Estre« (vv. 4, 17) ist altfranzösisch für »Sein«. Dieses, noch bei Montaigne (vgl. Rißvernähung : Oxygène, S. 59) vorzufindende Wort leitet weitere französische Bezüge ein. So werden Paul Valérys in Alexandrinern verfasstes und von Paul Celan ins Deutsche übersetztes Langgedicht *La jeune Parque* (*Die junge Parze*, 1917) sowie sein Prosatext *Monsieur Teste* (1926) erwähnt. Der *Jungen Parze* steht Stéphane Mallarmés in freien Versen geschriebenes *Un coup de dés jamais n'abolira le hasard* (*Ein Würfelwurf niemals tilgt den Zufall*, 1897) entgegen (vv. 10f., 32f.). Das Zitat am Ende lautet übersetzt: »so weit wie ein Ort | vereinigt sich mit jenseits«. Die Verse 10–12 greifen Psalm 23,2 auf (vgl. La Hutte, abends, S. 219, … mit Ichton, S. 81). St. Dié-des-Vosges und Moyenmoutier liegen in Frankreich (Vogesen), vgl. Rue de Verdun, Strasbourg (S. 76). In Todtnauberg im Schwarzwald befand sich Martin Heideggers berühmte Hütte, vgl. Doppelsamen (S. 48). Zur Bedeutung des Steins in RRMs Werk vgl. Ja, so bist du (S. 366), Fasanenstrafe: Steine (S. 35), Taglilie (S. 24), Brüderchen, dein Traum (S. 25), Kopfstein, opak, III (S. 11).

Pastiche (S. 70)
Neumen (v. 15) dienten im Mittelalter der musikalischen Notation, zum Beispiel für den gregorianischen Kirchengesang (v. 12). Der Verweis auf das »Stundenholz« (v. 16) geht auf ein Gespräch RRMs mit dem Dichter Alexandru Bulucz (*1987) zurück, bei dem es insbesondere um das deutsche Äquivalent zum rumänischen Begriff der »toaca«, der in Bulucz' Gedicht *Stundenholz* sowie im gleichnamigen Abschnitt im Band *was Petersilie über die Seele weiß* (2020) Eingang fand.[29] Die Erklärung dazu auf der Umschlaginnenseite des Buchs lautet wie folgt: »eiserne Platte oder dickes Brett, das in der Regel außer-

29 Alexandru Bulucz, *was Petersilie über die Seele weiß* (Frankfurt a. M. 2020), 35.

halb des Sakralraums bzw. im Kirchenvorraum an Stricken, mit der Längskante quer, frei aufgehängt ist und vor Beginn der orthodoxen Messe mit einem oder zwei Holzhämmerchen rhythmisch geschlagen wird, um die Gläubigen zum Gottesdienst zu rufen, worauf dann die Glocken geläutet werden. [...] Die Metapher der toaca, wie sie im Gedicht begegnet, hatte ich schon länger vor Augen. Auf den dt. Begriff brachte sie der Lyriker Rainer René Mueller, der mir zurief: Stundenholz! Dafür sei ihm herzlichst gedankt. Er war es dann auch, der mich auf den Zusammenhang aufmerksam machte zwischen der Ablehnung orthodoxen Glockengeläuts durch islamisch-byzantinische Herrscher ab dem 9. Jahrhundert und dem Aufkommen der toaca.«

Poèmes – poëtra

Goldrand mit Schweigen (S. 74)
Der Bergpass Col du Bonhomme befindet sich in den Vogesen im Elsass. In der Gegend »ging Lenz durch's Gebirg«, wie in Georg Büchners Erzählung *Lenz* (1839) geschildert wird. Daher der Verweis auf den evangelischen Pfarrer Johann Friedrich Oberlin (1740–1826, v. 24), der Jakob Michael Reinhold Lenz 1778 bei sich aufnahm. Zum »Gang über's Gebirg« vgl. Stück für Walser (S. 234, v. 7). Das Zitat in v. 21 stammt aus Rainer Maria Rilkes *Die Weise von Liebe und Tod des Cornets Christoph Rilke* (1906, RMR 1, 141). Vgl. dazu auch Bodenseeritt (S. 162, v. 4). Die christliche Gebetsform der Litanei wird in Zwischenruf (S. 214), noname (S. 260), ... oder so was (S. 82) erwähnt. In v. 25 wird Psalm 1,2 zitiert.

... man nennt es Glück (S. 75)
Das Zitat in v. 15 ist Paul Celans frühestem bekannten Gedicht *Drüben* (GA 13) entnommen. Auf dieses Gedicht verweist auch der zweite Abschnitt von Kopfstein, opak (S. 9).

Rue de Verdun, Strasbourg (S. 76)
Rav Nosson Tzvi Shulman (1930–2016, v. 6) war für Jahrzehnte in der Yeshiva Chachmei Tzorfas in Straßburg als Lehrer tätig. Das Zitat in v. 13 ist Heinrich Heines *Im wunderschönen Monat Mai* (HH 134) entnommen.

Jenufa, im Juni (S. 77)
Am Ende von Leoš Janáčeks Oper *Jenůfa* (1904), die von Max Brod aus dem Tschechischen ins Deutsche übersetzt wurde, wird das uneheliche Kind der titelgebenden Protagonistin tot »unterm Eis« aufgefunden (vv. 5f.). Im mittleren Teil des Gedichts wird Paul Celans Hölderlin-Gedicht *Tübingen, Jänner* (GA 137) aufgegriffen, in dem es heißt: »käme ein Mensch zur Welt, heute [...] | er dürfte, | spräche er von dieser | Zeit, er | dürfte | nur lallen und lallen«. Diese werden zuvor als »tauchende[ ] Worte[ ]« bezeichnet, die mit dem Tauchen des Kindes im eisigen Wasser verknüpft sein dürften. Die Verse »sagt einer, | sagt einer, hörst du« ahmt die Art der Rede der Protagonisten von Celans *Gespräch im Gebirg*, Jud Klein und Jud Groß, nach (BCA 27–31).

Drei Stücke im Volkston (S. 78)
Der Titel verweist auf Robert Schumanns *Fünf Stücke im Volkston für Violoncello und Klavier*, op. 102 (1851), während die gleich folgende Angabe auf Anton Weberns 1914 komponierte, 1924 uraufgeführte Miniaturen *Drei kleine Stücke für Violoncello und Klavier*, op. 11, verweist, nach deren Struktur das Gedicht aufgebaut ist.
1. Pastorale Vom lat. Wort für »Hirte«, *pastor*, abgeleitet, bezeichnet »Pastorale« in der bildenden Kunst die Darstellung einer idyllischen Naturlandschaft. Ludwig van Beethovens Sinfonie Nr. 6 in F-Dur, op. 68, ist als »Pastorale« bekannt. Die Idylle der ersten Verse wird durch die Erwähnung zweier Konzentrationslager, »Buchen- | wald« (vv. 5f.) und Natzweiler-Struthof (v. 9) gebrochen. Zu Struthof sowie zu den erwähnten Orten in den Vogesen Grandfontaine und Schirmeck (vv. 7f.) vgl. La Hutte, abends (S. 219). Struthof wird auch in Arkonaplatz, Berlin, und anderswo geseijt (S. 43) erwähnt. In Hölderlins Ode *Heidelberg* ist es das Heidelberger Schloss, das »[v]on den Wettern zerrissen« ist (FHA 5, 467), vgl. dieser Stadt (S. 190), November, November: (S. 191), Heidelberg, sobald – (S. 49).
2. Eichendorff, etc. Das Gedicht bezieht sich auf den auf zwölf Gedichten Joseph von Eichendorffs beruhenden *Liederkreis*, op. 39, von Robert Schumann (1842), vgl. Fahren (S. 166). Der »Park von Saint-Cloud« (vv. 2f.) ist eine bei Paris gelegene Gartenanlage, vgl. Schatten zu (S. 17).

3. Winterreise Der von Franz Schubert 1827 komponierte Zyklus *Winterreise*, op. 89, D 911 für Singstimme und Klavier, beruht auf 24 Liedern von Wilhelm Müller. RRM zitiert fast unmerklich gleich zu Beginn (v. 2) den ersten, berühmten Vers des Zyklus: »Fremd bin ich eingezogen, fremd zieh' ich wieder aus.« Eingangs wird aus Psalm 113,3 zitiert (auch in v. 20): »Vom Aufgang der Sonne bis zu ihrem Niedergang | sei gelobet der Name des Herrn!« Der Schlussvers von Matthias Claudius' *Abendlied*, der zweimal wiederholt wird (»Verschon' uns Gott mit Strafen, | Und laß uns ruhig schlafen, | Und unsern kranken Nachbar auch!« EG 482), schließt mit dem Anfangsvers »Der Mond ist aufgegangen« direkt an den Psalmvers an, vgl. La Hutte, abends (S. 219). Der griechische Ruf »Kyrie eleison» (Herr, erbarme dich!) ist Bestandteil der Messe und bildet üblicherweise den ersten Satz in Messvertonungen, vgl. Munch-Stück (S. 178). Das Zitat aus *Abendlied* alterniert RRM mit von ihm vernommenen Sätzen. Der Grabstein Moses Mendelssohns ist der einzige Grabstein, der auf dem Alten Jüdischen Friedhof in der Großen Hamburger Straße in Berlin-Mitte noch steht, wobei es sich aufgrund der Zerstörung durch die Nationalsozialisten weder um den Originalstein noch um die ursprüngliche Position des Grabs handelt.

... mit Ichton (S. 81)
Im Gedicht sind zahlreiche intertextuelle Verweise verwoben und neu komponiert, die um Kindheit, Vergänglichkeit und Tod kreisen. Der anfängliche Verweis »wie ein Psalm« wird mit dem Zitat aus Psalm 23 in vv. 14–15 konkretisiert (vgl. La Hutte, abends, S. 219). Der viermal im Gedicht wiederholte Hauch ist in v. 12 als Jesaja-Zitat erkennbar (Jes 2,22): »So lasst nun ab von dem Menschen, dessen Odem nur ein Hauch ist; denn für was ist er zu achten?« In der Mitte des Gedichts werden, verkürzt, die ersten zwei Verse aus Dylan Thomas' *Fern Hill* zitiert: »Now as I was young and easy under the apple boughs | About the lilting house and happy as the grass was green«.[30] Vgl. Über dem Gras ... (S. 63). Integriert sind auf indirekte Weise allerdings auch weitere Passagen aus demselben Gedicht. So übersetzen vv. 2f. einen Vers aus der sechsten Strophe von *Fern Hill*: »Up to

30 Dylan Thomas, *Collected Poems 1934–1953*, hg. von Walford Davies, Ralph Maud (London 1988), 134f.

the swallow thronged loft«. Die Erwähnung der Kinder in Verbindung mit dem Lied (vv. 16f.) findet sich in der fünften Strophe von *Fern Hill*: »and morning songs | Before the children green and golden«. In der Formulierung »Kinder- | Toten, den Liedern« (vv. 16f.) schichten sich über den Bezug auf *Fern Hill* Verweise auf Gustav Mahlers Vertonungen (1901–1904) von Friedrich Rückerts *Kindertotenlieder* (1833/34) sowie auf die letzte Strophe von Paul Celans Gedicht ... *rauscht der Brunnen* (GA 143): »Wir werden das Kinderlied singen, das, | hörst du«. In »das Leichte« (v. 5) und »ein Leich- | tes« (vv. 18f.) konzentrieren sich die Leichtigkeit, die die erste Strophe von Thomas' Gedicht prominent beschließt (»Down the rivers of the windfall light«), und die Leiche von Celans *Nächtlich geschürzt* (GA 84): »Ein Wort – du weißt: | eine Leiche«.

... oder so was (S. 82)
Zum Motiv der Platanen (vv. 9f.) vgl. Strasbourg, Le Diable Bleu (S. 220), Mannheimer Ufer, abends im Februar (S. 235), Stricharen II (S. 140), Paris ist schwer (S. 73), Bildverwickelt (S. 45), Schatten zu (S. 17). Zur Litanei (v. 15) vgl. Zwischenruf (S. 214), noname (S. 260), Goldrand mit Schweigen (S. 74).

Harbouey, im Juni. Zur Nacht ... (S. 83)
Zur Fledermaus vgl. Sans, Souci/Schwan und Virgule (S. 61), ... noch ist ein Grund (S. 7). Am 10. März 2009 wurde anlässlich der Fotografie-Ausstellung *El Atlas de Borges/Der Atlas von Borges* im Berliner Instituto Cervantes bei Deutschlandfunk Kultur eine Sendung mit dem Titel *Jorge Luis Borges, der blinde Weltreisende* ausgestrahlt, in dem es vordergründig um die ca. ab dem fünfzigsten Lebensjahr eintretende Blindheit des argentinischen Schriftstellers und die zahlreichen Reisen, die er mit María Kodama dennoch unternahm, ging.[31] In der vorletzten Strophe wird aus dem Römerbrief (14,7f.) zitiert: »Denn unser keiner lebt sich selber, und keiner stirbt sich selber. Leben wir, so leben wir dem Herrn; sterben wir, so sterben

31 Peter B. Schumann, *Jorge Luis Borges, der blinde Weltreisende. Foto-Ausstellung im Berliner Instituto Cervantes*, www.deutschlandfunkkultur.de/jorge-luis-borges-der-blinde-weltreisende.1013.de.html?dram:article_id=168902 (zuletzt abgerufen am 11.9.21).

wir dem Herrn. Darum: wir leben oder sterben, so sind wir des Herrn.« Vgl. Märzlich (S. 208), noname (S. 260).

Holunder, jäh … (S. 84)
Das Gedicht nimmt Verse aus Heinrich Heines Langgedicht *Donna Clara* auf. »Tausend weiße Blüthenflocken« steht dort in v. 35 und kommt nach der Strophe, in der Donna Clara zum Ritter sagt: »Mücken stachen mich, Geliebter, | Und die Mücken sind, im Sommer, | Mir so tief verhaßt, als wärens | Langenasge Judenrotten.« (HH 313) »Laß die Mohren und die Juden« (v. 57) ist die Erwiderung des Ritters auf die Aussage, deren erster Vers am Anfang von RRMs Gedicht zitiert wird: »Falsch ist nicht in mir, Geliebter, | Wie in meiner Brust kein Tropfen | Blut ist von dem Blut der Mohren | Und des schmutzgen Judenvolkes.« (HH 316) In Arthur Rimbaud's Sonett *Le Dormeur du val* (1870)[32] wird ein in der Schlacht von Sedan gefallener Soldat im Rahmen einer idyllischen Landschaft beschrieben (vv. 9–12), vgl. Holunder, Jäh (S. 84), Moggendorf (S. 204).

aus: Zwischen den Zeilen

Melencolia drei, Ducasse (S. 87)
Melencolia I ist der Titel eines berühmten Kupferstiches von Albrecht Dürer aus dem Jahr 1514. Isidore (v. 12) Lucien Ducasse, comte de Lautréamont (1846–1870), war der geheimnisvolle Verfasser der *Chants de Maldoror* (*Die Gesänge des Maldoror*). Im dortigen sechsten und letzten Gesang wird die Figur des Mervyn durch Maldoror von der Säule an der Pariser Place de Vendôme (v. 8) geschleudert.[33] Mervyn wird beschrieben als »schön […] wie die unvermutete Begegnung einer Nähmaschine und eines Regenschirms auf einem Seziertisch«.[34] Davon ließ sich der amerikanische surrealistische Künstler Man Ray für sein Objekt *L'énigme d'Isidore Ducasse* (*Das Rät-*

32 Arthur Rimbaud, *Œuvres complètes*, hg. von Antoine Adam (Paris 1972), 32.
33 Comte de Lautréamont, *Œuvres complètes*, hg. von Pierre-Olivier Walzer (Paris 1970), VI, 10, 247–252.
34 Lautréamont, *Die Gesänge des Maldoror*, üb. von Ré Soupault (Reinbek bei Hamburg ^{6}2021), 223.

sel von Isidore Ducasse) aus dem Jahr 1920 inspirieren (vgl. Tanguy, S. 179). Der vierte Gesang setzt an mit der Aussage, »ein Mensch oder ein Stein oder ein Baum« werde den Gesang beginnen.[35] Wenige Zeilen später heißt es, bei der Berührung des menschlichen Körpers würde die Haut Risse bekommen, »comme les écailles d'un bloc de mica qu'on brise à coup de marteau.«[36] (v. 5) Im zweiten Gesang fragt Maldoror: »Tu sais que je ne t'aime pas, et qu'au contraire je te hais: pourquoi insistes-tu?«[37] (v. 6) Zum Wortspiel mit den Figuren aus dem Grimm-Märchen *Schneeweißchen und Rosenrot* vgl. Seit (S. 271). Harald Kröner, 1962 geboren, ist bildender Künstler. Der Affe kehrt in Stephanus (S. 127) wieder.

Les Adieux (S. 88)
Unter dem französischen Titel *Les Adieux* (dt. die Abschiede, das Lebewohl) ist Ludwig van Beethovens Klaviersonate Nr. 26 in Es-Dur op. 81a bekannt. Gradierwerke sind mit Reisig gefüllte Holzgerüste, die in Salzwerken zur Salzgewinnung eingesetzt wurden. Im nordhessischen Bad Sooden ist das alte, imposante Gradierwerk heute Teil des dortigen Kurparks.

Aus Polenland. Aus (S. 90)
»Die Sonne so breit wie ein Menschenfuß« ist ein Satz des griechischen Philosophen Heraklit. Vgl. die Erklärung dazu in der Bemerkung zu den Gedichten »Aus Polenland. Aus« (S. 96).
1. Campo dei Fiori (vv. 5–7) ist ein Platz in Rom. Auf dem Wawelhügel im Zentrum Krakaus befindet sich u. a. die von Burgmauern umgebene ehemalige Residenz der polnischen Könige (v. 12).
2. Die Weichsel fließt u. a. durch Krakau.
4. In der Ausländerkinder-Pflegestätte Gantenwald bei Schwäbisch Hall (v. 9) wurden 1944/45 auf Heinrich Himmlers Erlass schwangere osteuropäische Zwangsarbeiterinnen gezwungen, ihre Kinder zur Welt zu bringen. Sie mussten kurz nach der Entbindung zur Arbeit zurückkehren und die Kinder in Gantenwald lassen, wo viele von ihnen aufgrund mangelnder Hygiene und Pflege starben. Vgl. Oktober (S. 187).

35 Ibd., 143.
36 Lautréamont, *Œuvres complètes*, IV, 1, 157.
37 Ibid., II, 2, 81f.

5. Finistère (wörtlich: Ende der Welt, von lat. *finis terrae*, vv. 9f.) ist ein Départment in der französischen Region der Bretagne. Zur Wendung »Stirb und werde« (v. 11) aus Goethes *West-östlicher Divan* vgl. Haben: ein Fracht (S. 276), Amsel (S. 387), Robert Walser (S. 321). Der Imperativ, zu werden, findet sich auch in Mann neben dem Baum (S. 151), Stephanus (S. 127).
6. Das Gedicht ist, mit Ausnahme des hier eingeschobenen v. 7, mit dem gleichnamigen Gedicht aus Chasse de neige/ Schneejagd (S. 104) identisch.

Bemerkung zu den Gedichten »Aus Polenland. Aus« (S. 96)
Die Komposition von René Leibowitz (1913–1972), auf die RRM im 3. Abschnitt Bezug nimmt, ist *L'explication des Metaphores/Explanation of Metaphors* für Sprecher, zwei Klaviere, Harfe und Perkussion op. 15 (1947). Der zugrunde liegende Text ist ein Gedicht von Raymond Queneau (1903–1976), den Leibowitz selbst ins Englische übersetzte. Zum Motiv des Schreis vgl. u. a. Musik (S. 351), Frostiger Morgen (S. 262), Vogel-Sequenza (S. 163), Munch-Stück (S. 178).

Chasse de neige

Berlin, Berlin (S. 102)
Der Delphi Filmpalast am Zoo befindet sich an der Ecke zwischen Fasanenstraße und Kantstraße im Berliner Bezirk Charlottenburg. Unweit davon, in der Kantstraße 152, befindet sich das französische Restaurant Paris Bar, eine West-Berliner Institution (vv. 5–7).

So: Spanisches (S. 103)
Mit den Versen »Im Erlenschatten, Liebste, | im Erlenschatten, nicht« (*Debajo del chopo, amante*, vv. 13f.) beginnt ein Gedicht aus der Sammlung *La amante* (*Die Liebhaberin*, 1925) vom spanischen Dichter Rafael Alberti.[38] Vgl. Spanisches (S. 180).

Chasse (S. 107)
Das Gedicht ist, mit Ausnahme des eingeschobenen v. 7, mit dem 6. Gedicht im Zyklus Aus Polenland. Aus (S. 95) identisch.

38 Erwin Walter Palm (Hg.), *Rose aus Asche. Spanische und spanisch-amerikanische Gedichte 1900–1950* (Frankfurt a. M. 1981), 30f.

fratres

Diptyque. Wintering out (S. 107)

1. Losigkeit Zweimal (vv. 4, 8) wird im Gedicht die Zeile »I'm not the only one« aus John Lennons Lied *Imagine* (1971) zitiert. Der Erstausgabe des Gedichts war ein Schwarz-Weiß-Bild einer Mauer beigelegt, auf die der Spruch »Türken raus« sowie »Israel« und »aber alle!!!« in Begleitung eines Hakenkreuzes gesprüht worden war (vv. 5–7, 9–11). Das Gedicht für Tadeus Pfeifer (S. 289) endet mit den Versen: »Eberesche | die Amseln fallen über dich«. Das Lied *If you could see her* aus dem Musical *Cabaret* (1966), das auf Christopher Isherwoods Buch *Goodbye to Berlin* (1939) basiert, endet mit der Strophe: »Oh, I understand your objection, | I grant my problem's not small; | But if you could see her thru my eyes, | She wouldn't look Jewish at all!« Dabei tänzt der Sänger mit einem Gorilla, der das im Lied angesprochene »sie« ist. Dem Satz liegt daher eine antisemitische Gleichsetzung von animalischem und jüdischem Aussehen zugrunde (vv. 17f.).

2. Still-life Im Hintergrund der Frage nach der Gewissheit, die eingangs aufgeworfen wird (v. 1), steht Ludwig Wittgensteins Abhandlung *Über Gewißheit*, etwa mit den Bemerkungen 114 und 115: »Wer keiner Tatsache gewiß ist, der kann auch des Sinnes seiner Worte nicht gewiß sein. Wer an allem zweifeln wollte, der würde auch nicht bis zum Zweifel kommen. Das Spiel des Zweifelns selbst setzt schon die Gewißheit voraus.« Relevant im Rahmen des Gedichts ist Wittgensteins Reflexion über das Verhältnis von Gewissheit und »Sprachspiel«, die von der Frage ausgeht: »Wie wird der Zweifel ins Sprachspiel eingeführt?«[39] Das Zitat aus Conrad Ferdinand Meyers Gedicht *Fülle* – das mit dem Vers endet »Genug kann nie und nimmermehr genügen!« – lässt sich als Erwiderung auf Meyers Äußerung lesen (v. 7).[40] »Mit Bewegtheit« (v. 9) übersetzt die musikalische Angabe auf Italienisch »con moto«.

39 Ludwig Wittgenstein, *Über Gewißheit. Werkausgabe*, Bd. 8, hg. von G. E. M. Anscombe und G. H. von Wright (Frankfurt a. M. 2006), 144 u. 211.

40 Conrad Ferdinand Meyer, *Gedichte. Sämtliche Werke*, Bd. 1, hg. von Hans Zeller, Alfred Zäch (Bern 1963), 21.

Col de Nideck (S. 109)
Die Burg und der Wasserfall von Nideck befinden sich in den elsässischen Vogesen. Der 1. Januar (v. 3) ist RRMs Geburtstag. Zum Motiv des Hähers bzw. der Feder (vv. 1, 10), das zugleich auf Günter Eichs Gedicht *Tage mit Hähern* verweist, vgl. Ich rede mir zu (S. 345), … noch ist ein Grund (S. 7).

Schreiknoten

Die aufgefundenen Papiere eines Laurent Erstein (S. 113)
Zum Titel vgl. Strichscharen I (S. 137). Das Pseudonym »Laurent Erstein« bildete RRM aus dem Heiligen Laurentius, nach dem sein Stiefvater benannt war, und dem Namen der Zuckermarke Erstein. Zudem ist Erstein ein südlich von Straßburg gelegener Ort mit einer kleinen jüdischen Gemeinde, deren Synagoge 1941 während der deutschen Besatzung Frankreichs zerstört und nach dem Krieg wieder aufgebaut wurde. Zur Hütte in den Vogesen vgl. La Hutte, abends (S. 219).
1.6.83 Das Zitat stammt aus Charles Baudelaires Gedicht *Les petites vielles* (*Die kleinen Alten*) aus dem Abschnitt *Tableaux parisiens* in *Les Fleurs du mal*, in der Übersetzung von Terese Robinson von 1925.[41] Diese entfernt sich bedeutend vom französischen Original, das lautet: »Toutes m'enivrent! mais parmi ces êtres frêles | Il en est qui, faisant de la douleur un miel« (»Sie alle berauschen mich; doch unter diesen schwachen Wesen gibt es welche, die, Honig aus dem Schmerz bereitend«).[42] Das Wort »Tiegel« kommt ebenfalls in *Die kleinen Alten* vor und übersetzt das französische »creusets«: »Und ihre Augen sind Brunnen aus Millionen von Tränen, | Sind Tiegel, in denen das leuchtende Gold schon erstarrt«.[43] Das französische Original lautet: »– Ces yeux sont des puits faits d'un million de larmes, | Des creusets qu'un métal refroidi pailleta …« (»– Diese Augen sind Tränen-Brunnen, unerschöpflich, Schmelztiegel, glitzernd von erkaltetem Metall …«).[44]

41 Charles Baudelaire, *Die Blumen des Bösen*, üb. von Terese Robinson (München 1925), 165.
42 Ibd., 238f.
43 Ibd., 165.
44 Ibd., 238f.

20.11.83 Die zweite Strophe in Paul Flemings (1609–1640) zweistrophigem Gedicht *Auf den Tod eines Kindes* lautet: »Schlafe wohl! Wir Armen, wir | bleiben, was wir immer waren: | jung von Weisheit, alt von Jahren, | unverständig für und für, | stumm an Mund, an Augen blind, | Kinder, wie wir kommen sind.«[45] Rumpelstilzchen heißt das »Männlein« im gleichnamichen Märchen der Brüder Grimm, das die Königin dazu auffordert, seinen Namen zu raten, auf dass sie ihr ihm versprochenes Kind behalten kann. Als sie seinen Namen schließlich richtig nennt, »riß sich [das Männlein] selbst mitten entzwei« (GM 253), vgl. Belle Alliance (S. 157).

31.1.83 Die Wendung »etwas über den Haufen wispern« – statt »über den Haufen werfen« – fand RRM vermutlich bei Georg Christoph Lichtenberg: »Wer schöne Spitzbuben, glatte Betrüger und reizende Waisenschinder sehen will, muß sie nicht gerade immer hinter den Hecken und in Dorf Kerkern suchen. Er muß hingehen, wo sie aus Silber speisen, wo sie Gesichter-Kenntnis und Macht über ihre Muskeln haben, wo sie mit einem Achselzucken Familien unglücklich machen, und ehrliche Namen und Kredit über den Haufen wispern, oder mit affektierter Unschlüssigkeit wegstottern.«[46]

10.8.83 Gottfried Benns Gedicht *Lebe Wohl* beginnt mit den Versen: »Lebe wohl, | farewell, | und nevermore –: | aller Sprachen Schmerz- und Schattenlaut | sind dem Herzen, | sind dem Ohre | unaufhörlich | tief vertraut.« (GB 143) Die Wahrnehmung des Brunnens als Zitat dürfte sowohl auf Conrad Ferdinand Meyers Gedicht *Der römische Brunnen* als auch auf Rainer Maria Rilkes *Brunnen* und *Achte Duineser Elegie* (»das freie Tier | hat seinen Untergang stets hinter sich | und vor sich Gott, und wenn es geht, so geht's | in Ewigkeit, so wie die Brunnen gehen«, RMR 2, 224) zurückgehen, vgl. Sans, Souci / Schwan und Virgule (S. 61).

5.8.82 Zur Beschäftigung von RRMs Mutter als Fotografin vgl. Adolphe Lamaille (S. 336), Es hagelt (S. 203).

45 Paul Fleming, *Sei dennoch unverzagt. Gedichte*, hg. von Uwe Berger (Berlin 1977), 113.

46 Georg Christoph Lichtenberg, *Über Physiognomik. Aufsätze. Schriften und Briefe*, Bd. 3, hg. von Wolfgang Promies (München 1972), 271.

31.8.85 Die Notiz bezieht sich auf die Klavierkompositionen *Quatre Études de rythme* (*Vier rhythmische Studien*, 1949/50) des französischen Komponisten Olivier Messiaen (1908–1992).
27.12.85 Mit den Worten *Bei Wein und Verlorenheit* beginnt das dritte Gedicht aus Paul Celans Band *Die Niemandsrose* (GA 130).
2.4.86 Zum Maler Edvard Munch vgl. Munch-Stück (S. 178).
13.8.82 Der Bussard erscheint auch in Tegeler See (S. 327) und Haben: ein Fracht (S. 276).

Kreuzungen

–, damit Fleisch nach Fleisch riecht (S. 125)
Das Motto stammt aus Fernando Pessoas *Das Buch der Unruhe des Hilfsbuchhalters Bernardo Soares*.[47]

Stephanus (S. 127)
Der Heilige Stephanus gilt als erster christlicher Märtyrer (Apg 17,58–60). Stephen Dedalus ist der Protagonist von James Joyce' *A Portrait of the Artist as a Young Man* (1914, vgl. Rißvernähung : Oxygène, S.59), dem ein verworfener Romanentwurf mit dem Titel *Stephen Hero* (1903–05, v. 3) voranging. Im Kontext der Frage nach dem Einfluss christlicher Erziehung und dem Übergang vom Glauben der Kindheit zur späteren Abstandnahme von Religion behauptet Stephen: »I was not myself as I am now, as I had to become.«[48] (vv. 8f., 11f.) Der Imperativ, zu werden, findet sich in Mann neben dem Baum, Haben: ein Fracht. Stephen Dedalus kehrt als Nebenfigur in Joyce' *Ulysses* (1922) zurück. Die Figur des Daidalos aus der griechischen Mythologie, an deren Name Stephens Nachname angelehnt ist, steht im Hintergrund von Gehst du … (S. 199). Zum Affen vgl. Melencolia drei, Ducasse (S. 87).

Zurückgekehrt (S. 128)
Zu den »römische[n] Ziffer[n] auf Emaille« vgl. Treppen (S. 186).

47 Fernando Pessoa, *Das Buch der Unruhe des Hilfsbuchhalters Bernardo Soares*, üb. von Georg Rudolf Lind (Zürich 1986), 261.
48 James Joyce, *A Portrait of the Artist as a Young Man* (Oxford 2000), 202.

Tourterelle/Täuberle (S. 129)
Der Titel bezieht sich auf diejenige Villanelle, die dieser Form den Namen gab, nämlich Jean Passerats *Villanelle* (1574), die mit den Versen beginnt: »I'ay perdu ma Tourterelle: | Est-ce point celle que i'oy? | Ie veus aller après elle.« (»Ich habe mein Täubchen verloren | Ist es nicht sie, die ich höre? | Ich werde ihr hinterher gehen.«)[49] Zur Villanelle als poetische Gattung vgl. ... noch ist ein Grund (S. 7). Der Satz »wo | wir Meinung sind« findet sich auch in Strichscharen II (S. 140). Zum Verweis auf Gustave Flauberts Erzählung *Novembre* (vv. 17f.) vgl. Rißvernähung : Oxygène (S. 59).

Lieden (S. 130)
Das jiddische Wort »ebbes« (etwas, ein wenig, v. 6) findet sich in Taglilie (S. 24), Über dem Gras (S. 63). Das *Sanctus* (v. 7), das in deutscher Übersetzung mit der Wiederholung »Heilig, heilig, heilig ist Gott« (v. 9) beginnt, ist eines der wichtigsten Gebete, die im Laufe der Messe gesungen oder rezitiert werden. Im Licht der »Geschichte« (v. 3) hat das Wort »Heil« (v. 9) durch den Hitlergruß eine weitere, unheimliche und verhängnisvolle Konnotation erhalten.

Zwischenzeiten (S. 132)
Der von Johann Sebastian Bach komponierte Choral *Wie sich ein Vater erbarmet*, mit dem die Kirchenkantate *Wer Dank opfert, der preiset mich* (BWV 17) von 1726 endet, setzt sich mit den Zeilen fort: »Über seine junge Kinderlein, | So tut der Herr uns allen, | So wir ihn kindlich fürchten rein.«[50] Im späteren Gedicht Lormen, mit Primzahl (S. 54) kehren vv. 3–5 in leicht abgewandelter Form wieder. Der Neologismus »Bucheckernschön« findet sich auch (ohne Bindestrich) in Wird Schnee sein: bei Gelegenheit (S. 273). Das aus dem Namen Martin Bubers gebildete Verb »bubern« (v. 24) kehrt in Über dem Gras (S. 63) wieder. Vor allem wird auf das berühmteste Werk des Philosophen und Religionswissenschaftlers verwiesen, *Ich und du*

49 Jean Passerat, *Recueil des œuvres poétiques de Ian Passerat augmenté de plus de la moitié, outre les précédentes impressions* (Paris 1606), 344f.

50 Alfred Dürr (Hg.), *Die Kantaten von Johann Sebastian Bach*, Bd. 2 (München 1985), 589.

(1923, vgl. Mount Scopus, S. 15), in dem Buber das dialogische Prinzip, auf dem menschliches Dasein beruhe, darlegt (v. 9f.).

Dunkelstück (S. 133)
Das Gedicht verbindet den Verweis auf das Gedicht *Home After Three Months Away* des amerikanischen Dichters Robert Lowell (1917–1977, v. 5), in dem der zweifelnde Vers »they tell me nothing's gone« fällt,[51] mit William Shakespeares Sonett 71, *No longer mourn for me when I am dead*, das mit den Versen endet: »Do not so much as my poor name rehearse, | But let your love even with my life decay, | Lest the wise world should look into your moan, | And mock you with me after I am gone.« (»Sprich meinen armen Namen selbst nicht aus, | Laß mit dem Leben Liebe gleich verlodern: || Sonst prüft die kluge Welt der Tränen Sinn | Und höhnt dich um mich, wenn ich nicht mehr bin.«)[52] Vgl. Sehen: um (S. 194).

Strichscharen

Friedemann Hahn (*1949) ist ein deutscher Maler. Die ihm gewidmeten Texte erschienen zugleich im Katalog zur Ausstellung seiner Zeichnungen, die 1986 in der Galerie Terbrüggen in Sinsheim stattfand.

I mäßig bewegt (S. 137)
Der Renaissance-Maler Matthias Grünewald ist vor allem für den in Colmar ausgestellten Isenheimer Altar bekannt. Das erste Zitat auf S. 137 stammt aus dem Kirchenlied *Es ist ein Ros entsprungen* (GW 135–145, vgl. Über dem Gras …, S. 63), das zweite aus dem Choral *O Haupt voll Blut und Wunden* (GW 275–190), vgl. Aschenstück (S. 167). »Es muß jetzt der Augenblick sein | für eine gerechte | Geburt« ist die dritte und letzte Strophe in Paul Celans Gedicht *Tretminen* (GA 282). Die Wendung »logique du cœur« (Logik des Herzens) fasst den berühmten Satz aus den *Pensées* des französischen Phi-

51 Robert Lowell, *Collected Poems*, hg. von by Frank Bidart und David Gewanter (New York 2003), 185.

52 William Shakespeare, *Sonette*, üb. von Gottlob Regis (Leipzig 1987) 148f.

losophen Blaise Pascal (1623–1662) zusammen: »Le cœur a ses raisons que la raison ne connaît point« (»Das Herz hat seine Gründe, die der Verstand nicht kennt«).[53] Zum Begriff »Schreiknoten« (S. 132) vgl. Schreiknoten (S. 113). In der christlichen Theologie bezeichnet die Wendung »vera ikon« (wahres Bild) ein nicht von Menschen, sondern von Gott erschaffenes Bild. Der Vers »das macht, er ist gericht« findet sich am Ende der vorletzten Strophe des von Martin Luther verfassten Kirchenlieds *Ein feste Burg ist unser Gott* (EG 362). Zur Figur des Kaspar Hauser, der mehrfach den Satz: »Ein solcher Reiter möchte ich werden, wie mein Vater gewesen ist«, gesagt haben soll, als er 1828 als verwirrter junger Mann in Nürnberg auftauchte, vgl. Die tiefen Töne (S. 245).

II winterlich; folie à deux; heftig (S. 140)
Der Text geht zum Teil zurück auf einen Besuch in der Sowjetunion in Gesellschaft Rainer Blums. RRM verwendet den Namen »Petrograd« für die Stadt Sankt Petersburg, der ihr 1914 unmittelbar vor der Revolution und bis zur Umbenennung zu Leningrand 1924 verliehen wurde. Der Satz »wo wir Meinung sind« steht auch in Tourterelle/Tauberle (S. 129). Die Wörter »spleen« und »trèfle« (Kleeblatt) lassen sich auf Charles Baudelaires *Le Spleen de Paris* (1869) und auf eine Passage aus Edgar Allan Poes *A Tale of the Ragged Mountains* im *Poème du hachisch,* über die Auswirkungen des Opiumkonsums, beziehen: »Dans le tremblement d'une feuille, – dans la couleur d'un brin d'herbe, – dans la forme d'un trèfle, – dans le bourdonnement d'une abeille, – dans l'éclat d'une goutte de rosée, – dans le soupir du vent, – dans les vagues odeurs échappées de la forêt, – se produisait tout un monde d'inspirations, une procession magnifique et bigarrée de pensées désordonnées et rapsodiques.«[54] Eine ausführliche Erklärung zur Wendung »pour niaiser« (»um … die Zeit mit Nichtigkeiten zu vertreiben«) findet sich im Kommentar zu Rißvernähung : Oxygène (S. 414).

53 Vgl. dazu ausführlich Sylvain Josset, »Une ›logique du cœur‹? Max Scheler lecteur de Pascal«, in: *Dix-septième siècle* 290 (2021), 9–26.

54 Charles Baudelaire, *Les paradis artificiels. Le poème du hachisch. Œuvres complètes,* hg. von Claude Pichois (Paris 1975), 428; dt. *Die künstliche Paradiese. Sämtliche Werke, Briefe,* Bd. 6, hg. und üb. von Friedhelm Kemp (München 1991).

Vgl. auch Tourterelle/Tauberle (S. 129). Zu Vincent van Gogh (1853–1890), der sich 1888 im südfranzösischen Arles das Ohrläppchen abschnitt und zeitweise in einer psychiatrischen Anstalt im südfranzösischen St. Rémy interniert war, vgl. Arles (S. 355), Im Nacken (S. 202). Zum Maler Johannes Vermeer vgl. Am Graben (S. 205), »Alle, die da fallen…« (S. 26).

Zu Schlaf (S. 144)
Auf der Großen Treppe (v. 9) vor der Stadtkirche St. Michael in Schwäbisch Hall finden seit 1925 die Freilichtspiele statt. Hier wird auf eine Aufführung von Gotthold Ephraim Lessings *Nathan der Weise* (1779) verwiesen (v. 8). Vgl. Treppen (S. 186), Hall in Schwaben (S. 189).

das Wort: Traktat,/ Sehen (S. 145)
Die Pflanzengattung der Digitalis ist auch als Fingerhut bekannt (vv. 1f.). Der Fingerhut wird in Paul Celans frühestem bekannten Gedicht *Drüben* erwähnt: »Bei mir ist Engelsüß und roter Fingerhut bei mir!« (GA 13) Vgl. da in der Rue d'Ulm (S. 183), … man nennt es Glück (S. 75), Kopfstein, opak II (S. 9). Der Begriff der Lichtung (v. 6) spielt bei Martin Heidegger bereits in *Sein und Zeit*, dann auch in späteren Schriften, etwa in *Ursprung des Kunstwerks* (1933/36), eine vordergründige Rolle. So beschreibt Heidegger das Dasein in Verbindung mit dem Begriff der Lichtung in *Sein und Zeit*: »Die ontisch bildliche Rede vom lumen naturale im Menschen meint nichts anderes als die existenzial-ontologische Struktur dieses Seienden, daß es *ist* in der Weise, sein Da zu sein. Es ist ›erleuchtet‹, besagt: an ihm selbst *als* In-der-Welt-sein gelichtet, nicht durch ein anderes Seiendes, sondern so, daß es selbst die Lichtung *ist*.«[55] Ebenda findet sich auch die von RRM im Gedicht zurückgewiesene Genitiverbindung »Lichtung des Daseins« bzw. »Lichtung des Seins«[56] (vv. 8–10). Vgl. Lauschgold, letzter Septembertag (S. 53).

55 Martin Heidegger, *Sein und Zeit. Gesamtausgabe. I. Abteilung: Veröffentlichte Schriften 1914–1970*, Bd. 2, hg. von Wilhelm-Friedrich von Hermann (Frankfurt a. M. 1977), 177.
56 Ibid., 226 und 427.

Rückzug ins Helle

Hagelbergerstraße / (Kienholz) (S. 149)
In der Hagelbergerstraße in Berlin-Kreuzberg befand sich das Atelier des Künstlers Max Neumann, mit dem RRM im Mai 1984 gemeinsam arbeitete (vgl. die Beschreibung des Vorhabens S. 147). Der US-amerikanische Künstler Edward Kienholz (1927–1994) verbrachte regelmäßig Zeit in Berlin und stellte dort mehrmals aus. Die »langue d'oc« bezeichnet die Sprachgruppe, die, im Gegensatz zur nordfranzösischen »langue d'oïl«, die sich als Nationalsprache durchsetzte, im Süden Frankreichs gesprochen wird. Es war u. a. die Sprache, in der die mittelalterlichen Troubadours ihre Lyrik verfassten. Die beiden Sprachgruppen sind nach dem jeweiligen Wort für »Ja« benannt (»oc« und »oïl«). Der Schriftsteller Ludwig Tieck (1773–1853) veröffentlichte 1797 die Erzählung *Liebesgeschichte der schönen Magelone und des Grafen Peter von Provence*, die auf bereits existierenden Stoff zurückgeht und von Johannes Brahms (1833–1897) als Lieder-Zyklus (op. 33) vertont wurde.

Mai (S. 150)
Zu den Kastanienbäumen vgl. da in der Rue d'Ulm (S. 183), … man nennt es Glück (S. 75), Kopfstein, opak II (S. 9), zu den Nesseln vgl. Im Nacken (S. 202), Am Graben (S. 205).

Mann neben dem Baum (S. 151)
Das dritte, in *Rückzug ins Helle* enthaltene Bild Max Neumanns trägt den Titel *Hinterrücks* (vv. 12f.), in roter Farbe (v. 8) am oberen Rand des Blatts handschriftlich vermerkt. Im Römerbrief (4,17) schreibt Paulus über Gott, dass er »die Toten lebendig macht und ruft das, was nicht ist, dass es sei.« (vv. 2, 14) Zum Imperativ, zu werden (v. 10), vgl. Haben: ein Fracht (S. 276), Stephanus (S. 127). Der Ätzgrund »noir satiné« (v. 6) der französischen Marke Charbonnel wird für die Ätzradierung eingesetzt.

Vom Gehör (S. 152)
Zum Zugrunde-Gehen (v. 10) vgl. Arkonaplatz, Berlin, und anderswo geseijt (S. 43). *Ein Drecksgurren am Kanal* (v. 6) ist der Titel vom neunten Bild Max Neumanns, das in *Rückzug ins Helle* enthalten ist. Das Bild folgt im Band dem Gedicht Berlin, am Zoo (S. 156) und ist auf dem 21. Mai 1984 datiert.

An der Havel mit Max (S. 153)
Im Max Beckmanns (1884–1950) Bild *Kleine Sterbeszene* (1906) sitzt im Vordergrund eine Frau, deren Gesicht mir roter Farbe bedeckt ist (v. 4). Das Bild hängt in der Alten Nationalgalerie in Berlin. Vgl. Zusehen (S. 154). Im ersten Bild Max Neumanns, das in *Rückzug ins Helle* enthalten ist und denselben Titel trägt, sind mittig eine menschliche Figur und links auf der Höhe ihrer Nabel ein gelber Kreis zu sehen (v. 7). Das Bild ist auf dem 14. Mai 1984 datiert, also vor der Ankunft RRMs in Berlin.

Zusehen (S. 154)
Stabat Mater in's Horn löffeln ist der Titel des sechsten Gemäldes Max Neumanns in *Rückzug ins Helle*. »Stabat mater« (»stand die Mutter«) sind die Anfangsworte eines mittelalterlichen Gedichts, in dem das Leid Mariä bei der Kreuzigung Jesu thematisiert wird. Das Gedicht wurde zahlreiche Male vertont. Zum Maler Max Beckmann vgl. Vom Gehör (S. 152). Das Wort »wachet« (v. 18) ist dem Eingangsvers der Kantate *»Wachet auf«, ruft uns die Stimme* entnommen, vgl. Aschenstück (S. 167).

Canvas, (dunkles Bild) (S. 155)
Das Wort »Talmi« (v. 2) kehrt später in Verleihung, dominikanisch (S. 65) und {...& ich in NY}, Poussin (S. 56) zurück. In v. 10 wird ein Wort aus Psalm 66,16 zitiert: »Kommt her, höret zu alle, die ihr Gott fürchtet; ich will erzählen, was er an mir getan hat.«

Berlin, am Zoo (S. 156)
Maienlust (v. 6) ist sowohl ein eigenständiges Volkslied als auch ein wiederkehrender Begriff in den Liedern, die den Frühlingseinbruch feiern. Zum Monat Mai, in dem die Gedichte aus *Rückzug ins Helle* entstanden, vgl. Gehst du ... (S. 199), Der Mai ist 'kommen (S. 200), Mai (S. 150). Der letzte Satz von Gustav Mahlers 3. Sinfonie trägt die Überschrift »Was mir die Liebe erzählt« (v. 7, vgl. Diese Stadt, S. 252). Den Grund dafür erklärte er wie folgt: »Das Motto zu diesem Satz lautet: ›Vater, sieh an die Wunden mein! Kein Wesen lass verloren sein!‹ Verstehst Du also, um was es sich da handelt? Es soll damit die Spitze und die höchste Stufe bezeichnet werden, von der aus die Welt gesehen werden kann. Ungefähr könnte ich den Satz auch nennen ›Was mir Gott erzählt‹. Und zwar eben in dem Sinne, als ja Gott nur als ›die Liebe‹ gefasst werden kann.«[57] Der dritte Satz

ist wiederum »Was mir die Tiere im Walde erzählen« betitelt (v.8). *Yesterday* (v.15) ist ein berühmter Popsong der Beatles.

Belle Alliance (S.157)
Belle Alliance (schönes Bündnis) war die in der deutschen Geschichtsschreibung übliche Bezeichnung für die Schlacht bei Waterloo und den Sieg der preußischen Armee über Napoleon 1815. Deshalb wurden nach ihr im 19. Jahrhunderts zahlreiche Straßen benannt, u.a. erhielt der Platz vor dem Halleschen Tor (vgl. Vom Gehör, S.152) in Berlin den Namen Belle-Alliance-Platz, und die sich südlich davon erstreckende Straße Belle-Alliance-Straße. Nach dem Zweiten Weltkrieg wurden der Platz zu Franz-Mehring-Platz bzw. Mehringplatz, die Straße zu Mehringdamm umbenannt. Von 1917 bis 1935 wohnte der Schriftsteller Gottfried Benn in der Belle-Alliance-Straße 12 und hatte dort seine Praxis für Haut- und Geschlechtskrankheiten. Im frühen Gedicht *Der junge Hebbel* schreibt Benn: »Meine Jugend ist mir wie ein Schorf: | eine Wunde darunter, | da sickert täglich Blut hervor.« (GB 20f., vgl. vv.3,13) Zu Benn vgl. Berlin, 22.5.84 Tegel (S.158), Benn, -bleu ; mit Licht, jetzt (S.19). »Was gibst du mir?« (vv.11f.) ist die wiederkehrenden Frage des Rumpelstilzchen an das Mädchen als Ausgleich für seine magischen Hilfeleistungen im gleichnamigen Märchen der Brüder Grimm (GM 251f.), vgl. Schreiknoten (S.113).

Berlin, 22.5.84 Tegel (S.158)
Am 24. Oktober 1944 schrieb Gottfried Benn in einem Brief an Friedrich Wilhelm Oelze (v.1): »ich kann mich nicht entschliessen, die Lebensläufe von Shakespeare u. Goethe für ruhiger und gesicherter zu halten wie unsere. Es gab weniger Bombenexplosionen, aber mehr Feuersbrünste, weniger Totalschäden, aber mehr Seuchen u. Hungersnöten. Die genannten mussten ihre Existenz genau so gegen äussere Gefahre wahren wie wir und nach dem ›Erkenne die Lage‹ sich ausbalanzieren. Und was das Innere angeht, so liegt ja bei uns gar keine Krise vor, im Gegenteil: nie hob sich so klar, so kristallinisch rein das moralische und geistige Fundament des menschlichen Seins

57 Gustav Mahler, *»Mein lieber Trotzkopf, meine süße Mohnblume«. Briefe an Anna von Mildenburg*, hg. von Franz Willnauer (Wien 2006), 135.

ab wie heute, so zwingend, so unbestreitbar als moralisches und rechtliches Fundament, es ist doch geradezu leuchtend und überirdisch gesichert auf dem Hintergrund der Verbrecher und Lumpen.«[58] In ihrem *De L'Allemagne* (*Über Deutschland*, 1813) übersetzte Madame de Staël die von Margarethe an Faust gerichtete Bitte aus Goethes *Faust* – »Nein, du mußt übrig bleiben! | Ich will dir die Gräber beschreiben, | Für die mußt du sorgen« (MA 6.1, 671) – wie folgt: »Non, il faut que tu restes. Je veux te décrire les tombeaux que tu feras préparer dès demain.«[59] (v. 2)

Augen

Mirabell, Vogesenbuckel (S. 161)
Im Gedicht sind Goethes *Über allen Gipfeln* (1780, MA 2.1, 53) und Celans *Das Wort vom Zur-Tiefe-Gehen* (GA 129) miteinander verwoben. Vgl. Münchner Freiheit, im April (S. 266), Arkonaplatz, Berlin, und anderswo geseijt (S. 43), Taglilie (S. 24).

Bodenseeritt (S. 162)
Titel und erste Strophe (v. 4) verweisen auf Gustav Schwabs Ballade *Der Reiter und der Bodensee* (1826).[60] Zu v. 4 vgl. auch den Satz »reiten, reiten, reiten, durch den Tag, durch die Nacht, durch den Tag« aus Rainer Maria Rilkes *Die Weise von Liebe und Tod des Cornets Christoph Rilke* (1906, RMR 1, 141). Vgl. Goldrand mit Schweigen (S. 74). »Je est un autre« (Ich ist ein Anderer, v. 11) ist der berühmte Satz aus Arthur Rimbauds sogenanntem Seher-Brief vom 15. Mai 1871 an Paul Demeny.[61]

Vogel-Sequenza (S. 163)
Zum letzten Vers vgl. Zürich (S. 232).

58 Gottfried Benn, *Briefe an F. W. Oelze 1932–1945*, hg. von Harald Steinhagen (Wiesbaden 1977), 373f.
59 Madame de Staël, *De l'Allemagne. Œuvres complètes*, Bd. 3, hg. von Axel Blaeschke (Paris 2017), Kap. 23.
60 Gustav Schwab, *Gedichte* (Stuttgart, Tübingen, 1828), 364–366.
61 Arthur Rimbaud, *Seher-Briefe. Lettres du voyant*, hg. und üb. von Werner von Koppenfels (Mainz 1990), 19–25.

Steinen (S. 164)
Im Münchner Haus von Ulfa von den Steinen in der Paradiesstraße (vv. 20, 22) traf sich die literarische Szene. RRM nahm gelegentlich an diesen Treffen teil. Die traditionsreiche Buchhandlung Lehmkuhl, auch als »die Kuhle« (v. 3) bekannt, befindet sich, wie die Paradiesstraße, im Münchner Stadtteil Schwabing (vgl. Münchner Freiheit, Im April, S. 266). Zu den Begegnungen und Gesprächen mit Wolfgang Koeppen vgl. Zwei Junistücke für Koeppen (S. 211). »Sprachgitter« (v. 6) ist der Titel eines Gedichtbands sowie eines Gedichts (GA 103f.) von Paul Celan.

Gehäuse (S. 165)
Hölderlins Satz bzw. Satzbruchstück »(Im) Jaunerloch gebildeter Herren zu reden. | (Im) Jaunerloch gebi« (v. 2) findet sich im Homburger Folioheft, 70 (FHA 7, 341). Friedrich Beißner, in dessen Ausgabe die abgebrochene Wiederholung des Satzes nur im Apparat erscheint (StA 2.2, 953), schreibt dazu im Kommentar: »Die Form ›Jauner‹ (statt ›Gauner‹), im Schwäbischen besonders verbreitet (vgl. Schiller, *Die Verschwörung des Fiesco zu Genua* I 2 und 9), ist die etymologisch ältere; denn ›Gauner‹ leitet sich her von ›Joner‹ (Jonier, Grieche, Falschspieler)« (StA 2.2, 953f.). Sattler stellt die Sätze in den Zusammenhang des Entwurfs *Die Titanen* (FHA 8, 889). Zum Zeitpunkt der Niederschrift stand RRM lediglich Beißners *Stuttgarter Hölderlin-Ausgabe* zur Verfügung. RRM wurde von Sattler auf den Satz aufmerksam gemacht, die Schreibung »Jaunerloh« statt »Jaunerloch« habe RRM von einer brieflichen Mitteilung Sattlers übernommen. Wichtig war dabei der Hinweis, im Satzbruchstück »Jaunerlo[c]h gebi« seien alle Vokale enthalten. Vgl. Welch ein Gehäuse (S. 282).

Fahren (S. 166)
»Dämmrung will die Flügel spreiten« ist der erste Vers von Joseph von Eichendorffs Gedicht *Zwielicht* aus dem Roman *Ahnung und Gegenwart* (1815) (v. 1), das vor allem durch die Vertonung Robert Schumanns (1842) Berühmtheit erlangte.[62]

62 Joseph von Eichendorff, *Gedichte*, 1. Teil, hg. von Harry Fröhlich, Ursula Regener (Stuttgart, Berlin, Köln 1993), 11f.

Vgl. Drei Stücke im Volkston, 2. Eichendorff, etc (S. 79). Zu v. 13 vgl. Mt 10,30, vgl. Schatten zu … (S. 17).

Aschenstück (S. 167)
»Wachet auf«, ruft uns die Stimme ist der Eingangsvers von einem 1599 veröffentlichten Kirchenlied von Philipp Nicolai, das besonders als Choralkantate von Johann Sebastian Bach bekannt ist. Das sogenannte Gleichnis von den klugen und törichten Jungfrauen aus Mt 25,1–13 wird dort verschränkt mit der Ankündigung der Vermählung Gottes mit Zion durch die Wächter der Stadt aus Jes 52,1,8 und Jes 62,5 (GW 154–166). Vgl. Zusehen (S. 154). *O Haupt voll Blut und Wunden* (vv. 6f., GW 275–290) ist ein von Paul Gerhardt verfasster Choral, der zum Teil von Bach in der *Matthäuspassion* aufgenommen und vielfach von Komponisten bearbeitet wurde, weshalb es als »das bekannteste deutschsprachige Passionslied« (GW 277) gilt. In der ersten Strophe heißt es: »O Haupt, zum Spott gebunden | mit einer Dornenkron!« (vv. 6–9). Vgl. Strichscharen, I (S. 137).

Halt in Griebnitzsee (S. 168)
Beschrieben wird eine von RRM beobachtete Szene an der deutsch-deutschen Grenze, bei der Hunde die untere Seite der Züge nach Menschen absuchten, die, sich dort versteckend, aus der DDR zu fliehen wagten. Vgl. Hans im Glück, winters (S. 257).

Potsdam (S. 169)
Zur besonderen Bedeutung von Potsdam in RRMs Biographie und Werk vgl. Potsdamer Abkommen (S. 293), Nachsätze (S. 278), Rückfahrt, 30.11.78 (S. 256), Zwischenzeiten (S. 132), Kohlenkutscher vor Kind (S. 51), Sans, Souci/Schwan und Virgule (S. 61).

Hamburg, Hbf. (S. 170)
Zum Besuch der Goya-Ausstellung in Hamburg im November 1980 vgl. Chorus (S. 215). *Por Liberal?* (*Weil sie eine Liberale ist?*) ist eine Inkzeichnung Goyas aus den Jahren 1814–1823, die zum Heft *Durch die Inquisition Verurteilte, Verhaftete und Gefolterte* gehört.[63]

63 Vgl. Werner Hofmann (Hg.), *Goya. Das Zeitalter der Revolution*, Hamburger Kunsthalle 17. Oktober 1980 bis 4. Januar 1981 (München 1980), 189.

Stuttgart, nachts (S. 171)
Das Tanzcafé Tabaris befand sich bis 1992 im sogenannten Hindenburgbau in der Nähe vom Stuttgarter Hauptbahnhof (vv. 4–6).

... sieben Tage weiter (S. 172)
Das Gedicht geht auf einen Besuch RRMs in Prag zurück (v. 6). Es werden Orte in der Stadt (vv. 11f., 15) sowie der Prager Frühling (v. 15) und die sich in Prag abspielende Golem-Legende (v. 21) erwähnt. Vgl. meinem Bruder Jakob (S. 322). Zu v. 2 vgl. Martin Heidegger, *Der Satz vom Grund* (1962), dazu auch Lauschgold, letzter Septembertag (S. 53).

und R (S. 174)
Fischerhude (vv. 5, 15) ist ein an der Wümme (v. 2), östlich von Bremen gelegener Ort. *Van den Fischer un siine Fru* (v. 3) ist ein in der Sammlung der Brüder Grimm aufgenommenes, plattdeutsches Märchen (GM 103–107). In der zweiten Strophe von Walthers von der Vogelweide Lied *Unter der Linden* heißt es: »Er kuste mich wol tusentstunt, | tandaradei, | seht, wie rot mir ist der munt.« (WvV 126) Vgl. Lirum, larum (S. 201), Arkonaplatz, Berlin, und anderswo geseijt (S. 43).

Liegen (S. 177)
Zu RRMs kritischer Einstellung zu Emil Nolde vgl. Der da, ... (S. 243).

Munch-Stück (S. 178)
Die Verbindung von Titel und letztem Vers (»cri« ist Französisch für »Schrei«) verweist auf Edvard Munchs (1863–1944) berühmtes Gemälde *Der Schrei* (1893–1910). Zum Motiv des Schreis vgl. u. a. Musik (S. 351), Frostiger Morgen (S. 262), Vogel-Sequenza (S. 163), sowie die Darlegung dazu in Bemerkung zu den Gedichten »Aus Polenland. Aus« (S. 96). Zum Kyrie-Ruf im christlichen Gottesdienst vgl. Drei Stücke im Volkston (S. 78). Das Zitat in v. 4 variiert einen Vers aus der zweiten Strophe von Eduard Mörikes *Gebet*: »Wollest mit Freuden | Und wollest mit Leiden | Mich nicht überschütten! | Doch in der Mitten | Liegt holdes Bescheiden.« (EMö 210) Das Zitat aus Ariels Lied im ersten Akt, 2. Szene, von William Shakespeares *The Tempest* dient dem ganzen Band als Motto. Im Original heißt es »Those

are pearls that were his eyes«[64] (wörtlich: »jene sind Perlen, die seine Augen waren«). Zum dort verhandelten Thema des toten bzw. abwesenden Vaters vgl. Gehst du … (S. 199).

Tanguy (S.179)

Der französische Maler Yves Tanguy (1900–1955) war einer der wichtigsten Vertreter des Surrealismus. Das Motiv einer Frau mit offenem Rücken (v. 1) findet sich in den Bildern der surrealistischen Maler Max Ernst (*Weib, Greis und Blume*, 1923/24) und Salvador Dalí (*Meine Frau, nackt, beim Betrachten ihres eigenen Körpers, der eine Treppe, drei Säulenwirbel, Himmel und Architektur wird*, 1945). Das berühmte Bild *Le violon d'Ingres* (*Die Geige von Ingres*) des surrealistischen Fotografen Man Ray (1890–1976) zeigt den Rücken einer Frau mit den F-Löchern eines Instruments aus der Geigenfamilie (vgl. Melencolia drei, Ducasse, S. 87). Im *Canzoniere* (Lieder-Sammlung), das sowohl Sonette als auch Kanzonen enthält, besingt der italienische Dichter Francesco Petrarca seine Liebe für eine Frau Namens Laura (v. 3).

Spanisches (S. 180)

Mit den Versen »Im Erlenschatten, Liebste, | im Erlenschatten, nicht« (*Debajo del chopo, amante*, v. 5) beginnt ein Gedicht aus der Sammlung *La amante* (*Die Liebhaberin*, 1925) vom spanischen Dichter Rafael Alberti (1902–1999).[65] Vgl. So: Spanisches (S. 103). Eine spätere Gedichtsammlung von ihm trägt den Titel *Von den Engeln* (*Sobre los ángeles*, 1929, v. 6). Im vorletzten Vers wird der spanische Dichter und Nobel Preisträger Juan Ramón Jiménez (1881–1958) erwähnt.

Fänge (S. 181)

Zu den »Katzen von Baux« (v. 1) vgl. Arles (S. 355), Thymian (S. 349).

64 William Shakespeare, *The Tempest*, Bd. 1., hg. von William George Clark, William Aldis Wright (Cambridge 2009), 20.

65 Erwin Walter Palm (Hg.), *Rose aus Asche. Spanische und spanisch-amerikanische Gedichte 1900–1950* (Frankfurt a. M. 1981), 30f.

Vaterland, kornblumenblau (S. 182)
Kornblumenblau ist der Titel eines Schlagers von Willy Schneider aus dem Jahr 1937, dessen Refrain lautet: »Kornblumenblau | Ist der Himmel am herrlichen Rheine, | Kornblumenblau Sind die Augen der Frauen beim Weine. | Darum trinkt Rheinwein, Männer, seid schlau, | Dann seid am Ende auch ihr kornblumenblau.« (Vgl. vv. 2, 21.) Dieses Volkslied wird zunächst mit der blauen Blume, dem Symbol der deutschen literarischen Romantik u. a. aus Novalis' *Heinrich von Ofterdingen* verknüpft.[66] Da die Kornblume in Deutschland und vor allem in Österreich als Kennzeichen rechtsextremer, antisemitischer Gruppierungen verwendet wurde und wird, führt ihre Erwähnung zur Beschreibung der Versammlung im Berliner Sportpalast nahe dem Tiergarten anlässlich der Rede von Joseph Goebbels (*Wollt ihr den totalen Krieg?*) am 18. Februar 1943 (vv. 4–16). Als poetisches Vorbild dieser Beschreibung gilt Ernst Jandls Gedicht *wien : heldenplatz*, das wiederum auf die Rede Adolf Hitlers vom 15. März 1938 nach dem Anschluss Österreichs Bezug nimmt. Zur Verbindung vom Schlag (v. 19) mit der Farbe Blau (v. 2, 21) und dem Nationalsozialismus vgl. Gehst du … (S. 199). Während der Sportpalast 1973 abgerissen wurde, »steht« (v. 29) der 1944/45 von Zwangsarbeitern gebaute Hochbunker in der nahe gelegenen Pallasstraße nach wie vor. Mit den Versen »In der Luft, da bleibt deine Wurzel, da, | in der Luft« beginnt das letzte Gedicht aus Celans *Die Niemandsrose* (GA 170, vgl. vv. 26f.), vgl. Esther (S. 335), Gehst du … (S. 199).

da in der Rue d'Ulm (S. 183)
Das Gedicht gedenkt Paul Celans Leben und Tod im Pariser Exil. Celan arbeitete ab 1959 und bis zu seinem Tod 1970 als Deutsch-Lektor an der École normale supérieure in der Rue d'Ulm. In der selben Straße befindet sich die maronitische Kirche Notre-Dame-du-Liban (vv. 6f., 9). Biegt man dort, wenn man vom Panthéon kommt, rechts ab, so ist man in der Rue Pierre et Marie Curie, wo sich das Musée Curie befindet (v. 11). Zur Metro-Station Javel, in deren Nähe sich der Pont Mirabeau befindet, vgl. collection (S. 222). Die U-Bahn-Linie 10 verbindet

66 Vgl. die Sammlung von Dietrich Bode (Hg.), *Die blaue Blume. Gedichte der Romantik* (Stuttgart 2001), und Amelia Valtolina, *Blu e poesia* (Milano 2002).

die Station Javel mit der weiter im Zentrum und also nahe der Rue d'Ulm gelegenen Station Mabillon (v. 15). Vom Pont Mirabeau stürzte sich Paul Celan im April 1970 in die Seine. Die Totenmaske eines in der Seine ertrunkenen Mädchens, das als *Inconnue de la Seine* (die Unbekannte aus der Seine) bekannt wurde, inspirierte nach 1900 mit ihrem schönen, geheimnisvoll lächelnden Gesichtsausdruck zahlreiche literarische Werke (v. 25). Die Kastanienbäume aus Celans Kindheit in Czernowitz kommen in Celans frühestem bekannten Gedicht *Drüben* (GA 13) prominent vor. Vgl. das Wort: Traktat,/Sehen (S. 145), ... man nennt es Glück (S. 75), Kopfstein, opak II (S. 9). Die Paulownia, oder Blauglockenbaum (vv. 23, 25), die Celans eigenen Namen enthält, wird u. a. in dessen Gedicht *La Contrescarpe* (GA 164f.) erwähnt (vgl. -scarpe, S. 281). Celan ist auf dem außerhalb von Paris (v. 22) liegenden Friedhof in Thiais begraben. Es ist im Judentum üblich, zum Andenken der Verstorbenen Steine auf die Gräber zu legen (v. 18), vgl. Er (S. 248).

Januar-Weiß (S. 184)
Zur »schöne[n] Hure« (v. 1) bei »der Porte St. Denis« (v. 8) vgl. Der Schönen von St. Denis (S. 224). Im Abschnitt *La Soupe et les Nuages* (*Die Suppe und die Wolken*) in Charles Baudelaires *Le Spleen de Paris* heißt es: »J'entendis une voix rauque et charmante, une voix hystérique et comme enrouée par l'eau-de-vie« (»ich hörte eine rauhe und reizende Stimme, eine hysterische Stimme und wie vom Branntwein heiser«).[67] Die Ersetzung des Adjektivs »rauque« (heiser) durch »roque« (v. 6) geht auf eins der zahlreichen Porträts zurück, die Pablo Picasso von seiner letzten Frau Jaqueline Roque malte. Das Rauhe Haus ist ein evangelisches Sozialunternehmen, das 1833 in Hamburg zur Aufnahme von bedürftigen Kindern gegründet wurde und heute noch existiert. RRM beschreibt die Einfügung als »eine ironische Umkehrung in Richtung Freudenhaus, Bordell, Prostitution der protestantischen (Sozial-)Ethik« (E-Mail an CC, 12.9.21).

67 Charles Baudelaire, *Le spleen de Paris. Gedichte in Prosa. Sämtliche Werke/Briefe*, Bd. 8, hg. und üb. von Friedhelm Kemp (München 1985), 280f.

Madame in Saarbrücken (S. 185)

»Madame« war ein Nachtcafé und Schwulenlokal in Saarbrücken. Mit dem Satz »Ah! Baiser la main d'une femme du monde« (Ach, die Hand einer Weltenfrau zu küssen) fängt Serge Gainsbourgs Lied *Maxim's* (1963) an (vv. 15f.).

Treppen (S. 186)

Die evangelische Kirche St. Michael in Schwäbisch Hall erreicht man über eine aus 54 Stufen bestehenden Freitreppe. Die Wendung »an Treppen« (v. 10) ist zugleich ein Zitat aus Hölderlins Hymnenfragment *Der Adler* (»Will einer wohnen, | so sei es an Treppen,« FHA 7, 449f.). Vgl. Gehst du ... (S. 199), La Hutte, abends (S. 219), Rißvernähung : Oxygène (S. 59), dieser Stadt (S. 190). Am Kirchturm über dem Eingang befindet sich eine astronomische Uhr (v. 6), vgl. Zurückgekehrt (S. 128). 1982 unterschrieb RRM den Vertrag als Kurator der 1976 gegründeten Städtischen Galerie in Schwäbisch Hall. Die erste von ihm kuratierte Ausstellung fand 1983 statt, er arbeitete dort bis 1989. Vgl. Oktober (S. 187), Hall in Schwaben (S. 189), Zu Schlaf (S. 144). Der Satz »ut pictura poesis« (Wie ein Bild sei das Gedicht) stammt aus der *Ars Poetica* des Horaz (v. 361) und dient auch als Motto von fratres (S. 105).

Oktober (S. 187)

Das 1944/45 operierende Konzentrationslager Hessental bei Schwäbisch Hall (vv. 2f.) war ein Außenlager des Konzentrationslagers Natzweiler-Struthof, in dem vor allem polnische Juden als Zwangsarbeiter interniert waren (v. 4), vgl. La Hutte, abends (S. 219), Arkonaplatz, Berlin, und anderswo geseijt (S. 43). Der jüdische Friedhof in Steinbach bei Schwäbisch Hall wurde in der Nazi-Zeit zerstört (v. 3). Vgl. Aus Polenland. Aus 4 (S. 93). Die Salzgewinnung durch Sieden war bis ins 20. Jahrhundert hinein ein wichtiger Teil der Wirtschaft von Hall (vv. 7f.). Hohenlohe heißt die nord-westlich von Hall gelegene Region in Franken.

Ramazzotti (S. 188)

Zu (Schwäbisch) Hall (v. 9) vgl. Treppen (S. 186), Oktober (S. 187), Hall in Schwaben (S. 189). Im Schlussvers von Georg Trakls Gedicht *Menschheit* heißt es: »Sankt Thomas taucht die

Hand ins Wundenmal.« (GT 43, vgl. vv. 4f.) Vgl. auch für Elis (S. 344), Robert Walser (S. 321).

Hall in Schwaben (S. 189)
»Der Kocher« (v. 3) ist ein Fluss in der Nähe von Schwäbisch Hall, wo sich die Kirche St. Michael (v. 12) befindet, zu der eine imposante Freitreppe führt (v. 10), vgl. Treppen (S. 186), Oktober (S. 187), Ramazzotti (S. 188). In der Kirche befindet sich unter dem Chor eine mittelalterliche Beinkammer (v. 15). Am Marktplatz vor der Kirche steht ein Haus mit roter Fassade (v. 11).

dieser Stadt (S. 190)
Der erste Vers ist eine Verdichtung folgender Verse aus Hölderlins Entwurf *Der Adler*: »Will einer wohnen, | So sei es an Treppen, | Und wo ein Häuslein hinabhängt | Am Wasser halte dich auf.« (FHA 7, 449f.). Vgl. Gehst du … (S. 199), La Hutte, abends (S. 219), Rißvernähung: Oxygène (S. 59), Treppen (S. 186). »Von den Wettern zerrissen« ist das Schloss in Hölderlins Ode Heidelberg (FHA 5, 467), vgl. November, November: (S. 191), Drei Stücke im Volkston (S. 78), Heidelberg, sobald – (S. 49). Im Hintergrund des Gedichts steht die Zwangsräumung des selbstverwalteten Heidelberger Studentenwohnheims Collegium Academicum durch die Polizei am 6. März 1978 (v. 22).

November, November: (S. 191)
Im Gedicht sind abgewandelte Zitate aus Hölderlins Ode *Heidelberg* eingewoben: »Wie von Göttern gesandt, fesselt' ein Zauber einst | Auf die Brüke mich an, da ich vorüber gieng« (v. 4); »Du, der Vaterlandsstädte | Ländlichschönste, so viel ich sah« (v. 9) (FHA 5, 467), vgl. dieser Stadt (S. 190), Drei Stücke im Volkston (S. 78), Heidelberg, sobald – (S. 49). Die Jesuitenkirche in Heidelberg ist aus lokalem Sandstein gebaut (vv. 10f.).

Grüße (S. 192)
Der »großgegoscherte[ ] Mund« (v. 4) verweist auf Francisco de Goyas *Saturn verschlingt seinen Sohn* (1819–1823), vgl. Der da… (S. 243), Liegen (S. 177). In der Wendung »grüß die Lupinen« (v. 7) klingt Ingeborg Bachmanns »lösch die Lupinen« aus *Die gestundete Zeit* (IB 37) an, vgl. Kohlenkutscher vor Kind (S. 51).

Sehen: um (S. 194)
Der erste Vers deckt sich mit dem Anfang von William Shakespeares Sonett 2.[68] Zum Englischen »gone« in der Mitte des Gedichts vgl. Dunkelstück (S. 133).

LiedDeutsch

Gehst du … (S. 199)
Dem Eröffnungsgedicht von RRMs erstem Gedichtband kommt die Aufgabe zu, die Hauptthemen der Sammlung anzukündigen, darunter die Auseinandersetzung mit dem »deutschen Gesang« in seinen zahlreichen Variationen, die (unter- oder abgebrochene) generationelle Abfolge, die Auseinandersetzung mit der Nazi-Zeit und deren Nachwirkungen sowie die zwischenmenschliche Gewalt, insbesondere gegen Kinder. Das Gedicht antwortet auf Friedrich Hölderlins hymnischen Entwurf *Der Adler*, dem auch das Motto von *LiedDeutsch* entnommen ist. Dort heißt es: »Der Urahn aber | ist geflogen über der See.« (FHA 7, 449) Vgl. La Hutte, abends (S. 219), Treppen (S. 186), dieser Stadt (S. 190), Rißvernähung : Oxygène (S. 59). Wird der »Urahn« damit gleich anfangs implizit als Gegenpol zum Ich eingeführt, das lieber geht, als zu fliegen, so impliziert das am Ende (vv. 27f.) zitierte Volkslied *Maykäfer, flieg!* aus *Des Knaben Wunderhorn* die Abwesenheit des im Krieg verwickelten Vaters: »Maykäfer, flieg! | Der Vater ist im Krieg | Die Mutter ist im Pulverland | Und Pulverland ist abgebrannt.« (KW 1, 221) Vgl. Celans Aufnahme dieses Lieds in *In der Luft* (GA 170f.), dazu Esther (S. 335), Vaterland, Kornblumenblau (S. 182). Der Verweis auf Emanuel Geibels Frühlingslied »Der Mai ist gekommen, die Bäume schlagen aus« in v. 24 erzeugt eine Spannung dazu, da dort der Wunsch geäußert wird: »Herr Vater, Frau Mutter, dass Gott euch behüt!« (PTL) Die Vordergründigkeit des Fluges, auch angedeutet durch mehrdeutige Wörter wie »Schlag« (v. 10) und »abtreiben« (v. 20), ist ein Widerhall auch anderer Gedichte Hölderlins, wie etwa die Hymnen *Patmos* (»O Fittige gieb uns, treuesten Sinns | Hinüberzugehn und wiederzukehren.« FHA 7, 241, 308) und *Germanien* oder die Ode *Stimme des*

68 William Shakespeare, *Sonette*, üb. von Gottlob Regis (Leipzig 1987), 10f.

Volkes (»Und, nicht des Adlers Jungen allein, sie wirft | Der Vater aus dem Neste, damit sie nicht | Zu lang' ihm bleiben, uns auch treibt mit | Richtigem Stachel hinaus der Herrscher.« FHA 5, 594, vgl. Angelus, S. 356.) In Bezug auf letztere legt RRM im Gedicht einen intertextuellen Bezug offen, der in den zitierten Versen aus *Stimme des Volkes* lediglich indirekt vorliegt. In Ovids *Metamorphosen* ist es Daidalos, der seinem Sohn Ikaros gegenüber »gleich dem Vogel« ist, »der seine zarte Brut zum ersten Mal aus dem hohen Nest in die Luft geführt hat« (VIII, 218f.).[69] In der ersten Strophe von Gehst du ... wird die tragische Geschichte des Ikaros in Erinnerung gebracht. Das Verhältnis von Schlag, Wort und Erziehung des Kindes wird bereits im Gedicht *Nieman kan mit gerten* von Walther von der Vogelweide thematisiert (WvV 342). Diese literaturhistorischen Verweise werden durch weitere Bezüge in die Gegenwart der neueren deutschen Geschichte geholt. Die beharrliche Wiederholung des Monats April (Strophe 3) im Zusammenhang mit der zum Aprilscherz gehörenden unsinnigen Aufforderung »Haumichblau« (v. 22) und den Verben »schlagen« (v. 24) und »schlugen« (v. 25) evoziert Adolf Hitlers Geburtstag am 20. April. Das »Gespräch über Bäume«, das sich in der zweiten und vierten Strophe entfaltet, lässt sich als Abwandlung von Bertolt Brechts *An die Nachgeborenen* (BB 85) und Paul Celans Antwort darauf *Ein Blatt* (GA 502) lesen (vgl. Wenn, S. 316). Strophe vier ist zudem eine Abwandlung des Kinderrätsels »Flog ein Vogel federlos | Auf einen Baum ganz blattlos. | Kam die Katze mundlos, | Fraß den Vogel federlos«, das in Gehst du ... (S. 199) in der Ikaros-Geschichte sowie in der angedeuteten Gewalt Nachhall findet. Die Aufforderung, zu gehen, »einen Schritt [zu] machen«, und somit das Gedicht insgesamt, ist demgegenüber eine Stellungnahme, die sich an Celans Aussage in *Der Meridian* ausrichtet: »Es ist das Gegenwort, es ist das Wort, das den ›Draht‹ zerreißt, das Wort, das sich nicht mehr vor den ›Eckstehern und Paradegäulen der Geschichte‹ bückt, es ist ein Akt der Freiheit. Es ist ein Schritt.« (M 43) Vgl. etwa Drei Stücke im Volkston, 2. Eichendorff (S. 79).

69 Publius Ovidius Naso, *Metamorphosen*, hg. und üb. von Gerhard Fink (Düsseldorf, Zürich 2004), 383.

Der Mai ist ’kommen (S. 200)
Das Gedicht lässt sich als Neuschreibung von Emanuel Geibels Frühlingsgedicht *Der Mai ist gekommen* verstehen (PTL, vgl. Gehst du …, S. 199).

Lirum, larum (S. 201)
Gleich im Titel wird ein Volkslied aus *Des Knaben Wunderhorn* zitiert: »Lirum larum Löffelstiel, | Alte Weiber essen viel, | Junge müssen fasten, | Brod liegt im Kasten, | Messer liegt daneben, Ey was ein lustig Leben!« (KW 3, 274) Die »Schlagstöcke« (v. 3) nehmen das Thema der Gewalt aus Gehst du … (S. 199) auf. Das anfangs metaphorisch erwähnte Hängen (v. 3) kehrt in den Schlussversen wörtlich mit einem Verweis auf die Justizvollzugsanstalt Plötzensee zurück, wo ab Ende 1942 Hinrichtungen durch Hängen an Stahlträgern durchgeführt wurden (vgl. Esther, S. 335). RRM besuchte die Anstalt zum ersten Mal als Jugendlicher 1964/65. Mit den »Kupferstiche[n]« (v. 7) und »dem Kontra- | punkt« (vv. 8f.) sind jeweils frühe künstlerische Errungenschaften deutscher bildender Künstler (Albrecht Dürer) und Komponisten (Johann Sebastian Bach) angesprochen. »[D]ie geschränkten Beine | des Vogel, -Sängers« (vv. 10f.) und »Riemenschneiders Arme« (v. 11) verweisen auf den Dichter Walther von der Vogelweide (vgl. den sogenannten Reichsspruch *Ich saz ûf eime steine,* WvV 12) und den Bildhauer Tilman Riemenschneider, dem der Legende nach während des Bauernkriegs in Würzburg in Haft die Hände gebrochen wurden (vgl. meinem Bruder Jakob, S. 322). Sowohl von der Vogelweide, der dort geboren wurde, als auch Riemenschneider sind mit Würzburg, der Geburtsstadt RRMs, verbunden. Die darauffolgenden Verse enthalten Verweise auf das katholische Erbe der Stadt, u. a. auf den Fränkischen Marienweg und die Wallfahrtskirche Mariä Heimsuchung (»Käppele«). Unweit davon, im fränkischen Nürnberg, gründete Julius Streicher 1923 die antisemitische Wochenzeitung *Der Stürmer.* Von der Vogelweide erscheint wieder in vv. 19f. in der Anspielung auf das Liebesgedicht *Unter der linden* (WvV 126: »Er kuste mich wol tusentstunt, | tandaradei, | seht, wie rot mir ist der munt«), vgl. und R (S. 174), Arkonaplatz, Berlin, und anderswo geseijt (S. 43).

Im Nacken (S. 202)
Die Bewegung entlang der Nord-Süd-Achse (und umgekehrt), die in v. 14 ausdrücklich genannt wird, greift erneut den Anfang von Hölderlins hymnischem Entwurf *Der Adler* auf. Die Achse verbindet nicht nur geographisch, sondern auch literarisch aufgeladene Orte, nämlich zum einen Dänemark (Hamlet, v. 6), zum anderen Arles (Vincent van Gogh, vv. 10f.). Vgl. Arles (S. 355), Strichscharen II (S. 140). Paul Celan ist in zwei Anspielungen anwesend. »[D]ie Nessel taub« (v. 3) könnte auf die »Stimmen vom Nesselweg her« aus *Sprachgitter* (GA 95), »luv, lee« (v. 7) auf das Gedicht *Ich schreite* aus *Schneepart* hinweisen (»irgendein Toter, ganz bei sich, | setzt Lee über Luv«, GA 507). Zum Nesselweg vgl. Am Graben (S. 205).

Es hagelt (S. 203)
Der Begriff »contre jour« bezeichnet eine fotografische Technik, bei der die Kamera direkt zur Lichtquelle hin gerichtet wird. Die Mutter von RRM war beruflich als Fotografin tätig (vgl. Adolphe Lamaille, S. 336, Schreiknoten, S. 116). Im Zuge der Revolte der Makkabäer (v. 10) gegen die Entweihung des Jerusalemer Tempels wurde das Fest Chanukka eingeführt, dass der Neueinweihung des Tempels gedenkt. Der darauffolgende Halbvers (»macabre la danse«) legt die etymologische Herkunft der französischen, spätmittelalterlichen *danse macabre* (Totentanz) offen, da der Begriff zunächst eine theatralische Aufführung bezeichnete, in der die Makkabäer eine vordergründige Rolle spielten.

Moggendorf (S. 204)
Dorf in der fränkischen Schweiz, gelegen zwischen Bamberg und Bayreuth, das RRM Ende der 70er Jahre besuchte. Das französische Einsprengsel (v. 16) stammt aus Arthur Rimbauds Sonett *Le Dormeur du val* (1870), in dem ein in der Schlacht von Sedan gefallener Soldat im Rahmen einer idyllischen Landschaft beschrieben wird (vgl. Holunder, jäh …, S. 84).[70] In vv. 9f. klingt das düstere Lied *Verspätung* aus *Des Knaben Wunderhorn* an: »Und als das Korn gedroschen war, | Rief das Kind noch immerdar: | Mutter, ach Mutter! es hungert mich, |

70 Arthur Rimbaud, *Œuvres complètes*, hg. von Antoine Adam (Paris 1972), 32.

Gieb mir Brod, sonst sterbe ich.« (KW 2, 10) Weiter lassen sich auch hier mehrere Spuren von Celans *Stimmen* erkennen. Eduard Mörikes *Auf eine Lampe* (EMö 153) sowie Celans *In eins* (GA 157) bilden weitere intertextuelle Bezüge.

Am Graben (S. 205)
Wie für die vorherigen Gedichte gilt der Verweis auf Celans *Stimmen*, hier enggeführt mit Ernst Jandls *schtzngrmm*.[71] Der niederländische Maler Johannes Vermeer (1632–1675) ist für die Verwendung von Bleizinngelb (v. 6) in seinen Gemälden bekannt. So trägt etwa *die Junge Dame mit Perlenhalsband* (1662–65), die in der Gemäldegalerie in Berlin hängt, eine Jacke in der Farbe. Zu Vermeer vgl. Strichscharen II (S. 142), »Alle, die da fallen…« (S. 26). Blau- und Gelbkreuzgranaten wurden im Ersten Weltkrieg zum Einsatz unterschiedlicher Giftgase verwendet, die wiederum metonymisch nach ihren Trägern benannt wurden.

Lieddeutsch (S. 206)
Der 103. Psalm preist die Barmherzigkeit Gottes und wird später in Zwischenzeiten (S. 132) zitiert (v. 13). Walther von der Vogelweide verfasste sogenannte Kreuzlieder, die sich thematisch auf die Kreuzzüge beziehen. Von diesen Kreuzliedern ist eines als Palästinalied bekannt. Dort behauptet von der Vogelweide das Vorrecht der Christen auf die Kontrolle des Heiligen Landes, über »juden […] unde heiden« (WvV 32). Zu Würzburg (v. 5) vgl. Lirum, larum (S. 201).

Märzlich (S. 208)
Zu vv. 4f. siehe Georg Büchners Stück *Leonce und Lena*. Zur Verdichtung von »unser« und »keiner« aus Paulus' Brief an die Römer (14,7f.) zu »unserkeiner« (v. 22) vgl. noname (S. 260), Harbouey, im Juni. Zur Nacht … (S. 83).

Treffer (S. 209)
Im ehemaligen Zisterzienserkloster Loccum in Niedersachsen wurden im 17. Jahrhundert Menschen wegen Hexerei hingerichtet. *Das Lied der elften Brigade* besingt Ziele und Errungenschaften der kommunistischen XI. Internationalen Brigade im Spanischen Bürgerkrieg 1936–39.

71 Ernst Jandl, *Laut und Luise* (Neuwied, Berlin 1971), 45.

Sprachgrenze (S. 210)
Zur Nord-Süd-Bewegung (vv. 6f.) vgl. Im Nacken (S. 202).

Zwei Junistücke für Koeppen (S. 211)
Das Diptychon entstand im Zuge mehrerer Begegnungen und Telefongespräche zwischen RRM und Wolfgang Koeppen (1906–1996). Zu v. 10 vgl. das *Kuckkastenlied* aus dem 16. Jahrhundert, dessen letzte Strophe unter Verweis auf die Köpfung von Holofernes lautet: »Kopf im Sack und Sack im Kopf, | Mamsel Judith schicket, | Sack im Kopf und Kopf im Sack, | Wie man hier erblicket.«[72]

wir wollen zu Land ausfahren (S. 213)
Im Flaggenalphabet, das in der Schifffahrt gebräuchlich ist, gibt der blaue Peter (v. 7) an, dass das Schiff in den nächsten 24 Stunden ausfahren wird. Eine gelbe Flagge (v. 5) wurde als Zeichen für Seuchenverdacht verwendet. Das berühmte Volkslied *Kein schöner Land in dieser Zeit* von Anton Wilhelm von Zuccalmaglio wird in v. 8 zitiert. Zu vv. 9f. vgl. Brechts Lehrstücke *Der Jasager* und *Der Neinsager* sowie die Verse aus Celans Gedicht *Sprich auch du*: »Sprich – Doch scheide das Nein nicht vom Ja. | Gib deinem Spruch auch den Sinn: | gib ihm den Schatten.« (GA 89)

Zwischenruf (S. 214)
Zu v. 7 vgl. Ingeborg Bachmanns Gedichtband *Anrufung des Großen Bären* (1956) und das gleichnamige Gedicht darin. In einer Notiz vom 17. Oktober 1978 erinnert (sich) RRM an Bachmanns Tod fünf Jahre vorher: »Die Bachmann tot. Fertig. Aus. Es gab schon immer Feuer in Rom. Die Gesamtausgabe nachgereicht. Feuilletonal fertig gemacht. Zugeklappt.« (ARB) Im Zuge des sich zuspitzenden Rüstungswettlaufs kam es 1979–83 zur Neubelebung der Friedensbewegung (v. 21). In der christlichen Liturgie bezeichnet die Litanei (v. 16) eine Gebetsform, bei der eine Alternanz zwischen Vorbeter und Gemeinde stattfindet, vgl. noname (S. 260), … oder so was (S. 82), Goldrand mit Schweigen (S. 74). Die Verse 13–16 zitieren Celans Gedicht *Nächtlich geschürzt*: »Ein Wort – du weißt: | eine Leiche.«

72 Friedrich Karl Freiherr von Erlach, *Die Volkslieder der Deutschen*, Bd. 3 (Mannheim 1835), 100.

(GA 84) Die Schlussverse nehmen Celans spätes Gedicht *Die Pole* auf: »du betest, du bettest | uns frei.« (GA 571)

Chorus (S. 215)
Unter dem Pseudonym Reiner Nerval veröffentlichte RRM in der Wochenendausgabe der *Rhein-Neckar-Zeitung* (22./23. November 1980) eine Besprechung der Ausstellung *Goya. Das Zeitalter der Revolutionen*, die vom 17. Oktober 1980 bis zum 4. Januar 1981 im Rahmen der Reihe »Kunst um 1800« in der Hamburger Kunsthalle stattfand. Goya habe, so RRM im Artikel mit dem Titel *Masken und Doppelköpfe*, »in keinem Stück seines Werks die Nähe zu den Widersprüchen seines Zeitalters aufgegeben.« Er sei entsprechend »Satiriker, zynischster Art, der Hofgesellschaft, [...] Moralist ohne Moral« sowie »Gesellschaftsmaler[ ], der das Elend der Entrechteten und Armen, der Gefangenen, der Gefallenen, der Gefolterten, Vergewaltigten, Verhöhnten und immer wieder von der Vernunft der Geschichte Geschundenen dokumentiert.« »Goyas Kunst« werde »als Zeugin für und gegen die Geschichte aufgerufen.« Am Ende des Artikels fragt und antwortet RRM auf eine Weise, die auch für sein eigenes Werk Geltung hat: »Geht die künstlerische Verzweiflung der politischen voran? Eindeutig wird dies bei Goya nicht beantwortet. Jedenfalls hat er Alpträume des Jahrhunderts gestaltet; im Zerbrechen der Konvention und der Stile eine Rekonstruktion des Schreckens angerichtet, bruchstückhaft, zersplittert, metaphorisch, widersprüchlich. [...] So ist Goyas eigentliches Thema das Mißverhältnis in der Geschichte und nicht dessen Beseitigung.« Der »bemalte[ ] Himmel« (v. 26) dürfte sich auf Goyas Fresko *Verehrung des Namen Gottes durch die Engel* (1772) in der Basílica del Pilar in Saragossa beziehen. Zu RRMs frühem Interesse für Goya vgl. Ende September (S. 371). Evoziert wird in vv. 27–31 zudem der kindliche Blick auf die bürgerliche Familie während Francos Diktatur aus Carlos Sauras Film *Cría cuervos* (*Züchte Raben*, 1975). Der Name der jungen Protagonistin, Ana, ist im Gedicht auch der Name der Mutter Mariä, deren Lied über Umwege eine Verwandlung zur rhetorischen Figur logischer Inkonsistenz – dem Anakoluth – durchmacht.

Wege, Wege (S. 218)
Die dritte Strophe bezieht sich auf eine Erinnerung aus RRMs früher Kindheit in Karlstadt am Main (vgl. Landwechsel, S. 329, Kopfstein, opak, S. 8), als er sah, dass sich der Sohn der Familie, in deren Haus RRM mit seiner Mutter einquartiert worden war, in einem Baum neben einem Stationenweg-Kappelchen erhängt hatte. Sowohl in Karlstadt als auch in Würzburg befinden sich berühmte Kreuzwege (v. 9). Das Johannes-Evangelium (20,19–29) berichtet über die sprichwörtlich gewordene Ungläubigkeit des Apostels Thomas bezüglich der Wiederauferstehung Jesu. Jesus fordert Thomas dazu auf, die Wunde an seiner Seite zu berühren, um sich dessen zu vergewissern. Diese Szene wurde vielfach in der Malerei aufgenommen, etwa bei Caravaggio, dessen Gemälde *Der ungläubige Thomas* (1600/01) sich in der Bildgalerie in Potsdam befindet. Die vorletzte Strophe bezieht sich auf das Selektionsverfahren an den Eisenbahnrampen in Auschwitz, bei dem die Gefangenen in »arbeitsfähig« und »nicht arbeitsfähig« aufgeteilt und letztere direkt in den Tod geschickt wurden. Die letzte Strophe verweist auf Joseph Roths Roman *Hiob* (1930).

La Hutte, abends (S. 219)
RRM hielt sich öfters in einer abgelegenen Jagdhütte bei Schirmeck (Elsass) auf. In der Nähe befindet sich das Konzentrationslager Natzweiler-Struthof, das vom 21. Mai 1941 bis September 1944 in Betrieb war (v. 18). Die KZ-Insassen leisteten Zwangsarbeit in den Steinbrüchen der Umgebung (vv. 7, 13) sowie in Zweigstellen von Rüstungsfirmen, die zum Schutz vor Luftangriffen im Inneren des umgebenden Gebirges aufgerichtet wurden (v. 12). Zu Struthof vgl. auch Drei Stücke im Volkston (S. 78) und Arkonaplatz, Berlin, und anderswo geseijt (S. 43). Im August 1943 wurden die Leichen von 86 jüdischen Häftlingen, die in der Gaskammer von Struthof ermordet worden waren, zum Anatomischen Institut der Reichsuniversität Straßburg gebracht, damit der Anatom August Hirt aus ihnen eine Skelettsammlung im Rahmen des rassistischen Ahnenerbe-Projekts anlegen konnte (vv. 23, 26). Die ersten zwei Verse beziehen sich auf Matthias Claudius' berühmtes Gedicht *Abendlied*: »Der Wald steht schwarz und schweiget«. (EG 482), vgl. Drei Stücke im Volkston, 3. Winterreise (S. 80). Die Verse 11, 26, 30

sind Abwandlungen der Verse »der Fels ist zu Weide gut, | das Trockene zu Trank« aus Friedrich Hölderlins *Der Adler*, die *LiedDeutsch* als Eingangsmotto dienen. Den handschriftlichen Ausschnitt dieser Verse übernahm RRM für den Umschlag von *LiedDeutsch*. 1975 war im neu gegründeten Frankfurter Verlag Roter Stern der Einleitungsband zur Frankfurter Hölderlin-Ausgabe, herausgegeben von D. E. Sattler, veröffentlicht worden. Unter anderem anhand des Entwurfs von *Der Adler* wurde dort die neue Vorgehensweise illustriert, mit der in den darauffolgenden Jahren Hölderlins Werk ediert wurde. Sie sollte vor allem direkten Zugang zu Hölderlins Handschriften verschaffen. *LiedDeutsch* bezeugt die unmittelbare Rezeption dieser neuen Ausgabe. Das Zitat unterscheidet sich vom Abdruck in Sattlers Ausgabe durch die Kleinschreibung der Anfangsbuchstaben sowie durch die Schreibung »Weide« statt »Waide«. Vgl. Gehst du … (S. 199), Treppen (S. 186), dieser Stadt (S. 190), Rißvernähung : Oxygène (S. 59). Vers 11 zitiert zugleich auch Psalm 23 in der Übersetzung Martin Luthers. Die Verse 23f. beziehen sich auf das Volkslied *Zu Straßburg auf der Schanz* (PTL). »Korn« (v. 29) bezeichnet auch den Teil der Mündung einer Handfeuerwaffe, die als Orientierung für das genaue Zielen dient (vgl. die Redewendung »jemanden, etwas aufs Korn nehmen«). Vers 21 verweist auf Bertolt Brechts Gedicht *Der Pflaumenbaum* (BB 21). Die Pflaumenart Reineclaude ist nach der französischen Königin Claude de France (1499–1524) benannt (vv. 19–21).

Strasbourg, Le Diable Bleu (S. 220)
Zum Narziss-Mythos vgl. Ovid, *Metamorphosen*, Buch 3, und Grüße (S. 192). Zu v. 1 vgl. Nikolai Gogols *Die toten Seelen*.

Beim Wein Eingießen (S. 221)
Der Ort Aigues-Mortes befindet sich in Südfrankreich, unweit von Sète (vgl. Sète, cimetière, S. 226). Übersetzt heißt der Name »totes Gewässer«, mit Hinweis auf das die Stadt einst umgebende Moor (v. 15, »verschüttet, verlandet«). Es handelt sich um eine der ältesten erhaltenen mittelalterlichen Feststungsstädte. Die Festungsmauer (vv. 3, 22) ist noch vollständig, die Tour de Constance wurde als Gefängnis benutzt. Dort wurde Marie Durand (1711–76) aufgrund ihres protestantischen Glaubens

zwanzig Jahre eingesperrt, der man die in der Wand eingeritzte Inschrift *register* (*résister*, widerstehen) zuschreibt (v. 8). Der siebte (1248–1254) und achte Kreuzzug (1270) brachen von Aigues-Mortes auf (vv. 16f.). Im August 1893 griff die Bevölkerung von Aigues-Mortes die italienischen Gastarbeiter des dortigen Salzwerkes an, wobei es zu zahlreichen Toten und Verletzten kam (v. 6). Ein Gedicht Celans von 1969 trägt den Titel *Wir, die wie der Strandhafer Wahren* (GA 568, vgl. v. 19).

collection (S. 222)
Das Gedicht nennt verschiedene Orte in Paris, wo sich RRM regelmäßig u. a. als Korrespondent für *Die Welt* aufhielt: die Metro-Station Javel, das Café Régalia und die Avenue Émile Zola – Paul Celans letzter Wohnort – im 15. Arrondissement (vgl. da in der Rue d'Ulm, S. 183); Rue d'Odessa in Montparnasse; das Gebäude der Esswarenkette Félix Potin, 1904 vom Architekten Paul Auscher errichtet, im 6. Arrondissement; die Rue des Petits Écuries in Porte-Saint-Denis im 10. Arrondissement (vgl. dazu das darauffolgende Gedicht Der Schönen von St. Denis, S. 224). In diesem Bezirk befand sich auch das Hôtel du Marché, wo RRM während seiner Aufenthalte in Paris einzukehren pflegte.

Der Schönen von St. Denis (S. 224)
Zum Ort vgl. das vorhergehende Gedicht collection. Das Gedicht greift die in der Lyrik Charles Baudelaires prominente Figur der Prostituierten sowie das Motiv des Weins auf. Die Eingangsverse »ich kann dich nicht lieben, du | Schöne« bilden einen Gegenpol zu Baudelaires Gedicht aus *Les Fleurs du Mal*: »Je t'adore à l'égal de la voûte nocturne, | […] Et t'aime d'autant plus, belle, que tu me fuis« (»Anbetung gleich dem Sternegewölbe dir […] Und um so heftiger, du Schöne, lieb ich dich, je weiter du entfliehst«).[73] Sie bilden aber auch einen Gegensatz zum Kirchenlied »Ich will dich lieben, meine Stärke, | Ich will dich lieben, meine Zier, | Ich will dich lieben mit dem Werke | Und immerwährender Begier« (1657, GW 291). Zur ethischen Haltung, die das Gedicht kennzeichnet und in v. 18 durch die Erwähnung der Feigen angedeutet ist, vgl. Celans *Andenken*:

73 Baudelaire, *Die Blumen des Bösen*, 103

»Feigengenährt sei das Herz, | darin sich die Stunde besinnt | auf das Mandelauge des Toten. | Feigengenährt.« (GA 83)

Sète, cimetière (S. 226)
Im Typoskript datiert auf Oktober 1977 und noch mit dem Titel *Sète, cimetière marin*. Paul Valéry (1871–1945), der in Sète geboren wurde, ist auf dem dortigen Friedhof begraben. Er hatte den Ort im Langgedicht *Le cimetière marin* besungen. Valérys häufige Erwähnung des Schattens wird in *Sète, cimetière* aufgenommen. Auch Ernst Meister hat mit *In Sète* diesem Friedhof ein Gedicht gewidmet, das ebenfalls auf Valéry anspielt (EM 3, 130).

Ölbäume, dahinter das Meer (S. 227)
Das Gedicht bezieht sich auf den südfranzösischen Ort Les Baux-des-Provence, von dem der Name des Steins »Bauxit« (v. 1) herrührt. Das *Benedictus* (»gesegnet«, v. 3), auch bekannt als Lobgesang des Zacharias, ist ein in der Liturgie verwendeter Text aus dem Lukas-Evangelium (Lk 1,68–79). Camisards (Kamisarden, v. 3) wurden die aufständischen Hugenotten genannt, die im 18. Jahrhundert in den südfranzösischen Cevennen verfolgt wurden. Zu »orphée« vgl. *Orpheus*; zum Ort vgl. Arles (S. 355), Thymian (S. 349).

Bretonisches (S. 228)
Am 16. März 1978 kam es zur Havarie des unter liberianischer Flagge fahrenden Öltankers Amoco Cadiz (v. 3) der US-Amerikanischen Amoco Oil Corporation vor der bretonischen Küste. Fast die gesamte Ölladung des Schiffes gelangte ins Meer und verseuchte die Küste. *Tel quel* (wörtlich: so, wie es ist) ist der Titel von zwei 1941 und 1943 veröffentlichten Bänden von Paul Valéry. Dort findet sich, im Teil *Autres rhumbs*, ein Abschnitt mit dem Titel *Mers* (Meere) und darin ein Gedicht, dessen Hauptthema die Zeit ist (v. 25).[74] In den Schlussversen des drittletzten Gedichts aus dem Band *Lichtzwang*, *Treckschutenzeit*, führt Celan einen Vers aus Hans Magnus Enzenbergers Gedicht *Ode an niemand* mit einer Stelle von Meister Eckhart eng, die er in Gustav Landauers *Skepsis und Mystik* fand: »Todes quitt, Gottes | quitt.« (GA 308, 1022f.)

74 Paul Valéry, *Tel quel. Œuvres II*, hg. von Jean Hytier (Paris 1960), 668f.

Keiner da (S. 229)
Es werden im Gedicht mehrere Pariser Orte genannt: Parc Monceau, im 8. Arrondissement; der Luxemburggarten im Quartier Latin; die Tour Saint-Jacques im 4. Arrondissement.

Sacre Cœur (S. 230)
Das Gedicht ist nach der Basilika Sacré-Cœur im Pariser Viertel Montmartre benannt, die aus Travertin – einer art Kalkstein – gebaut ist (v. 9). Die ersten vier Verse beziehen sich auf das Schlusskapitel in Honoré de Balzacs Roman *Le Père Goriot* (dt. *Vater Goriot*), in dem der Tod und die ärmliche Bestattung der titelgebenden Figur geschildert werden. Der aus der Provinz stammende junge Student Eugène de Rastignac kümmert sich statt dessen Tochter um die Bestattung des alten Mannes und richtet sich am Ende an die Stadt Paris mit den Worten: »À nous deux maintenant!«[75] Im Gedicht sind sie in v. 4 übersetzt.

Keiner (S. 231)
Das Gedicht verweist auf den Tod des französischen romantischen Schriftstellers Gérard de Nerval, Autor der Sonett-Sammlung *Les Chimères*, der am 26. Januar 1855 aufgehängt am Gitter eines Abwasserkanals in der heute nicht mehr existierenden Pariser Rue de la Vieille-Lanterne gefunden wurde (vv. 4, 7). RRM verwendete für seine journalistischen Publikationen das Pseudonym Reiner Nerval.

Zürich (S. 232)
Dieses und das nachfolgende Gedicht Stück für Walser (S. 234) gehen auf Besuche in Zürich zurück. Die Stadt wird hier als Wohnort von Exilanten geschildert, die aus Nazi-Deutschland fliehen mussten, unter ihnen Thomas Mann, der sich bei seiner Rückkehr aus den Vereinigten Staaten nach dem Krieg in Kilchberg am Zürichsee niederließ und dort auch starb (v. 6). *Vom Riesen Timpetu* (v. 25) ist ein Scherzgedicht von Alwin Freudenberg (1873–1930) aus dem Jahre 1910.[76] In der zwei-

75 Honoré de Balzac, *Le père Goriot. La Comédie humaine*, Bd. 3, hg. von Rose Fortassier (Paris 1976), 290.

76 Alwin Freudenberg, *Kreuz und quer durchs Kinderland. Gedichte für die Jugend und ihre Freunde* (Dresden 1910), 34.

ten Strophe des Volkslieds *Kommt ein Vogel geflogen* heißt es: »Lieber Vogel, flieg' weiter, | nimm ein Gruß mit und ein'n Kuß! | Ach, ich kann dich nicht begleiten, | weil ich hier bleiben muß.« (PTL)

Stück für Walser (S. 234)
RRM besuchte regelmäßig die 1948 von Theo und Amalie Pinkus gegründete Limmat-Buchhandlung in der Froschaugasse 7 (ehemals Judengasse) in Zürich, die 1971 in eine Genossenschaft umgewandelt worden war (vv. 1, 8). Zu Walsers Tod im Schnee vgl. Robert Walser (S. 321). Im Volkslied *Heißa Kathreinerle* heißt es: »Heißa Kathreinerle, | schnür dir die Schuh. | Schürz dir dein Röckele, | gönn dir kein Ruh. [...] || Heute heißts lustig sein, | morgen ists aus, | sinket der Lichter Schein, | gehn wir nach Haus.« (PTL) Die Einzelgräber verweisen auf den einsamen Tod von Exilanten, die fern ihrer Familiengräber sterben (vgl. Zürich, S. 232). In Georg Büchners Erzählung *Lenz* (1839) »ging Lenz durch's Gebirg« (v. 7). Vgl. Goldrand mit Schweigen (S. 74).

Mannheimer Ufer, abends im Februar (S. 235)
Im erfolgreichen, im Mannheimer Dialekt gesungenen Lied von Joy Fleming, *Neckarbrückenblues* (1972), ist es Karl, der »iwwer die Brick« (vv. 19f.) geht und an der anderen Seite vom Neckar seine Frau betrügt. Mit der Frage »Kde domov můj?« (Wo ist mein Zuhause?, v. 26) fängt die tschechische Nationalhymne an. Die Übersetzung »Wo ist mein Heim?« war die offizielle deutsche Übersetzung zwischen 1918 und 1938. Zum Motiv der Platanen (vv. 17f.) vgl. Platanen (S. 370), Strasbourg, Le Diable Bleu (S. 220), ... oder so was (S. 82), Drei Stücke im Volkston, 2. Eichendorff, etc. (S. 79), Paris ist schwer (S. 73), Schatten zu (S. 17), Bildverwickelt (S. 45).

Den beiden in Bremen (S. 237)
Canto General ist der Titel einer 1950 erschienenen Gedichtsammlung des chilenischen Dichters Pablo Neruda (1904–1973).

Dreieichenhain, Pawel Pan (S. 238)
Im Verlag Pawel Pan Presse, 1972 vom Künstler Sascha Juritz gegründet, erschien 1983 RRMs Gedichtband *Augen*. Dreiei-

chenhain ist ein Stadtteil im südlich von Frankfurt a. M. gelegenen Dreieich. *Der Garten des Theophrast* (v. 1) und *Der Ammoniter* sind zwei Gedichte von Peter Huchel (1903–1981, v. 3), der nach seiner Ausbürgerung aus der DDR 1971 in der von der Akademie der Künste verwalteten, südlich von Rom gelegenen Villa Serpentara in Olevano Romano (v. 7) Zeit verbrachte. Aus *Der Ammoniter* wird in vv. 4f. zitiert, da es dort heißt: »brannte Urnen jeden Tag, | die ich abends vor der Sonne | am Felsen zerschlug«,[77] vgl. Nachtgespräch, telefonisch (S. 239). Der amerikanische Dichter Ezra Pound (1885–1972), der in seinen *Cantos* zahlreiche chinesische Elemente einwebte (v. 16), kam 1945 in Kriegsgefangenschaft und war zeitweise in einem Außenkäfig untergebracht. Pound ist auf dem Friedhof San Michele in Venedig begraben (v. 15). Vgl. die Dinge verändern sich (S. 292).

Nachtgespräch, telefonisch (S. 239)
Wolfgang Bächler (1925–2007) war ein deutscher Dichter. In der vierten Strophe wird, wie in Dreieichenhain, Pawel Pan (S. 238), aus Peter Huchels Gedicht *Der Ammoniter* zitiert, in dem auch ein Bezug auf den ägyptischen Gott Ammon enthalten ist (vv. 11–16).[78] Bei der »Tatöwierung« (v. 1) handelt es sich um das in Schellenbaum (S. 249) und Kopfstein, opak, II (S. 10) erwähnte »Blutgruppenzeichen«, das die Mitgliedschaft bei der Waffen-SS kennzeichnete. Der »Schlangenbiß« (v. 19) verweist vor diesem Hintergrund zwar auf Kleopatras Selbstmord, aber auch auf Celans »Ein Mann wohnt im Haus er spielt mit den Schlangen« aus der *Todesfuge* (GA 46). Ein weiterer Bezug ist Else Lasker-Schülers Gedicht *Erkenntnis*, deren zweite Strophe lautet: »Wilder, Eva, bekenne schweifender, | Deine Sehnsucht war die Schlange, | Ihre Stimme wand sich über Deine Lippe, | Und biß in den Saum Deiner Wange.« (ELS 81) Mit Baruch Spinozas *Ethik, nach geometrischer Methode dargelegt* (1677) und Gottfried Wilhelm Leibniz (1646–1716) werden zwei Positionen erwähnt (v. 5), die für die Ergründbarkeit der Welt mit Vernunftmitteln eintreten. »[I]n die Abruzzen« in Süditalien wurden zu Zeiten des Faschismus zahlreiche Antifaschisten

77 Peter Huchel, *Die Gedichte. Gesammelte Werke in zwei Bänden*, Bd. 1, hg. von Axel Vieregg (Frankfurt a. M. 2017), 155, 230.

78 Vgl. Axel Vieregg, *»Ein Gedicht nach Auschwitz. Peter Huchels* Der Ammoniter*«*, in: id. (Hg.), *Peter Huchel* (Frankfurt a. M. 1986), 264.

in die Verbannung geschickt, darunter etwa der Maler und Schriftsteller Carlo Levi (1902–1975).

Pavese (S. 240)
Der italienische, im Piemont (v. 2) geborene Schriftsteller Cesare Pavese (1908–1950) wurde 1935 als Antifaschist in die Verbannung nach Kalabrien geschickt, von der er ein Jahr später zurückkehrte (vv. 18f.). 1950 nahm Pavese sich das Leben in einem Hotelzimmer in Turin (v. 11). Der Mond (v. 2) steht als Symbol im Mittelpunkt von Paveses Roman *La luna e i falò* (*Der Mond und die Feuer*, 1950).

Bild (S. 242)
Der Satyr Marsyas (v. 1) wurde nach der griechischen Mythologie von Apoll gehängt und gehäutet, nachdem er den Gott zum musikalischen Wettbewerb aufgefordert und ihn verloren hatte. Der österreichische Bildhauer Alfred Hrdlicka (1928–2009) schuf zwischen 1964 und 1972 drei Skulpturen, die Marsyas abbilden. Für Hrdlicka war Marsyas »ein Symbol anti-autoritärer Haltung«.[79]

Der da, … (S. 243)
Das Gedicht bringt RRMs kritische Einstellung gegenüber dem Gemälde von Emil Nolde (1867–1956, v. 4) *Der große Gärtner* von 1940 und dessen Vereinnahmung in christlichen Kreisen zum Ausdruck. Vor allem angesichts des Jahres, in dem es entstand, sei das Gemälde eine krasse Verharmlosung und Beschönigung von Gottes Verhältnis zur Schöpfung, das für RRM eher in Francisco de Goyas *Saturn verschlingt seinen Sohn* (1819–1823) eine angemessene Darstellung gefunden habe. Vgl. Liegen (S. 177), Grüße (S. 192). Ernst Barlachs Bronze-Statue *Schwebender Engel* von 1927 hing als Mahnmal für die Gefallenen im Ersten Weltkrieg im Dom in Güstrow, bis sie 1937 von den Nazis als entartete Kunst entfernt und eingeschmolzen wurde (v. 8). Bei den heute noch existierenden Exemplaren handelt es sich daher um Nachgüsse.

79 Vgl. Dietrich Schubert, *Die Marsyas-Variationen Hrdlicka*, in: Sylvia C. Weber (Hg.), *Alfred Hrdlicka – Bildhauer, Maler, Zeichner* [Ausstellungskatalog] (Künzelsau 2008), 25–33.

Strophen (S. 244)
Das Gedicht endet mit einem Zitat aus der ersten Strophe des Weihnachtslieds *Nun singet und seid froh, jauchzt alle …* (EG 35). Die Verbindung von »Genick« und »Gedicht« findet sich auch in vier kleine Zettel, hintereinander (S. 261).

Die tiefen Töne (S. 245)
Vers 6 greift den Satz auf, der angeblich vom »rätselhaften Findling« Kaspar Hauser mehrmals wiederholt wurde (im Dialekt), als er 1828 in Nürnberg auftauchte: »Ein solcher Reiter möchte ich werden, wie mein Vater gewesen ist.« Die Figur des Kaspar Hauser inspirierte zahlreiche Werke, u. a. Georg Trakls *Kaspar Hauser Lied* (1913), Peter Handkes Theaterstück *Kaspar* (1968) und Werner Herzogs Film *Jeder für sich und Gott gegen alle* (1974). Vgl. Strichscharen I (S. 137).

Meinem nicht geborenen Kind (S. 247)
Die Curette (v. 8) ist ein medizinisches Instrument, das zur Ausschabung (v. 16) der Gebärmutter (Kürettage) eingesetzt wird, zum Beispiel anlässlich einer Abtreibung. Vgl. für : wenn ich tot bin (S. 21). Gottfried Benn hat ein Gedicht mit dem Titel *Curettage* (GB 18, 1921) verfasst, in dem, im Gegensatz zu RRMs Gedicht, eine unpersönliche Perspektive eingenommen wird und die Frau (»Nun liegt sie in derselben Pose, | wie sie empfing, | die Schenkel lose | im Eisenring«), nicht das Kind, im Mittelpunkt steht.

Er (S. 248)
Zum »Grab in Paris« (v. 2), dem einen Besuch erstattet wird, vgl. da in der Rue d'Ulm (S. 183).

Schellenbaum (S. 249)
Mitglieder der Waffen-SS bekamen eine Blutgruppentätowierung, die sie nach dem Krieg als solche kenntlich machte. Vgl. Nachtgespräch, telefonisch (S. 239), Kopfstein, opak II (S. 10).

nach Basel, im September (S. 250)
Zu den Reisen nach Basel vgl. Tadeus, Frank und Rainer sitzen am Tisch (S. 290).

Diese Stadt (S. 252)

Das Gedicht besteht großteils aus Verweisen auf traditionelles deutsches Liedergut. Wilhelm Hauffs *Reiters Morgenlied* (1824), das mit einer Volksmelodie gesungen wird, beginnt mit den Versen: »Morgenrot! | Leuchtest mir zum frühen Tod? | Bald wird die Trompete blasen, | Dann muß ich mein Leben lassen, | Ich und mancher Kamerad!« Die letzte Strophe lautet: »Darum still | Füg ich mich, wie Gott es will, | Und so will ich wacker streiten, | Und sollt ich den Tod erleiden, | Stirbt ein braver Reitersmann.«[80] (vgl. vv. 4, 7) Am Ende der ersten Strophe des *Deutschlandlieds* von August Heinrich Hoffmann von Fallersleben heißt es: »Von der Etsch bis an den Belt – | Deutschland, Deutschland über alles, | Über alles in der Welt!« (v. 8) Der deutsche Michel, der mit einer Zipfelmütze dargestellt wurde (vv. 9f.), gilt seit der Renaissance als Symbold des Deutschen schlechthin. Das Volkslied *Es sungen drei Engel einen süßen Gesang* (v. 11) wurde in *Des Knaben Wunderhorn* aufgenommen (KW 3, 79). Gustav Mahler vertonte das Lied Ende des 19. Jahrhundert als Teil seiner Wunderhorn-Lieder, nahm es dann aber im 5. Satz seiner 3. Sinfonie in d-Moll auf (vgl. Berlin, am Zoo, S. 156). Die erste Strophe des auch in anderen sozialen Kreisen – nicht zuletzt in der Hitlerjugend – weit verbreiteten Wander- und Arbeiterlieds von Hermann Claudius (1878–1980) *Wann wir schreiten Seit' an Seit'* (1914) lautet: »Wann wir schreiten Seit' an Seit' | und die alten Lieder singen | und die Wälder widerklingen | fühlen wir, es muß gelingen: | Mit uns zieht die neue Zeit« (v. 13). Bereits 1939 kritisierte Bertolt Brecht die »Vagheit und Leere« sowie die beliebige Anwendbarkeit dieses letzten Verses in verschiedenen, ja zueinander im Gegensatz stehenden Kontexten.[81]

Morgengrauen (S. 254)

Mit der Bitte »O Heiland, reiß die Himmel« beginnt das 1622 erstmals veröffentlichte, gleichnamige Adventslied (v. 5).

80 Wilhelm Hauff, *Gedichte. Sämtliche Werke in drei Bänden*, Bd. 3, hg. Von Sibylle von Steinsdorff (München 1970), 345.

81 Vgl. Bertolt Brecht, *Zu »Leben des Galilei«*, in: id., *Schriften I. Zum Theater. Gesammelte Werke*, Bd. 7 (Frankfurt a. M. 1967), 1103f. Für zusätzliches Quellenmaterial vgl. https://hermann-claudius.de/index.php?menuid=42 (Zuletzt abgerufen am 22.9.21).

Das Adjektiv »bruegelsch« könnte sich u.a. aufgrund des »Weißfisch[es]« (v.2) auf die Zeichnung *Die großen Fische fressen die kleinen* (1556) und aufgrund der »Saufeder« (v.5) auf das Gemälde *Die Jäger im Schnee* (1565) von Pieter Brueghel d.Ä. beziehen. Zu Friedenau vgl. Nachts, hier (S.255). Zur Farbe Blau vgl. u.a. Wege, Wege (S.218), Rückfahrt, 30.11.78 (S.256), Vaterland, kornblumenblau (S.182), Selbst. In dorischer Tonart (S.23), Benn, -bleu ; mit Licht, jetzt (S.19).

Nachts, hier (S.255)
Das Gedicht erinnert einen Besuch beim Schriftsteller und Graphiker Christoph Meckel (1935–2020) in Berlin-Friedenau (zum Ort vgl. Morgengrauen, S.254). Im Hintergrund der zweiten Strophe dürfte Goethes *Das Alter* stehen: »Das Alter ist ein höflich' Mann: | Einmal übers andre klopft er an; | Aber nun sagt niemand: Herein! | Und vor der Türe will er nicht sein. | Da klinkt er auf, tritt ein so schnell, | Und nun heißt's, er sei ein grober Gesell.« (MA 9,103) Vgl. Ich rede mir zu (S.345).

Rückfahrt, 30.11.78 (S.256)
Zur besonderen Bedeutung von Potsdam (v.19) in RRMs Biographie und Werk vgl. Potsdamer Abkommen (S.293), Nachsätze (S.278), Zwischenzeiten (S.132), Kohlenkutscher vor Kind (S.51), Sans, Souci/Schwan und Virgule (S.61). Die Garnisonkirche in Potsdam hat RRM in der Nachkriegszeit noch als Ruine erlebt, bevor sie 1968 gesprengt wurde. Zum Zeitpunkt der Niederschrift des Gedichts war sie also nicht mehr zu sehen.

Hans im Glück, Winters (S.257)
Zum Titel vgl. das Märchen *Hans im Glück* aus der Sammlung der Brüder Grimm (GM 363–367). Der Versuch, illegal über die deutsch-deutsche Grenze zu gelangen (vv.4f., 15–17), wird auch in Halt in Griebnitzsee (S.168) geschildert. Die 1916 gegründete Mitteleuropäische Schlafwagen- und Speisewagen-Aktien-Gesellschaft (MITROPA, v.18), stellte auch in der DDR Speise-, Buffet- und Schlafwagen zur Verfügung.

Pfeifen (S.259)
Ludwig van Beethovens Oper *Fidelio* (1805, endgültige Fassung 1814) spielt ausschließlich im Gefängnis (vv.3f.). Der »Wille zur Macht« (vv.9f.) stellt eines der Kernkonzepte vor allem in der

späteren Philosophie Friedrich Nietzsches dar. Die »Trümmer« (v. 12), von denen umgeben RRM in den ersten Nachkriegsjahren aufwuchs, kehren in die Dinge verändern sich (S. 292), Lirum, larum (S. 201), Lieddeutsch (S. 206), Schreiknoten, 31.8.79, (S. 121), Strichscharen I (S. 137) wieder. Der griechische Ausruf »Christos anesti« (Gott ist auferstanden!, v. 21) wird anlässlich des Osterfestes ausgesprochen (v. 20).

noname (S. 260)
Die für den christlichen Gottesdienst wichtige Gebetsform der Litanei (v. 3) wird bereits in Zwischenruf (S. 214) erwähnt, später in … oder so was (S. 82) und Goldrand mit Schweigen (S. 74) erneut aufgegriffen. RRM ersetzt ironisch das Stundengebet, das ebenfalls die christliche Liturgie maßgeblich kennzeichnet, mit dem bürokratisch anmutenden Begriff der »Stundung« (v. 4), mit dem etwa eine Fristverlängerung für die Zahlung von Schulden bezeichnet wird. Zum »Abgesang« vgl. Lirum, larum (S. 201). Zu »unserkeiner« (v. 18f.) vgl. Märzlich (S. 208), Harbouey, im Juni. Zur Nacht … (S. 83).

vier kleine Zettel, hintereinander (S. 261)
Zur Verbindung von »Genick« und »Gedicht« vgl. Strophen (S. 244).

Frostiger Morgen (S. 262)
Zum Englischen Garten (v. 2) in München und zu RRMs Aufenthalten in der Stadt vgl. Im Hotel (S. 300), Steinen (S. 164), Zwei Junistücke für Koeppen (S. 211). Zum Motiv des Schreis vgl. u. a. Musik (S. 351), Vogel-Sequenza (S. 163), Munch-Stück (S. 178) sowie die Darlegung dazu in Bemerkung zu den Gedichten »Aus Polenland. Aus« (S. 96).

Zeitschriften

Münchner Freiheit, Im April (S. 266)
Der russische Dichter Ossip Mandelstam (1891–1938, v. 1) veröffentlichte 1913 seinen ersten Gedichtband *Kamen'* (*Der Stein*, vv. 2f., 10). Die Aufeinanderfolge der Verben »blühte | blühte, blüht« (v. 13f.) in Verbindung mit dem Stein deutet auf folgenden Vers in Paul Celans Gedicht *Corona* hin: »Es ist Zeit,

daß der Stein sich zu blühen bequemt« (GA 45). Der Schlussvers greift Goethes »Über allen Gipfeln | ist Ruh'« (1790) auf, vgl. Mirabell, Vogesenbuckel (S. 266), Arkonaplatz, Berlin, und anderswo geseijt (S. 43), Taglilie (S. 24). Zu RRMs Besuchen in München vgl. Steinen (S. 164), Zwei Junistücke für Koeppen (S. 211).

Keinem Sohn (S. 269)
Zum Thema der Abtreibung vgl. Meinem nicht geborenen Kind (S. 247), für : wenn ich tot bin (S. 21).

Septemberlich- (S. 270)
Der Widmungsträger des Gedichts ist der Maler Max Neumann, mit dem RRM im Mai 1984 eine Woche in Berlin zusammenarbeitete. Das Ergebnis dieser gemeinsamen Arbeit wurde im Band *Rückzug ins Helle* veröffentlicht.

Seit (S. 271, 101)
Die Schlussverse wandeln den Namen der Protagonistinnen des Märchens *Schneeweißchen und Rosenrot* aus der Sammlung der Brüder Grimm ab (GM 599–605). Vgl. Melancolia drei, Ducasse (S. 87). Zum Wort »ein Tuchenes« (v. 7) vgl. für : wenn ich tot bin (S. 21).

Wird Schnee sein: bei Gelegenheit (S. 273)
Das Gedicht entstand während des Aufenthalts RRMs als Gast am Literarischen Colloquium Berlin im September 1984. Nach Aussage RRMs wurde das Gedicht »geschrieben in Gedanken an bestimmte stilistische Eigenheiten bei [Helmut] Heißenbüttel. Ich würde es ›die freie schwingende Form‹ nennen, die sich gewisse ›Wortbindungsmöglichkeiten‹ (wie in der Chemie) zunutze macht.« (E-Mail an CC, 10.9.21). Helmut Heißenbüttel (1921–1996) lud RRM 1976/77 zu einer gemeinsamen Lesung in der Stuttgarter Buchhandlung Wendelin ein. In der unter anderem von Heißenbüttel herausgegebenen Zeitschrift *Hermannstraße 14* erschienen 1980 Gedichte von RRM.

Monogrammiert (S. 274)
Das Gedicht beginnt mit einem Verweis auf Else Lasker-Schülers Gedicht *Weltende* (*Der siebente Tag*, 1905). Vgl. auch für Elis (S. 344), Lasker-Variation (S. 52).

ein Leicht (S. 275)
Der Verweis auf Gustave Flauberts frühe Erzählung *Novembre* (*November*, 1842) findet sich auch in Rißvernähung : Oxygène (S. 59).

Haben: ein Fracht (S. 276)
In der Wendung »werde und vergeh« klingt der Titel der deutschen Ausgabe von André Gides *Si le grain ne meurt* von 1930 an, für den statt des ursprünglichen Bezugs zum Johannes-Evangelium (12,24f.) ein Zitat aus dem Gedicht *Selige Sehnsucht* aus Goethes *West-östlichen Divan* gewählt wurde: »Stirb und werde«. Zu RRMs Gide-Lektüre vgl. Amsel (S. 387), Robert Walser (S. 321). Der Imperativ, zu werden, findet sich auch in Mann neben dem Baum (S. 151), Stephanus (S. 127). Zur Bedeutung des Flugs und der Vogelperspektive vgl. Gehst du ... (S. 199), Vogel-Sequenza (S. 163).

-scarpe (S. 281)
Die Place de la Contrescarpe befindet sich in Paris im 5. Arrondissement. Auf sie verweist auch Paul Celans Gedicht *La Contrescarpe* (GA 164f.). In v. 11 lässt sich ein Bezug auf Celans Gedicht *In Ägypten* erkennen: »Du sollst sie rufen aus dem Wasser: Ruth! Noëmi! Mirjam! | Du sollst sie schmücken, wenn du bei der Fremden liegst.« (GA 48) Vgl. da in der Rue d'Ulm (S. 183). In einer Festung bezeichnet der Begriff »Contrescarpe« die äußere Mauer des Hauptgrabens.

Welch ein Gehäuse (S. 282)
Zur Herkunft des Zitats »Jaunerloh gebi...« (v. 3) vgl. Gehäuse (S. 165).

bartok, kleines stück für klavier oder tastalphabet (S. 283)
Zum Tast- oder Lormalphabet für Taubblinde, das RRM anhaltend interessiert hat, vgl. Lormen, mit Primzahl (S. 54), Tropus, Ostern (S. 62).

mir ist das heuer immer verdorben (S. 284)
Bornim (v. 6) ist ein Stadtteil im Norden von Potsdam, Köpenick (v. 7) ist ein südöstlich gelegener Bezirk in Berlin. Am 20. Januar 1941 fand am Großen Wannsee bei Berlin die sogenannte Wannsee-Konferenz statt, bei der die Vernichtung der Juden Europas organisiert und koordiniert wurde.

gut gemischt (S. 287)
Im 9. Gesang der *Odyssee* (v. 366) erwidert Odysseus mit einem »Wortspiel« (v. 6) auf die Frage des Polyphems, wie er heiße: »Niemand ist mein Name« (v. 2). Vgl. Immer schon (S. 365).

dem Maler Duvanel (S. 288)
Joseph Edward Duvanel (1941–1986) war ein Schweizer Maler und Zeichner, dem RRM im Zuge seiner Basler Aufenthalte begegnete.

für Tadeus Pfeifer (S. 289)
Zum Schweizer Schriftsteller Tadeus Pfeifer vgl. Tadeus, Frank und Rainer sitzen am Tisch (S. 290). Die Schlussverse werden in Diptyque. Wintering out, 1. Losigkeit (S. 107) aufgegriffen.

Tadeus, Frank und Rainer sitzen am Tisch (S. 290)
In der von den Schriftstellern Frank Geerk (1946–2008) und Tadeus Pfeifer (1949–2010) herausgegebenen Basler Zeitschrift *Poesie – Zeitschrift für Literatur* veröffentlichte RRM einige frühe Gedichte. Zur im Gedicht evozierten, in Basel versammelten Runde gesellte sich auch der etwas ältere Schriftsteller Rainer Brambach (1917–1983, v. 6). Auf den Ort verweist die Erwähnung des Basler Stadtteils St. Alban (v. 7). Franz Kafkas Aphorismus »Ein Käfig ging einen Vogel suchen« (FKA 117) klingt im Gedankenspiel von vv. 3f. an. Günter Eich hat 1950 ein Gedicht mit dem Titel *Pappeln* veröffentlicht (GE 359) Vgl. mit dem Maler Duvanel (S. 288) und für Tadeus Pfeifer (S. 289), nach Basel, im September (S. 250).

die Dinge verändern sich (S. 292)
Ezra Pound führt das hebräische Wort für Wucher, *neshek* (Lev 25,36), in Canto 52 ein, zunächst in v. 8: »neschek is against this, the serpent« (»Neschek ist dagegen, die Schlange«),[82] um seine eigene Vorstellung des Bankwesens mit einer Kritik der Leihgabe mit Zinsen zu verbinden. Dabei bedient er zahlreiche antisemitische Topoi.[83] RRM greift den Vers auf (vv. 18f.) und stellt Pounds antisemitisches Argument auf den Kopf, indem

82 Ezra Pound, *Die Cantos*, üb. von Eva Hesse (Zürich 2012), 400f. Hesse übersetzt dort »serpent« mit »Wucherwurm«.
83 Vgl. die Erklärung von Richard Sawyer in http://ezrapoundcantos.org/index.php/canto-lii/lii-poem (zuletzt abgerufen am 5.9.21).

er »die alte Händlerin« (v. 30), seine eigene Großmutter, ironisch mit der Natter assoziiert. RRMs Großmutter, die ihm in der Kindheit enthüllte, sie habe ihre jüdische Identität vor den Autoritäten und ihrer eigenen Familie verheimlicht, um den osteuropäischen Pogromen zu entkommen, verdiente ihren Unterhalt nach dem Krieg als Verkäuferin von Gemüse auf dem Markt in Potsdam, lieh aber auch Geld mit Zinsen aus. Vgl. von meiner Arbeit (S. 333), Dreieichenhain, Pawel Pan (S. 238), Proprium (S. 42), Kohlenkutscher vor Kind (S. 51).

Potsdamer Abkommen (S. 293)
Die sich zwischen Schwan und »Rotarmisten« abspielende Szene sah RRM während einer seiner häufigen Besuche bei der Großmutter in Potsdam in der frühen Kindheit. Sie wird vierzig Jahre später in Sans, Souci / Schwan und Virgule (S. 61) wieder aufgenommen. Eine solche Kindheitserinnerung findet sich auch in Kohlenkutscher vor Kind (S. 51). Zur Stadt vgl. Potsdam (S. 169), Landwechsel (S. 329), Rückfahrt, 30.11.78 (S. 256), Zwischenzeiten (S. 132).

bei Lothar Fischer im Atelier (S. 295)
Über das Werk des Bildhauers Lothar Fischer (1933–2004) verfasste RRM einen kurzen Text, der auf März 1978 datiert ist. Auch dort weist RRM auf die vorzeitlichen Vorgänger (v. 14) der Skulpturen Fischers hin: »Belebung. Ein Wink herüber von den Kykladen. Auch ein Etrusker steht auf. Die Stelle behauptet sich zwischen den Augenblicken. Ein Grat zwischen den Zeiten, geschenkelt die Tage, die Ruhe, der Stand.« (ARB) Die Aufforderung am Ende des zwischen Prosagedicht und Kunstkritik schwebenden Textes lautet: »Herantreten, schauen, mit den Augen wie mit Fingern denken, den Wölbungen nachfühlen, die Lage spüren, den Sitz, die Fessel, die Streckung des Körpers beim Hang. Den Treff unter den gedachten Augen der Sphinx. Sich einlassen. Bis unter die Haut.«

vaincu (S. 297)
Zum Riss des Tempelvorhangs bei der Kreuzigung Christi (Mt 27,50f., Mk 15,37f., Lk 23,45f.) vgl. Rißvernähung : Oxygène (S. 59).

Eine Postkarte von Reiner Kunze (S. 298)
Mit dem 1933 geborenen, 1977 aus der DDR in die BRD über-

gesiedelten Schriftsteller Reiner Kunze, den er wertschätzte, stand RRM in Kontakt.

Im Hotel (S. 300)
Den Schriftsteller Hermann Lenz (1913–1998) besuchte RRM in München (v. 3) mehrfach.

Der Prophet aber (S. 301)
Vom Propheten Muhammad wird berichtet, dass er den Ärmel seines Mantels abschnitt, um die darauf schlafende Katze nicht zu wecken. Im Judentum ist es gebräuchlich, als Zeichen des Andenkens Steine auf die Gräber zu legen.

Landschaftskunde (S. 305)
Das Gedicht geht zurück auf eine Lesung des Schriftstellers Elias Canetti (1905–1994) in Freiburg, der RRM beiwohnte. Zwei Episoden aus dem Leben Mose – die Teilung des Roten Meeres (Ex 14,21) und die Begegnung mit dem brennenden Dornbusch (Ex 3,2) – werden angedeutet.

Stimmen, Stimmen (S. 309)
Derjenige, der 1889 in Turin »stürzte« (vv. 5–10) bzw. psychisch zusammenbrach, ist Friedrich Nietzsche (1844–1900).

Wenn, (S. 316)
Im Gedicht klingen Bertolt Brechts *An die Nachgeborenen* (»Was sind das für Zeiten, wo | Ein Gespräch über Bäume fast ein Verbrechen ist | Weil es ein Schweigen über so viele Untaten einschließt!« BB 85) und Paul Celans Erwiderung darauf in *Ein Blatt* (GA 502) an. Vgl. Gehst du … (S. 199).

Frühe, unveröffentlichte Gedichte

Robert Walser (S. 321)
Das Gedicht bezieht sich auf den Tod der Romanfigur Sebastian, »der ein Dichter und ein Schwärmer war« und im Schnee stirbt, in Robert Walsers *Geschwister Tanner*.[84] Diese berühmte Todesszene nimmt auf unheimliche Weise Walsers eigenen Tod

84 Robert Walser, *Geschwister Tanner (Erstdruck)*, hg. von Wolfram Groddeck u. a. (Basel 2008), 121–124.

1956 vorweg, der ebenfalls während eines winterlichen Spaziergangs starb und liegend im Schnee vorgefunden wurde. Vgl. Stück für Walser (S. 234). In der Wendung »Sebastian im Schnee« (v. 4) hallt der Titel von Georg Trakls Gedichtband *Sebastian im Traum* (1913) sowie das gleichnamige Gedicht darin wider. *Si le grain ne meurt* (Wenn das Weizenkorn nicht stirbt) ist der Titel von André Gides Autobiographie von 1924. Der Titel spielt auf eine Passage im Johannes-Evangelium (12,24) an: »Es sei denn, daß das Weizenkorn in die Erde falle und ersterbe, so bleibt's allein; wo es aber erstirbt, so bringt es viele Früchte.« Zu RRMs Gide-Lektüren vgl. Amsel (S. 387).

meinem Bruder Jakob (S. 322)
Der spätmittelalterliche Bildhauer Tilman Riemenschneider (ca. 1460–1531) war im fränkischen Würzburg u. a. auch als Bürgermeister tätig (vv. 19f.), vgl. Lirum, larum (S. 201). Der griechische Dichter Arion kehrte Herodot zufolge auf dem Rücken eines Delphins von Sizilien zurück nach Korinth, nachdem die Besatzung des Schiffes, auf dem er reiste, ihn ins Wasser geworfen hatte (vv. 24–26). Der Prager Rabbi Judah Löw rief, nach einer im 19. und 20. Jahrhundert vielfach aufgegriffenen Legende, eine Gestalt aus Lehm, den Golem, ins Leben, dem er einen Zettel mit dem Gottesnamen unter die Zunge legte (vv. 29–32). Darauf nimmt Paul Celans Gedicht *Einem, der vor der Tür stand* (GA 145f.) Bezug. Mit »Pražské jaro« (Prager Frühling, v. 33) wird der Zeitraum der ersten Jahreshälfte von 1968 bezeichnet, in dem sich in der Tschechoslowakei eine starke Protestbewegung für die Reformierung des Sozialismus einsetzte, die im August desselben Jahres von der Sowjetunion und den Mitgliedern des Warschauer Paktes gewaltsam niedergeschlagen wurde (vgl. … sieben Tage weiter, S. 172).

ich komm aus dem Kalk (S. 325)
Zur biographischen Bedeutung von Kalk vgl. Landwechsel (S. 329), Kopfstein, opak II (S. 9). In Buch 6 der *Odyssee* begegnet Nausikaa (v. 2) dem gestrandeten Odysseus, der daraufhin von ihrem Vater Alkinoos, König der Phaiaken, in Empfang genommen wird. Die Figur des Minotaurus entstammt ebenfalls der griechischen Mythologie. Halb Mensch und halb Stier wird er in einem Labyrinth auf Kreta eingesperrt, wo er Menschen-

opfer verschlingt. Der Held Theseus besiegt ihn schließlich mit der Hilfe von Ariadne (vv. 5–11).

Besuch bei S.K. (S. 326)
Das Gedicht bezieht sich auf einen Besuch bei der Dichterin Sarah Kirsch, die 1977 mit ihrem 1969 geborenen Sohn Moritz (v. 16) von Ost- nach West-Berlin übergesiedelt war. In der ersten Strophe wird ihr Gedicht »Ich bin sehr sanft nenn | mich Kamille«[85] aus dem Band *Landaufenthalt* (1967) zitiert.

Tegeler See (S. 327)
Vgl. Inneneinrichtung, Im Schloßpark von Tegel (S. 376), Berlin, 22.5.84 Tegel (S. 158).

Inneneinrichtung (S. 328)
Vgl. Tegeler See (S. 327), Im Schloßpark von Tegel (S. 376), Berlin, 22.5.84 Tegel (S. 158).

Landwechsel (S. 329)
Zu RRMs Reisen »nach Norden« (v. 2) von Heidelberg nach Berlin und Potsdam vgl. Potsdam (S. 169), Potsdamer Abkommen (S. 293), Rückfahrt, 30.11.78 (S. 256), Nachsätze (S. 278), Zwischenzeiten (S. 132), Kohlenkutscher vor Kind (S. 51). In Karlstadt in der Nähe von Würzburg verbrachte RRM die ersten Kindheitsjahre. Zum Steinbruch in der Nähe von Karlstadt, aus dem mit Seilbahnen Kalk ins Zementwerk auf der gegenüberliegenden Mainseite gebracht wurde vgl. ich komm aus dem Kalk (S. 325), Wege, wege (S. 218), Kopfstein, opak II (S. 9).

von meiner Arbeit (S. 333)
Ödön von Horváth starb 1938 in Paris, als ihn während eines Gewitters ein herabfallender Baumast traf. Für den Tag hatte ihm ein Wahrsager ein wichtiges Ereignis vorhergesagt; da er es für gefährlich hielt, mit dem Auto zu fahren, zog er es vor, zu Fuß zu gehen, und »starb so zufällig« (v. 4). Ezra Pound (v. 11) starb am 1. November 1972, nach seinem 87. Geburtstag, in Venedig. Mit dem Vers »With usura hath no man a house of good stone« (»Bei Usura hat keiner ein Haus von gutem Werkstein«)[86]

85 Sarah Kirsch, *Sämtliche Gedichte* (München 2005), 73.
86 Ezra Pound, *Die Cantos*, üb. von Eva Hesse (Zürich 2012), 354f.

beginnt der 45. Canto *With Usura* (v. 14, vgl. die Dinge verändern sich, S. 292, Dreieichenhain, Pawel Pan, S. 238).

Schildbürger (S. 334)
Eine berühmte Geschichte von den Bürgern der fiktiven Stadt Schilda berichtet davon, wie sie ein neues Rathaus ohne Fenster bauen und sich daraufhin bemühen, das Licht mit allerlei Utensilien hineinzutragen (vv. 9f.).

Esther (S. 335)
Das Buch Esther – auf Hebräisch: *Megillat Esther*, Esther Rolle (v. 16) – wird im Judentum traditionell anlässlich des Purim-Festes gelesen und handelt von der abgewandten Vernichtung der Juden unter dem persischen König Ahasveros durch seine jüdische Ehefrau Esther. Der Großwesir Haman, der die Vernichtung in die Wege geleitet hatte, wird schließlich an dem Galgen erhängt, den er für den jüdischen Hofbeamten und Erzieher Esthers, Mordechai, vorgesehen hatte. Der in vv. 4f. angedeutete Tod durch Erhängen oder Köpfen dürfte u. a. mit der Justizvollzugsanstalt Plötzensee in Zusammenhang stehen, wo Hinrichtungen durch Hängen an Stahlträgern (ab 1942) sowie mit der Guillotine (ab 1937) durchgeführt wurden. RRM besuchte Plötzensee während einer Klassenfahrt in Berlin 1964/65. Vgl. Lirum, larum (S. 201). Es häufen sich im Gedicht die Hinweise auf die Gewaltherrschaft der Nazi-Zeit, da zu Plötzensee eingangs die Bücherverbrennung (v. 1), später der von den Krematorien der Vernichtungslager hinaufsteigende Rauch (vv. 11f.) hinzukommen (vgl. Vaterland, kornblumenblau, S. 182, und Paul Celans *In der Luft*, GA 170). Die problematische Mehrdeutigkeit der »Asche« (v. 7, vgl. Celans *Engführung*, GA 118) wird exponiert durch den kritischen Hinweis auf den Aschermittwoch, der das Ende der Fastnacht und den Anfang der Fastenzeit vor Ostern markiert und bei dem ein Aschenkreuz auf dem Kopf oder der Stirn gezogen wird (vv. 9f.). Rainer Maria Rilkes Gedicht *Esther* (*Der neuen Gedichte anderer Teil*, 1918) beginnt mit den Versen: »Die Dienerinnen kämmten sieben Tage | die Asche ihres Grams und ihrer Plage | Neige und Niederschlag aus ihrem Haar« (RMR 1, 524).

Adolphe Lamaille. Selbstbildnis von 1849 (S. 336)
Nach eigener Aussage sah RRM das Daguerreotyp von Adolphe Lamaille mit dem Titel *Père et fils* (Vater und Sohn) abgebildet in einer Zeitung. RRMs Mutter war beruflich als Fotografin tätig. Vgl. Es hagelt (S. 203), Die aufgefundenen Papiere eines Laurent Erstein (S. 113).

das ist die Grenze (S. 337)
Vgl. Windbrüche (S. 350), Verleihung, dominikanisch (S. 65). Zum David-Stoff aus 1. Sam 17,40ff. vgl. Ende September (S. 371).

Bergfahrt (S. 341)
In *Der Report* vom 1. Juni 1978 erschien RRMs Artikel über den Schweizer Schriftsteller Ludwig Hohl und insbesondere über die 1975 im Suhrkamp Verlag erschienene Erzählung *Bergfahrt*: »Es ist ein kleines Erzählwerk entstanden, dessen Beobachtungs- und Schilderungsbrillanz noch im geringsten Detail eine solche Genauigkeit und Allgemeingültigkeit erreicht hat, daß man, wollte man sich dazu bereitfinden, von einer so noch nicht da gewesenen sinnhaften Abstraktion sprechen könnte, wo ein bestimmtes Wirklichkeitsstück gewissermaßen durch sich selbst erscheint. [...] Der letzte, der Parabeln geschrieben hat, die sich selbst verließen, weil sie so genau waren, ist Kafka gewesen. Hohl hat hier das gleiche geleistet.« In den Notizen habe Hohl eine »literarische Form« erfunden, die »das Fragmentarische der Wahrnehmung mit der Unversöhnlichkeit der sprachlichen Zurichtung verein[t] [...]. Vom Erreichbaren und vom Unerreichbaren, immer eigentlich von den Rändern, ist bei Hohl die Rede, an denen Wirklichkeit ihre Kontur erfährt, da, wo die Arbeit geleistet wird, die den eigenen Weg gewährt und den eigenen Tod.«[87]

Cluny (S. 342)
Die Abtei Cluny, die im Laufe der französischen Revolution teilweise zerstört wurde (vv. 10–13), befindet sich im französischen Burgund (v. 5).

87 Rainer René Müller, »Vom Erreichbaren und Unerreichbaren. Bemerkungen zu Ludwig Hohl«, in: *Der Report*, 22, 1.6.78, 14.

Orpheus (S. 343)
In den Anfangsversen klingen der wiederkehrende Halbvers aus Paul Celans *Todesfuge* (»der Tod ist ein Meister aus Deutschland«) sowie der Vers »Ein Mann wohnt im Haus der spielt mit den Schlangen der schreibt« (GA 46) an. Zur Figur des Orpheus aus Ovids *Metamorphosen* (10,1–105) vgl. Ölbäume, dahinter das Meer (S. 227).

auch für Elis (S. 344)
Zum Namen im Titel vgl. Georg Trakls Gedichte *An den Knaben Elis* und *Elis* im Band *Sebastian im Traum* (1913, GT 84–86).[88] Den Namen Ellis Eliescher benutzte RRM später als Pseudonym. Vgl. Robert Walser (S. 321). In Gen 19,26 wird Lots Frau zur Salzsäule (v. 11), als sie sich umdreht und auf Sodom und Gomorra zurückblickt. Im Anfang der letzten Strophe klingt die zweite Strophe von Else Lasker-Schülers Gedicht *Weltende* an: »Komm, wir wollen uns näher verbergen…«[89] Vgl. Monogrammiert (S. 274), Lasker-Variation (S. 52). Die letzte Strophe zitiert folgende Passage aus Jer 31,15: »Rahel weint über ihre Kinder und will sich nicht trösten lassen über ihre Kinder; denn es ist aus mit ihnen.« Abgewandelt findet sie sich in Paul Celans Gedicht *Nah, im Aortenbogen* (GA 257f.): »Mutter Rahel | weint nicht mehr. | Rübergetragen alles Geweinte.«

Ich rede mir zu (S. 345)
Das Gedicht verwebt verschiedene poetische Hinweise miteinander. Günter Eichs Gedicht *Tage mit Hähern* aus dem Band *Botschaften des Regens* (1955) beginnt mit den Versen: »Der Häher wirft mir | die blaue Feder nicht zu.« (GE 128) RRM greift sie nicht nur inhaltlich auf (vv. 8, 10), sondern übernimmt auch deren syntaktische Struktur (vv. 16f.). Vgl. Col de Nideck (S. 109), … noch ist ein Grund (S. 7). Der letzte Vers von Christoph Meckels Gedicht *Andere Erde* – »(Ein Habichtflügel im Schrank. Ein Blatt. Ein Wasser)«[90] – aus dem Band *Wen es angeht* (1974) wird in v. 6 zitiert. Vgl. Nachts, hier (S. 255).

88 Georg Trakl, *Dichtungen und Briefe, Historisch-kritische Ausgabe*, hg. von Walther Killy, Hans Szklenar, Bd. 1 (Salzburg 1969), 84–86.
89 Else Lasker-Schüler, *Gedichte*, 75.
90 Christoph Meckel, *Tarnkappe. Gesammelte Gedichte*, hg. von Wolfgang Matz (München 2015), 322.

ganz einfach (S. 348)
Über dem Fenster eines Renaissancegebäudes im südfranzösischen Ort Les Baux-de-Provence befindet sich die lateinische Inschrift »post tenebrae lux« (nach der Dunkelheit das Licht, vv. 18–22). Vgl. Arles (S. 355), Thymian (S. 349), Ölbäume, dahinter das Meer (S. 227). In der Matutin des kirchlichen Stundengebets an Gründonnerstag, Karfreitag und Karsamstag, die auch als Tenebrae bekannt ist, ist es üblich, anfänglich die Kerzen am sogenannten Tenebrae-Leuchter (v. 18) anzuzünden und dann Kerze für Kerze nach und nach wieder auszulöschen, um die allmähliche, vom Tod Christi verursachte Verdunkelung zu versinnbildlichen (vgl. Selbst. In dorischer Tonart, S. 23).

Thymian (S. 349)
Zum südfranzösischen Ort Les Baux-de-Provence (v. 19) vgl. Arles (S. 355), ganz einfach (S. 348), Ölbäume, dahinter das Meer (S. 227).

Windbrüche (S. 350)
Die Dichterin Hilde Domin, 1909 geboren, feierte 1974 ihren 65. Geburtstag, weshalb das Datum auf dem Typoskript des Gedichts vermutlich nicht als frühestes Entstehungsdatum zu verstehen ist. Das Gedicht *Nur eine Rose als Stütze* aus dem gleichnamigen, 1959 veröffentlichten Band Domins, fängt mit den Versen an: »Ich richte mir ein Zimmer ein in der Luft | unter den Akrobaten und Vögeln«.[91] Das Motiv des Windes findet sich im selben Band prominent in den Gedichten *Bau mir ein Haus* und *Windgeschenke*. Vgl. das ist die Grenze (S. 337), Verleihung, dominikanisch (S. 65).

Musik (S. 351)
Im Buch Josua (6,1–27) wird die Eroberung Jerichos geschildert, bei der die Israeliten unter Anführung Josuas und nach Angabe Gottes mit wiederholtem »Kriegsgeschrei« und »Posaunenschall« die Mauer der Stadt zum Stürzen bringen. Im Buch Daniel (5,5) erscheint eine geheimnisvolle »Schrift da | an der Wand« (vv. 10f.) während des Gastmahls beim babylonischen König Belsazar, die von Daniel als Ankündigung des Untergangs des Königs gedeutet wird. Bekannte poetische Aufnah-

91 Hilde Domin, *Sämtliche Gedichte*, hg. von Nikola Herweg, Melanie Reinhold (Frankfurt a. M. 2009), 48.

men dieser Geschichte sind Lord Byrons *Vision of Belshazzar* und Heinrich Heines von Robert Schumann vertonte Ballade *Belsatzar* (*Buch der Lieder*, 1827), in der es heißt: »Und sieh! und sieh! an weißer Wand | Da kam's hervor wie Menschenhand; || Und schrieb, und schrieb an weißer Wand | Buchstaben von Feuer, und schrieb und schwand.« (HH 92–95)

vergessener Name (S.352)
Jakobs verrenkte Hüfte (vv. 11f.) im Kampf am Jabbok (Gen 32,26), worauf Jakobs Namensänderung zu Israel folgt (Gen 32,29), wird in Vom Gezweifelten (S.367) erwähnt.

Ausgrabung (S.353)
Mit dem bildenden Künstler Georges Menelaos Nassos (*1946) hatte RRM keinen persönlichen Kontakt. Im französischen Malville (v.34) protestierten 1976 und verstärkt 1977 Umweltschutzgruppen gegen den Bau eines Atomkraftwerks (vgl. etwa die Berichterstattung in der *Süddeutschen Zeitung*, »›Super-Phenix‹ fordert ein Todesopfer. Straßenschlachten bei Kundgebung gegen den französischen Schnellen Brüter / Mehrere Schwerverletzte«, Nr. 174, 1.8.1977, 5).

Arles (S.355)
In einer Aufzeichnung RRMs vom 23. September 1978 heißt es: »Denke an den Garten von Arles. Da legst du eine junge Katze tot in den Flußarm, denkst an das Gelichter von Baux[-des-Provence], ans metallische Rot unter den Olbäumen, Kuttelkraut auch Quandel, ein Gelb überfällt dich, du hörst ein abgeschnittenes Ohr im Mückengeräusch. || Da war viel Abgesang, der auch, vom Kindchen.« (ARB) Vgl. Thymian (S.349), Fänge (S.181).

Jonas (S.360)
Vgl. Jona 2,1–11: der Prophet Jona im Bauch des Fisches.

diese Reden (S.361)
Wie auch im Gedicht auf das Nähzeug meiner Mutter (S.362) angedeutet wird, prägte die Erfahrung der Vertreibung (v.9) aus Mähren und folglich das Gefühl der Nicht-Zugehörigkeit zum Geburtsort RRMs Kindheit und Jugend.

auf das Nähzeug meiner Mutter (S. 362)
RRMs Familie kam 1945/46 im Zuge der Vertreibung der Sudetendeutschen aus der Tschechoslowakei von Mähren über Saaz (Tschechisch: Žatec) in die Bundesrepublik – die Mutter nach Karlstadt bei Würzburg und die Großmutter mütterlicherseits nach Potsdam, wo RRM sie als Kind oft besuchte. Vgl. diese Reden (S. 361).

Sternzeichen (S. 363)
RRM wurde am 1. Januar 1949 im Sternzeichen des Steinbocks geboren.

Immer schon (S. 365)
Rose Ausländers Gedicht *Niemand* beginnt mit den Versen: »Ich bin König Niemand | trage mein Niemandsland | in der Tasche.«[92] »Niemand ist mein Name« ist die Antwort von Odysseus, König von Ithaka, auf die Frage des Kyklopen Polyphem nach seiner Identität im 9. Gesang der *Odyssee*, vgl. gut gemischt (S. 287). In der Sektion »Kritik in Kürze« der Literaturbeilage von *Die Zeit* besprach RRM am 20. Oktober 1979 den 1978 erschienenen Gedichtband *Mutterland* von Rose Ausländer. In Ausländers Gedicht *Mutter Sprache* heißt es: »Ich habe mich | in mich verwandelt | von Augenblick zu Augenblick || in Stücke zersplittert | auf dem Wortweg || Mutter Sprache | setzt mich zusammen || Menschmosaik«.[93]

Ja, so bist du (S. 366)
Das Motiv des Steins kehrt in RRMs Werk häufig wieder, vgl. etwa Fasanenstrafe: Steine (S. 35), Brüderchen, dein Traum (S. 25), Kopfstein, opak, III (S. 11).

Vom Gezweifelten (S. 367)
Der »Engel« (v. 5) und die »verrenkte[ ]Hüfte« verweisen auf Jakobs Schlacht am Jabbok (Gen 32,26). Vgl. vergessener Name (S. 352).

92 Rose Ausländer, *Wir wohnen in Babylon. Gedichte* (Frankfurt a. M. 1984), 34.
93 Rose Ausländer, *Gedichte*, hg. von Helmut Braun, 269.

So bliebe dann: (S. 369)
Das Gedicht verweist auf Davids Klagelied um Saul und Jonathan nach deren Tod (2. Sam 1,25–26): »Wie sind die Helden so gefallen im Streit! Jonathan ist auf deinen Höhen erschlagen. | Es ist mir Leid um dich, mein Bruder Jonathan: ich habe große Freude und Wonne an dir gehabt; deine Liebe ist mir sonderlicher gewesen, als Frauenliebe ist.«

Ende September (S. 371)
Die Waage, das mit dem Oktober assoziierte Sternzeichen, kommt prominent im Buch Hiob vor, als Hiob auf die Rede des Eliphas mit den Worten antwortet: »Wenn man doch meinen Unmut wöge und mein Leiden zugleich in die Waage legte! | Denn nun ist es schwerer als Sand am Meer; darum gehen meine Worte irre.« (6,2–3) Später ruft Hiob eine andere, »rechte« Waage, zum Messen seiner Unschuld, auf (31,6). In 1. Sam 17,40 wird der junge David – der künftige Autor der Psalmen – beschrieben, wie er »fünf glatte Steine aus dem Bach [erwählte]«. Mit einem von ihnen erschlägt er kurz darauf (1. Sam 17,49) Goliath. Davids Begabung für das Harfenspiel findet bereits in 1. Sam 16,18 Erwähnung. Die letzte Strophe reagiert polemisch auf den einflussreichen, von Hans Bender 1955 und 1961 herausgegebenen Band *Mein Gedicht ist mein Messer*. Der Titel des Bandes geht auf den dort enthaltenen Beitrag von Wolfgang Weyrauch zurück, in dem dieser ein eigenes Gedicht, *Atom und Aloe*, Vers für Vers seziert. Zum titelgebenden Refrain kommentiert er: »Werde ich aber den in die Strophen eingeschleusten Refrain beibehalten können? Ich darf nicht stumpf werden. Mein Gedicht ist mein Messer.«[94] Im ebendort abgedruckten Gedicht *Mein Gedicht* heißt es: »Mein Gedicht ist die Welt || der diagonalen Messer. | […] Ich versuche den Mord || an den Rechnungen. Mein Gedicht ist besser.« Hans Magnus Enzensberger nimmt das Bild in seinem Beitrag wiederum auf und schreibt dazu: »Gedichteschreiber unterscheiden sich von anderen Leuten nicht in höherem Maß als Messerschmiede oder Hutmacher. Sie müssen wichtige Sach-

94 Wolfgang Weyrauch, »Mein Gedicht ist mein Messer«, in: Hans Bender (Hg.), *Mein Gedicht is mein Messer* (München 1961), 29.

verhalte kennen und imstande sein, sie vorzuzeigen.«[95] Vgl. Vom Hermetischen (S. 310). Zu Goya (v. 6) vgl. Chorus (S. 215).

Im Schloßpark von Tegel (S. 376)
Das Schloß in Tegel, nördlich von Berlin, wurde in seinem heutigen Zustand von Wilhelm von Humboldt gebaut, der auch den Park neu anlegen ließ. Dort wohnte er, mit Ausnahme eines langjährigen Aufenthalts in Rom (v. 6) mit seiner Familie.

Beiseite gesprochen (S. 379)
Im Mischnatraktat *Pirke Avot* (*Die Sprüche der Väter*), 1,14, heißt es: »Wenn nicht ich, wer für mich? Wenn ich (nur) für mich bin, was bin ich? Wenn nicht jetzt, wann dann?«[96] (v. 1) Stefan Georges Gedicht *Das Wort* endet mit dem Vers: »Kein ding sei wo das wort gebricht«. Diesem Gedicht im Ganzen und dem Schlussvers insbesondere galt Martin Heideggers Aufmerksamkeit in den Vorträgen *Das Wesen der Sprache* und *Das Wort*, die 1959 in *Unterwegs zur Sprache* veröffentlicht wurden. Dort fragt Heidegger, ob man den Satz als indirekte Version von: »Kein Ding ist wo das Wort gebricht« verstehen soll.[97]

Aus Cuzco zurück (S. 380)
Das Gedicht bezieht sich auf den Bericht eines Bekannten von RRM, dem das Gedicht auch gewidmet ist, über seine Reise in Perù.

Assur (S. 384)
Über die Eindrücke eines Besuchs im Pergamon-Museum »legte sich die Erinnerung an Taubblinde, die ich im Museum beobachtet hatte, die beim Betasten einer (wohl) Grabungsfund-Rekonstruktion aus Assur lachten, lächelten.« (Auskunft von RRM) Vgl. Lormen, mit Primzahl (S. 54), Tropus, Ostern (S. 62).

95 Hans Magnus Enzensberger, »Scherenschleifer und Poeten«, in: ibid., 145.

96 *Sprüche der Väter. Pirke Avot*, üb. von Bernhard Land (Stuttgart 2020), 11.

97 Martin Heidegger, *Das Wesen der Sprache*, in: id., *Unterwegs zur Sprache* (Frankfurt a. M. 1985), 156f.

In Tozeur (S. 385)
Tozeur ist eine tunesische Stadt am Rand des Atlas-Gebirges, die RRM im Zuge seiner Tunesien-Reisen besuchte. Vgl. L'oasis de Gabès (S. 393), Tanz (S. 386).

Amsel (S. 387)
Das Gedicht zitiert und verarbeitet eine Passage aus der deutschen Übersetzung der Tagebücher von Madeleine Gide (1867–1938), die im Band *Madeleine und André Gide* enthalten sind, den der Schriftsteller Jean Schlumberger 1956 als »leisen, aber sicheren Kontrapunkt [...] zu den autobiographischen Seiten [André] Gides«[98] herausgab. Der Band wollte vor allem das Bild von Madeleine Gide korrigieren, das aus Gides letzter autobiographischer Schrift, *Et nunc manet in te* (1947), hervorgeht. Die zitierte Passage lautet: »Plötzlich erklang hinten im Garten der reine Gesang einer Amsel. – Sie sang Hoffnung, trotz allem – und sang schon über den Winter mit seinen kurzen Tagen, seinem langen Frost hinweg – kommenden Sommern entgegen. Kleiner Vogel Gottes – wir müssen hoffen wie du – trotz des Winters, denn wir haben das Licht in uns. [26. Oktober 1891]«.[99] Zur Amsel vgl. für Tadeus Pfeifer (S. 289), Immer wieder (S. 372), Frühjahr (S. 315), Pfeifen (S. 259), Diptyque. Wintering out (S. 107). Zu RRMs Gide-Lektüren vgl. Haben: ein Fracht (S. 276), Robert Walser (S. 321).

L'oasis de Gabès (S. 393)
Das Gedicht geht zurück auf RRMs Reisen in Tunesien während seiner ersten Studienjahre in Freiburg. Gabès ist eine Oasen- und Küstenstadt ebendort. Vgl. Tanz (S. 386), In Tozeur (S. 385).

98 Jean Schlumberger, *Madeleine und André Gide*, üb. von Maria Schaefer-Rümelin (Hamburg 1957), 17.
99 Ibid., 65.

Bibliographie der siglierten Literatur

ARB = Archiv Rainer Blum, Berlin

BB = Bertolt Brecht, *Gedichte 2. Sammlungen 1938-1956, Werke,* Bd. 12 (Frankfurt a. M. 1988)

BCA = Paul Celan, *Prosa I. Zu Lebzeiten publizierte Prosa und Reden, Werke. Historisch-kritische Ausgabe,* hg. von Andreas Lohr, Heino Schmull, in Verbindung mit Rolf Bücher (Frankfurt a. M. 2014)

Die Bibel, nach der Übersetzung Martin Luthers (Stuttgart 1999)

EG = *Evangelisches Gesangbuch* (Berlin 1993)

EM = Ernst Meister, *Gedichte,* hg. von Axel Gellhaus, Stephanie Jordans und Andreas Lohr, 5 Bde. (Göttingen 2011)

FHA = Friedrich Hölderlin, *Sämtliche Werke. Frankfurter Ausgabe,* 20 Bde., hg. von D. E. Sattler (Frankfurt a. M., Stroemfeld, 1975-2008)

FKA = Franz Kafka, *Nachgelassene Schriften und Fragmente II,* hg. von Jost Schillemeit (Frankfurt a. M. 1992)

M = Paul Celan, *Der Meridian. Endfassung – Entwürfe – Materialien,* hg. von Bernard Böschenstein, Heino Schmull (Frankfurt a. M. 1999)

GA = Paul Celan, *Die Gedichte,* hg. von Barbara Wiedemann (Berlin 2018)

GB = Gottfried Benn, *Gedichte I. Sämtliche Werke,* Bd. 1, hg. von Gerhard Schuster (Stuttgart 1986)

GE = Günter Eich, *Sämtliche Gedichte,* hg. von Jörg Drews (Frankfurt a. M. 2006)

GM = Jacob Ludwig Karl Grimm, Wilhelm Karl Grimm, *Kinder- und Hausmärchen gesammelt durch die Brüder Grimm,* hg. von Heinz Rölleke (Frankfurt a. M. 1985)

Grimm = Jacob und Wilhelm Grimm, *Deutsches Wörterbuch,* 16 Bde. (Leipzig 1854-1960)

GT = Georg Trakl, *Dichtungen und Briefe. Historisch-kritische Ausgabe,* hg. von Walther Killy, Hans Szklenar, Bd. 1 (Salzburg 1969)

GW = Hansjakob Becker, Ansgar Franz, Jürgen Henkys, Hermann Kurzke, Christa Reich, Alex Stock (Hg.), *Geistliches Wunderhorn. Große deutsche Kirchenlieder* (München 2001)

HH = Heinrich Heine, *Buch der Lieder. Historisch-kritische Gesamtausgabe der Werke,* hg. von Manfred Windfuhr, Bd. 1.1, bearbeitet von Pierre Grappin (Hamburg 1975)

IB = Ingeborg Bachmann, *Gedichte. Hörspiele. Libretti. Übersetzungen. Werke*, Bd. 1, hg. von Christine Koschel, Inge von Weidenbaum, Clemens Münster (München, Zürich 1978)

KW = Achim von Arnim, Clemens Brentano (Hg.), *Des Knaben Wunderhorn. Alte deutsche Lieder*, 3 Bde., hg. von von Heinz Rölleke (Stuttgart u.a.), 1979

MA = Johann Wolfgang Goethe, *Sämtliche Werke nach Epochen seines Schaffens. Münchner Ausgabe*, 20 Bde., hg. von Karl Richter (München 1986–1999).

PTL = Eckhard John, Tobias Widmaier (Hg.), *Populäre und traditionelle Lieder. Historisch-kritisches Liederlexikon*, Zentrum für Populäre Kultur und Musik, Albert-Ludwigs-Universität Freiburg i. Brsg., http://www.liederlexikon.de/lieder

RMR 1 = Rainer Maria Rilke, *Gedichte 1895 bis 1910*, hg. von Manfred Engel, Ulrich Fülleborn (Leipzig 1996)

RMR 2 = Rainer Maria Rilke, *Gedichte 1910 bis 1926*, hg. von Manfred Engel, Ulrich Fülleborn (Leipzig 1996)

StA = Friedrich Hölderlin, *Gedichte nach 1800. Sämtliche Werke*, Bde. 2.1, 2.2, hg. von Friedrich Beißner (Stuttgart 1951)

EMö = Eduard Mörike, *Gedichte. Werke und Briefe*, Bd. 1.1., hg. von Hans-Henrik Krummacher (Stuttgart 2003)

WvV = Walther von der Vogelweide, *Leich, Lieder, Sangsprüche*, 15., veränderte und um Fassungseditionen erweiterte Auflage der Ausgabe Karl Lachmanns, aufgrund der 14., von Christoph Cormeau bearbeiteten Ausgabe neu herausgegeben, mit Erschließungshilfen und textkritischen Kommentaren versehen von Thomas Bein (Berlin, Boston 2013).

Publikationen von Rainer René Mueller

geschriebes = RRM: geschriebes. selbst mit stein. Gedichte, edition aouey, Heidelberg 2018
Poèmes Poëtra = RRM: Poèmes Poëtra. Ausgewählte Gedichte 1981–2013, hg. v. Dieter M. Gräf, roughbook 34, Verlag Urs Engeler, Schupfart (Schweiz) u. a. 2015
Chasse de Neige = RRM (Ellis Eliescher): Chasse de Neige. Schneejagd. Gedichte, Heidenheim 1994
fratres = RRM: fratres. lieu. ac, Heidenheim 1993
Schreiknoten = Heiko Herrmann/RRM: Schreiknoten. Heiko Herrmann, Monotypien. Verlag E. u. D. Schrade, Schloß Mochental 1993
Kreuzungen = Robert Schad/RRM: Kreuzungen/Sturzfigur. Zeichnungen, Gedichte, Fragmente. Schöntaler Drucke im Verlag Mario Haith, Stuttgart 1986
Strichscharen = RRM (Hg.): Friedemann Hahn, Zeichnungen. Mit Originalbeiträgen von Rainer Rene Müller , Galerie Birgit Terbrüggen, Sinsheim 1986
Rückzug ins Helle = RRM: Rückzug ins Helle. Bilder: Max Neumann, Gedichte: Rainer René Müller, Edizione Scampi, Verlag Mario Haith, Stuttgart 1985
Versuch über Augen. Zeichnungen Erich Mansen, Gedichte Rainer René Mueller, Lettern Manfred Kröplin, hg. v. Institut für Buchgestaltung, Stuttgart 1984
Augen = RRM: Augen / Gedichte, pawel pan presse, Büdingen-Düdelsheim 1983
LiedDeutsch = RRM: LiedDeutsch. Gedichte. Verlag Desire & Gegenrealismus, Schwandorf 1981

Zeitschriften und Anthologien

Positionen = Positionen. Texte zur aktuellen Musik, hg. v. Tobias Herold, Peter Holland: 2020
Literaturbote = Literaturbote, hg. v. Hessischen Literaturforum im Mousonturm e. V. in Zusammenarbeit mit dem Hessischen Ministerium für Wissenschaft und Kunst: 138/November 2020: zu Paul Celan, Gasthg.: Beate Tröger, Alexandru Bulucz, Evgenia Lopata

Jalta = Jalta. Positionen zur jüdischen Gegenwart. Zwischen Literarizität und Programmatik: Jüdische Literaturen der Gegenwart, hg. v. Luisa Banki, Yevgeniy Breyger, Micha Brumlik u.a., Berlin 2019

Weltklang = Weltklang. Nacht der Poesie, 20. Poesiefestival Berlin, Lesebuch, hg. v. Alexander Gumz, Matthias Kniep, Thomas Wohlfahrt, Berlin 2019

Wiederholung = Die Wiederholung. Zeitschrift für Literaturkritik, hg. v. Alexandru Bulucz, Paul-Hernri Campbell, Leonard Keidel: 4/2017: zum Werk von Werner Söllner

Mütze, hg. v. Urs Engeler: 13/2016, 14/2016, 24/2019

Park = Park. Zeitschrift für neue Literatur, hg. v. Hans-Michael Speier: 2/1977, 4/1977, 6/1978, 7/1978, 8/1979, 10/1980, 12/1981, 13/1981, 14-15/1982, 19-20/1983, 21-22/1984, 24-25/1985, 72/2020

ZdZ = Zwischen den Zeilen. Eine Zeitschrift für Gedichte und ihre Poetik, hg. v. Urs Engeler: 9/1996

Flugasche = Flugasche Literaturzeitschrift, hg. v. Reiner Brouwer: 38/Jg. 12/II. Quartal/1991 (die zwei Gedichte RRMs stehen in einem Sonderdruck der Ausgabe)

Literarischer März. Lyrik unserer Zeit, hg. v. Fritz Deppert, Karl Krolow u. Wolfgang Weyrauch: 1979, 1983

Literarische Reihe = Literarische Reihe, Edition AGA, hg.v. Lothar Martin u. Dieter Straub: 1983

Spritz = Sprache im technischen Zeitalter, hg. v. Walter Höllerer u. Norbert Miller: 89/1984: Alltag, Technik, Medien

JB für junge Lyrik = Jahrbuch für junge Lyrik, hg. v. Ronald Glomb, Wolfgang Heyder u. a.: 1983, 1984

Hermannstraße 14 = Hermannstraße 14, Halbjahrsschrift für Literatur, hg. v. Helmut Heißenbüttel u. Bernd Jentzsch: 5/1980

Neue Rundschau = Neue Rundschau, hg. v. Golo Mann, Rudolf Hartung, Peter Härtling u. a.: Jg. 90/H. 2/1979

claassen JB der Lyrik = claassen Jahrbuch der Lyrik, hg. v. Christoph Buchwald u. Harald Hartung: 1/1979: Am Rand der Zeit

Jahrbuch für Lyrik = Jahrbuch für Lyrik, hg. v. Karl Otto Conrady: 1/1979

Neue Deutsche Hefte = Neue Deutsche Hefte, hg. v. Joachim Günther: 158/Jg. 25/H. 2/1978

Poesie = Poesie. Zeitschrift für Literatur, hg. v. Frank Geerk u. Tadeus Pfeifer: 3/1977, 4/1978

Hoffnung = Nichts und doch alles haben. Gedichte zum Thema Hoffnung, hg. v. Detlev Bock, Hamburg 1977.
Univers = Univers. Literarische Zeitschrift, hg. v. Kuno Betzler, Jochen Kelter u. Peter Salomon: 2/1974, 3/1975

Alphabetische Liste sämtlicher Gedichte mit Varianten

Der Gedichtteil folgt der umgekehrten Chronologie von den jüngsten zu den frühen Gedichten. In der Sortierung hat die Erstpublikation eines Gedichts Vorrang vor der Entstehung, so diese in einem Typoskript datiert ist. Die hier in der Liste zuerst genannte Publikation entspricht der zugrunde gelegten Fassung im Gedichtteil. Für die weiteren Publikationen werden die Varianten mit Angabe der Verszahl (|x) vermerkt. Als maßgebliche Fassung eines Gedichtes wurde die erste in einer eigenständigen Buchpublikation, ansonsten die Erstpublikation in einer Zeitschrift gewählt. Deswegen sind die späteren eigenständigen Buchpublikationen hier nicht vollständig abgebildet (bspw. *Chasse de Neige* 1994 oder *Poèmes Poëtra* 2015), da einige Gedichte schon in früheren vorlagen. Jedoch sind im Inhaltsverzeichnis die in RRMs Buchpublikation enthaltenen Gedichte vollständig gelistet. Unveröffentlichte Gedichte sind Typoskripten entnommen: für die neueren ab 2016 hat RRM sie den Herausgebern zur Verfügung gestellt. Die frühen Gedichte bis 1980, die nicht in Zeitschriften erschienen sind, liegen in (meist datierten) Typoskripten vor, die der langjährige Freund Muellers, Rainer Blum (Berlin), archiviert hat. Die Datumsangabe unter einigen dieser Gedichte ist diesen Typoskripten entnommen. Der einfache senkrechte Strich (|) steht in den Varianten für einen Zeilenumbruch, zwei stehen für einen Strophenwechsel. Einige Korrekturen an der Schreibweise von Eigennamen wurden stillschweigend vorgenommen.

… ach, Mörike geschriebes 2018 (S.7) ¶ Mütze 13/2016 (S.660): **|6**-harfe

Adolphe Lamaille - Selbstbildnis von 1849 Typoskript

»Alle, die da fallen …« Weltklang 2019 (S.54)

Alleinsein geschieht … Typoskript

Am Fuß der Treppe geschriebes 2018 (S.9)

Am Graben LiedDeutsch 1981 (S.14)

Am Nachmittag … Park 2/1977 (S.42) ¶ Typoskript

Am Nikolassee LiedDeutsch 1981 (S.59): **|19f.** ja, gehen | weiter ¶ Literarische Reihe ’83: **|22** fehlt ¶ Typoskript: **|22** fehlt ¶ Neue Rundschau 2/79 (S.235): **|22** fehlt

Amsel Typoskript

An der Havel mit Max Poèmes Poëtra 2015 (S.47) ¶ Rückzug ins Helle 1985 (S.23), hier als Typoskript-Faksimile
Angelus Typoskript
Arkonaplatz, Berlin, und anderswo gesejt geschriebes 2018 (S.13) ¶ Weltklang 2019 (S.52)
Arles Typoskript
Aschenstück Augen 1983 (S.9) ¶ Versuch über Augen 1984 (S.55): **|13** die Töter gehen ans Netz,
Assur Typoskript
Atemwege Typoskript
auch für Elis Typoskript
auf das Nähzeug meiner Mutter Typoskript
auf ein Wort Typoskript
Auferstehung LiedDeutsch 1981 (S.25) ¶ Poèmes Poëtra 2015 (S.22)
Aufgetragen Typoskript
Aus Cuzco zurück Typoskript – zwei Versionen: **|8** Hoch auf dem Blutberg **|10** Steinzeichen auf Götter
Aus Polenland. Aus ZdZ 9/1996 (S.111) ¶ Poèmes Poëtra 2015 (S.69–75, ohne »Bemerkung zu den Gedichten«): Motto **|1f.** »Die [...] Menschenfuß« | Heraklit **6. Chasse** **|11** Treiben **|12** Ketten: das | dazu abgebildet: René Leibowitz: Op.15, Explanation of Metaphors, Revised Edition 1980, S.3
Ausgrabung Typoskript
Babenhausener Elegie Poesie 4/1978 (S.19f.)
bartok, kleines stück für klavier oder tastalfabet Park 10/1980 (S.28)
bei Lothar Fischer im Atelier Poesie 4/1978 (S.19)
Beim Wein Eingießen LiedDeutsch 1981 (S.29) ¶ Literarische Reihe ’83: **|22** Toren in ¶ Hermannstraße 14, 3/5/1980 (S.96): **|22** Toren in
Beiseite gesprochen Typoskript
Belle Alliance Rückzug ins Helle 1985 (S.40): **|11** reck/was gibst du ¶ Poèmes Poëtra 2015 (S.49)
Benn, -bleu ; mit Licht, jetzt Mütze 24/2019 (S.1228) ¶ Weltklang 2019 (S.58): Titel **Benn, -bleu** Widmung fehlt, **|1** [: Lidschlag –] fehlt **|4** Schattenlos **|13f.** und dann : ist da **|16** mit Einzug **|17** ohne Einzug **|18** mit Einzug **|19–Ende** auch: der Glanz im Haar dessen, | der da gegen dieses | Licht im Westen geht : | für ein Weilchen – || »… la passante«, Monsieur Charles …
Bergfahrt Typoskript
Berlin, 22.5.84. Tegel Rückzug ins Helle 1985 (S.44) ¶ ZdZ 9/1996 (S.107) ¶ Poèmes Poëtra 2015 (S.50)
Berlin, am Zoo Rückzug ins Helle 1985 (S.34) ¶ Park 21-22/1984 (S.23)
Berlin, Berlin Chasse de Neige 1994 (S.7)

Berührung Univers 2/1974 (S.35) ¶ Typoskript
Besuch bei S.K. Typoskript
Bild LiedDeutsch 1981 (S.48)
Bildverwickelt geschriebes 2018 (S.15): |**9** die Namens- ¶ Jalta 2019 (S.52): |**8** rieseln |**13** stockte nicht kursiv
Bodenseeritt Augen 1983 (S.4) ¶ Literarische Reihe ’83 ¶ Versuch über Augen 1984 (S.47) ¶ Poèmes Poëtra 2015 (S.26): |**18** Riss
Bretonisches LiedDeutsch 1981 (S.35)
Brüderchen, dein Traum … Typoskript 2018
Canvas, (dunkles Bild) Rückzug ins Helle 1985 (S.30) ¶ Park 21-22/1984 (S.21)
Chasse Zwischen den Zeilen 1996 ¶ Chasse de Neige 1994 (S.13) ¶ Poèmes Poëtra 2015 (S.60): |**5** Brueghelstücke |**10** Treiben
Chorus LiedDeutsch 1981 (S.24) ¶ Hermannstraße 14, 3/5/1980 (S.94): |**2** das Trommel- |**4** liegt | quer |**6** Koreanisches | alles |**7** alles das |**8** hinter und unter dem Netz |**9** das nichts mehr hält |**11** das mit Welt |**19** nicht eingerückt |**21** Widerwehn, |**31** nicht eingerückt |**33** nicht eingerückt |**37** -kolut, -kolut
Cluny Typoskript
Col de Nideck fratres 1993 ¶ Poèmes Poëtra 2015 (S.82): |**1** dieser |**2** Riesplaumenbaum |**3** (am ersten |**6** Zitat, – geborgtes –, |**10** Col |**12** als ich sie aufhob | hiesig: vorbei … |**14** innig :
collection LiedDeutsch 1981 (S.30) ¶ Literarische Reihe ’83: Titel **collection, grande diffusion** |**2** Hundekötel keine Leerzeile danach |**4** cartes | Herz-Zehn |**7** keine Leerzeile danach |**20** Durchhaus | die |**21** Deutschland | da |**23** maidele |**30** keine Leerzeile danach ¶ Hermannstraße 14, 3/5/1980 (S.95): wie in Literarische Reihe ’83
da in der Rue d’Ulm Augen 1983 (S.30) ¶ Park 13/1981 (S.21) ¶ Poèmes Poëtra 2015 (S.32): |**12f.** geschält | – | es war |**24–Ende** Nacht, || : Paulownia : | connu de la Seine || er war : -braucht, & gedrang | zu Wasser, zu Kalt : | in Eisernes gehängt, | Garde …
Da ist es Park 24-25/1985 (S.12): gemeins. Titel mit **Mücken zu fressen …** und **Keinem Sohn**: **Drei Gedichte für keinen** ¶ ZdZ 9/1996 (S.105) ¶ Poèmes Poëtra 2015 (S.78): gemeins. Titel mit **Keinem Sohn**: **Zwei Miszellen**
–, damit Fleisch nach Fleisch riecht Kreuzungen 1986 (S.1)
dark matter, Auskoppelung Typoskript
das ist die Grenze… Typoskript
Das Individuum zulassen… Park 8/1979 (S.22)
Das nicht, … Park 2/1977: [Widmungsgedicht für Rainer Blum] ¶ Typoskript
… das Verlangen geschriebes 2018 (S.5)

Das / was ... Flugasche 1991
das Wort: Traktat,/ Sehen: Strichscharen 1986 ¶ Poèmes Poëtra 2015 (S.57)
dem Maler Duvanel Literarischer März 1979 (S.117): gemeins. Titel mit **für Tadeus Pfeifer** und **Tadeus, Frank und Rainer sitzen am Tisch**: **Drei Basler Gedichte** Poesie 4/1978 (S.18): **|2** hin, siehst es, mach **|3f.** Ton | tausche
Den Beiden in Bremen LiedDeutsch 1981 (S.43)
Der da, ... LiedDeutsch 1981 (S.49)
Der Mai ist 'kommen LiedDeutsch 1981 (S.8) ¶ Poèmes Poëtra 2015 (S.8): **|11** wir lebten das: **|12** [die quarter-Stunde] fehlt
Der Prophet aber Hoffnung 1977 (S.131) ¶ Typoskript: [ohne Titel]
Der Schönen von St. Denis LiedDeutsch 1981 (S.31) ¶ Poèmes Poëtra 2015 (S.16)
Die aufgefundenen Papiere eines Laurent Erstein Schreiknoten 1993
Die Bauern vergruben ... Park 2/1977 (S.46) ¶ Typoskript
die Dinge verändern sich ... Park 6/1978 (S.29) ¶ Typoskript: Titel: **erste Liebe**
Die ganze Winterreizung JB junge Lyrik 1984 (S.65) ¶ Spritz 89/1984 (S.39): **|2** drin. **|5** keine Leerzeile danach **|6** über **|7** keine Leerzeile danach
Die tiefen Töne LiedDeutsch 1981 (S.51)
diese Reden Typoskript
Diese Stadt LiedDeutsch 1981 (S.58): **|7** möchten
Dieser Stadt Augen 1983 (S.40)
Diptyque. Wintering out fratres 1993 ¶ Poèmes Poëtra 2015 (S.80): **1. Losigkeit**: **|4** I am **|5** »Verreck'«-parole **|8** I am **|9** »Türken raus« **|13** ganef **2. Still-life**: **|1** »... & auch **|2** Wort – **|3f.** wo es | hinausläuft! **|5** ... wie ein **|8** keiner ... **|12f.** ein Leuchtstreifen. Weg wohin | : laufen ¶ **Still-life** in Positionen 2020 (S.104): Titel **Still Life** **|1** »und auch gewiß sein müßte« **|2f.** Wort : | für **|12f.** : ein Leuchtstreifen, ein Licht- | streifen: weg wohin ... || laufen || Menschen, haufenweis ... | : Zuckerrübenladungen dazu abgebildet: René Leibowitz: Op. 15, Explanation of Metaphors, Revised Edition 1980, S.3
Doppelsamen geschriebes 2018 (S.19) ¶ Weltklang 2019 (S.57): **|3** Geviert nicht kursiv
Drei Stücke im Volkston Poèmes Poëtra 2015 (S.92)
Dreieichenhain, Pawel Pan LiedDeutsch 1981 (S.44) ¶ Augen 1983 (S.15): Titel: **Dreieichenhain, (pawel pan)** **|1** Theophrast: keine Leerzeile danach **|6** Hain/: südlicher **|12** aus: **|14** Buchstaben,/ Stäbe: ¶ Versuch über Augen 1984 (S.25): wie in Augen 1983

Dunkelstück Kreuzungen 1986 (S.17) ¶ Park 19-20/1983 (S.38) ¶ Spritz 89/1984 (S.41): |**2** zu … keine Leerzeile danach |**5** keine Leerzeile danach |**7** keine Leerzeile danach |**8** keine Leerzeile danach |**9** I as: keine Leerzeile danach |**10f.** gekommen, es | ganz:
ein Leicht [>November] JB junge Lyrik 1984 (S.63)
ein Vogel fliegt … Typoskript
eine Postkarte von Reiner Kunze Ensemble 9 1978 (S.184) ¶ Typoskript
Ellipse ZdZ 9/1996 (S.111)
Ende September Typoskript
Er LiedDeutsch 1981 (S.54)
Es hagelt LiedDeutsch 1981 (S.12): |**6** geht in ¶ Literarische Reihe '83 ¶ Hermannstraße 14, 3/5/1980 (S.97)
Esther Typoskript
Evelyn Typoskript
Fahnenwehen, bunt LiedDeutsch 1981 (S.57)
Fahren Augen 1983 (S.8) ¶ Poèmes Poëtra 2015 (S.35): |**1** will … :
Fänge Augen 1983 (S.28) ¶ Versuch über Augen 1984 (S.21): |**4** und Stein |**6** über den
Fasanenstrafe: Steine Typoskript
Fischglas Typoskript
Freiburger Lieb – Stückchen, 23.2.85 Kreuzungen 1986 (S.14) ¶ Poèmes Poëtra 2015 (S.53) ¶ Weltklang 2019 (S.55)
Freund Park 4/1977 (S.28)
Frostiger Morgen LiedDeutsch 1981 (S.68) ¶ Jahresring 79/80 (S.110): |**18** Baum,
Frühjahr Univers 2/1974 (S.35) ¶ Typoskript: Titel: **(Im Frühjahr)**
Für jetzt Hoffnung 1977 (S.131) ¶ Typoskript
Für Kuwilsky, Maler LiedDeutsch 1981 (S.47)
für Tadeus Pfeifer Literarischer März 1979 (S.117): gemeins. Titel mit **dem Maler Duvanel** und **Tadeus, Frank und Rainer sitzen am Tisch**: **Drei Basler Gedichte**
Für U. Deutsche Tagespost 8/10/1975 (S.10) ¶ Typoskript
für : wenn ich tot bin Mütze 24/2019 (S.1227)
ganz einfach Typoskript
Gedicht Typoskript
Gehäuse Augen 1983 (S.7) ¶ Poèmes Poëtra 2015 (S.34)
Gehst Du … LiedDeutsch 1981 (S.7) ¶ Literarischer März 1979 (S.119): Titel: April |**10** Schlag, geschrien |**22** ins Haumichblau
Gitarre Typoskript
Goldrand mit Schweigen Poèmes Poëtra 2015 (S.85): in der Gedichtgruppe mit dem Titel **Sybilleana, 2009–2013**
Gras drüber Typoskript

Grüße Augen 1983 (S.42) ¶ Literarischer März 1983 (S.114) ¶ Poèmes Poëtra 2015 (S.42)

gut gemischt Literarischer März 1979 (S.112): |4 Iland ¶ claassen JB der Lyrik 1/1979 (S.95): |2 ein Bekannter ein Freund |4 Iland |8 unter den gezinkten |8 danach keine Leerzeile, |9 den Zeichen |11 von denen | die es ganz ehrlich meinen | mit sich | und dich verraten | über Nacht keine Leerzeile danach

Haben: ein Fracht JB junge Lyrik 1984 (S.64)

Hagelbergerstraße/(Kienholz) Rückzug ins Helle 1985 (S.9) ¶ Poèmes Poëtra 2015 (S.44): |8 Maguelone

Hall in Schwaben Augen 1983 (S.39) ¶ Park 19-20/1983 (S.36) ¶ Literarischer März 1983 (S.113) ¶ Poèmes Poëtra 2015 (S.37): |8 haut

Halt in Griebnitzsee Augen 1983 (S.10) ¶ Versuch über Augen 1984 (S.17) ¶ Poesie 4/1978 (S.18): |1 nicht in Anführung |3 nicht um | keine Leerzeile |4 Wächter | im Schnee |7 leise | und zieht an ¶ Typoskript: |1 nicht in Anführung |4 Wächter | im Schnee |7 leise | und zieht an

Hamburg, Hbf. Augen 1983 (S.13)

Hans im Glück, Winters LiedDeutsch 1981 (S.63)

Harbouey, im Juni. Poèmes Poëtra 2015 (S.99)

Heidelberg, sobald – geschriebes 2018 (S.21)

Holunder, jäh … Poèmes Poëtra 2015 (S.100)

{… & Ich in NY} , Poussin geschriebes 2018 (S.31) ¶ Mütze 13/2016 (S.664): Titel **{… & Ich in NY}, Poussin : *arcadia*** |2 »riwwersidedrive« |26f. »da is […] mejdele« kursiv |27 Erinnerte |31 nieder-gekünstelte |34 kein Einzug |35 *Schlagregenwind*

ich komm aus dem Kalk Typoskript

Ich rede mir zu Typoskript

Ich wollte heim … JB junge Lyrik 1984 (S.66) ¶ ZdZ 9/1996 (S.108): über dem Gedicht: nach Mitternacht, am Sandwerder. Berlin |1f. ich wollte heim oder | z.B. nach Köln Ende: Zeitangabe fehlt

Im brandfleckigen März … Park 2/1977 (S.45) ¶ Typoskript

Im Hotel Stuttgarter Zeitung, 9.9.1978

Im Nacken LiedDeutsch 1981 (S.11)

Im Schloßpark von Tegel / Im Tegeler Schloßpark Typoskript

Immer schon … Typoskript

Immer wieder Typoskript

In der Früh Typoskript

In Tozeur Typoskript

Inneneinrichtung Typoskript

Ja, so bist du … Typoskript

Januar-Weiß Augen 1983 (S.31) ¶ Chasse de Neige 1994 (S.6): |2 trocken ein, |3 sagt: |4 ach, |5 Geschirr: |6f. rouque«, || die vom |10–Ende schön stehn || sie stehn am Wind || der Blanc sec läuft übers Knie, | ein geschabter Knochen || »Blanc de Blancs«, schluckweis | trocknet der Niederschlag | an langen Spiegeln ¶ Poèmes Poëtra 2015 (S.63): wie Chasse de Neige

Jemandem Augen 1983 (S.45) ¶ Versuch über Augen 1984 (S.5) ¶ Chasse de Neige 1994 (S.3) ¶ Poèmes Poëtra 2015 (S.61): |1 Schnee : | diese

Jenufa, im Juni Poèmes Poëtra 2015 (S.90): in der Gedichtgruppe mit dem Titel **Sybilleana, 2009–2013**

Jeweils Deutsche Tagespost 8/10/1975 (S.10) ¶ Typoskript: Versbeginn jeweils großgeschrieben

Jonas Typoskript

Keinem Sohn… Park 24-25/1985 (S.11): gemeins. Titel mit **Mücken zu fressen** und **Das ist es**: **Drei Gedichte für keinen** ¶ ZdZ 9/1996 (S.104) ¶ Poèmes Poëtra 2015 (S.77): gemeins. Titel mit **Das ist es**: **Zwei Miszellen**

Keiner da LiedDeutsch 1981 (S.36)

Keiner LiedDeutsch 1981 (S.38)

Knochenmusik / Echo's Bones Wiederholung 4 (2017): In der Erstpublikation ist die Notation des Particells abschließend abgebildet: Gustav Mahler: Particell 10. Sinfonie.

Kohlenkutscher vor Kind geschriebes 2018 (S.23) ¶ Mütze 13/2016 (S.662): Titel **Potsdam, Gutenbergstraße** Widmung … s.A., Handelsfrau **|1** Kohlenkutscher vor Kind, der | … schlug das Pferd **|8** Licht, vor … **|9** Bassinplatz, | bevor | Suppengrün-, **|13f.** Orte: wie sich | das drüberlegt **|15** & wieder **|18** *»lösch die Lupinen«* oder *»unverloren«* **|19** hier, im **|21** zu *»guernica«*, da

Kopfstein. opak Literaturbote 138/2020 (S.63), dort S.62 abgebildet mit Bildunterschrift: Majolika, 19. Jhd. Zur emblematischen Funktion des Schwans im Zusammenhang von Rainer René Muellers fünfsätziger Textsonate vgl. auch Hölderlin (»traurig nüchtern tauchen«), Baudelaires »Le Cygne«, Mallarmés »Le vierge, le vivace et le bel aujourd'hui«, Celans »Schwanengefahr«, Muellers »Sans, Souci«. (A. d. R.) Außerdem abgebildet, S.69, mit Bildunterschrift: Babyn Jar, Ukraine, 1941. Die im Archiv von Yad Vashem aufbewahrte Fotografie zeigt einen der Schauplätze des Massakers von Babyn Jar vom 29. und 30. September 1941, währenddessen unter der Verantwortung des Heeres der Wehrmacht mehr als 33.000 jüdische Männer, Frauen und Kinder ermordet wurden. Bei dem rechtsstehenden Schützen handelt es sich um den Stiefvater von Rainer René Mueller. (A. d. R.) ¶ Park 72/2020 (S.53): **I Schwan. Majolika**: **|10f.** nicht brennt, nicht verglast. Spielt | Heimat als Grund für den Schatten: **|15** kein Einzug. **V für nichts, für abernichts**: **|1** kein Einzug **|6** licht- nicht kursiv ¶ Mütze 24/2019 (S.1226) erschien bereits allein: **… für nichts, für abernichts**: ohne Widmung |1 ohne Einzug |6 »worin wir waren« nicht kursiv |6 licht – ¶ Jalta 2019 (S.48) erschien bereits: **für nichts, für abernichts** |1 ohne Einzug |12 romarin …,

Körper Strichscharen 1986

La Hutte, abends LiedDeutsch 1981 (S.27) ¶ Park 12/1981 (S.6): |6 Fundsache ¶ Poèmes Poëtra 2015 (S.14): |5 Aleph |29 Leerzeile danach

Landschaftskunde Park 2/1977 (S.43) ¶ Poesie 3/1977 (S.14) ¶ Typoskript: |3 Rücken des Fischs

Landwechsel Typoskript

Lange, lange,… Typoskript

Lasker-Variation geschriebes 2018 (S.25) ¶ Mütze 13/2016 (S.661): |7 Lasker-Topographie nach dem Vers Leerzeile |10 – Reim |16 bis Ende: … voranziehen (Volk), | : – *Volk* – : | diese Weibs-Stimme im Aufzug: | (*maultrommelähnlich*) || »sind Sie Jude? | gibt's | die noch? / bei uns | em Ort | gibt's koine me …« | Jalta 2019: |2 *Arsis und Thesis* |5 *»Mostvergorenheit«* - Klagegestein, |7 Lasker-Topographie |10 Reim, Rain…

Laß … Typoskript

Lauschgold, letzter Septembertag geschriebes 2018 (S.27)

Leichtes Lied LiedDeutsch 1981 (S.16) ¶ Jahresring 79/80 (S.110): |3 Sand, |4 keine Leerzeile danach, |6f. das | ein |13 keine Leerzeile danach |16–19 ohne Klammern

… leila tov, contre coeur geschriebes 2018 (S.17) ¶ Jalta 2019: Motto: *Nachtlied : Nachtlid* |2 … dann : |8f. *Lippenlide, aus* | *Augenlide :* |17 beides: |20 – *aus ;*

Les Adieux ZdZ 9/1996 (S.110)

LiedDeutsch LiedDeutsch 1981 (S.15) ¶ Hermannstraße 14, 3/5/1980 (S.93): |2 das Herbe inmitten |11 gehn | gehnund spielen ¶ Poèmes Poëtra 2015 (S.12): |14 fehlt, |20 : sie lassen

Lieden Kreuzungen 1986 (S.9) ¶ Poèmes Poëtra 2015 (S.55)

Liegen Augen 1983 (S.22) ¶ Literarische Reihe '83 (S.66): hier 6. Gedicht im Zyklus **Februar-Gedichte für Ruth** |1 ich leg mich ans Glas. Oh |3 schon Nolde-Grün | und dieses Wasser: | Gelb |6 dich. Du |10 Ich leg mich ans Glas | sieh zu ¶ Literarischer März 1983 (S.120): hier 6. Gedicht im Zyklus **Sechs Februar-Gedichte für Ruth** ¶ JB für junge Lyrik 1983 (S.66): wie Literarische Reihe ¶ Chasse de Neige 1994 (S.10)

Liguster Typoskript

Lirum, Larum LiedDeutsch 1981 (S.10) ¶ Poèmes Poëtra 2015 (S.10): |2 Zeile für Zeile |5 [den Hunger in Deutschland,] fehlt |11 Vogel, -Sängers |21 -belei, -lei |22 larum, larum : ¶ Weltklang 2019 (S.51): wie in Poèmes Poëtra

L'oasis de Gabès Typoskript
Lormen, mit Primzahl geschriebes 2018 (S.29) ¶ Mütze 13/2016 (S.663): |16 Scharbocks-Kraut | *Gelb* dann Leerzeile |20 zahlwahr
Madame in Saarbrücken Augen 1983 (S.32) ¶ Literarische Reihe '83: |1 ist, |3 -brücken | nach Saarbrücken |5 chez »Madame« |9 (Intensivstation |10 besoffen) |12 Morgen dann |13f. wieder Sterne, | im Michelin, deutsch |16 einander, ah |19 Gedicht unten ¶ Literarischer März 1983 (S.121): |1 finden tu: |3 -brücken
Mahnung Typoskript
Mai Rückzug ins Helle 1985 (S.12) ¶ Poèmes Poëtra 2015 (S.45)
... man nennt es Glück Poèmes Poëtra 2015 (S.87): in der Gedichtgruppe mit dem Titel **Sybilleana, 2009–2013** ¶ Weltklang 2019 (S.59)
Mann neben dem Baum Rückzug ins Helle 1985 (S.16)
Mannheimer Ufer, abends im Februar LiedDeutsch 1981 (S.42)
Märzlich LiedDeutsch 1981 (S.17)
meinem Bruder Jakob Typoskript
Meinem nicht geborenen Kind LiedDeutsch 1981 (S.53) ¶ Poèmes Poëtra 2015 (S.21)
Melencolia drei, Ducasse ZdZ 9/1996 (S.109)
mir ist das heuer immer verdorben ... Park 10/1980 (S.27)
Mir zum Geburtstag Typoskript
Mirabell, Vogesenbuckel Augen 1983 (S.3) ¶ Literarische Reihe '83 |3 zu Grunde |5 Netz zu ¶ Literarischer März 1983 (S.123)
... mit Ichton Poèmes Poëtra 2015 (S.96)
Mittelschiff Typoskript: (hs. unterm Titel:) μεταξύ
Mittelwort der Gegenwart Typoskript
Moggendorf LiedDeutsch 1981 (S.13)
Monogrammiert Spritz 89/1984 (S.41)
Morgengrauen LiedDeutsch 1981 (S.60) ¶ Literarischer März 1979 (S.114): |5 reißt eine Saufeder | den Himmel auf | Literarische Reihe '83: |5 reißt eine Saufeder | den Himmel auf
Mount Scopus Jalta 2019 (S.53)
Münchner Freiheit, Im April Flugasche 1991
Munch-Stück Augen 1983 (S.25) ¶ Park 14-15/1982 (S.18): |2 Hirnen, eins- |4 »liegen in der Mitten« |6ff. draufschreiben, oh | Staunen: || einer |10 emblem-, ¶ Literarischer März 1983 (S.112): ohne Motto ¶ Poèmes Poëtra 2015 (S.36)
Mücken zu fressen ... Park 24-25/1985 (S.10): gemeins. Titel mit **Keinem Sohn** und **Das ist es**: **Drei Gedichte für keinen** ¶ ZdZ 9/1996 (S.106)
Musik Typoskript

Nach Basel, im September LiedDeutsch 1981 (S.56) ¶ Poesie 4/1978 (S.17): |14 danach: wir schlagen gern nieder |19 grossem Auge ¶ Literarischer März 1979 (S.116)
Nachsätze JB junge Lyrik 1984 (S.102-104)
Nachtgespräch, telefonisch LiedDeutsch 1981 (S.45)
Nachts, hier LiedDeutsch 1981 (S.61) ¶ Literarischer März 1979 (S.115) ¶ claassen JB der Lyrik 1/1979 (S.99): |13 fein gefeilt ¶ Literarische Reihe '83
Naturalien Typoskript
Nebeltage Typoskript
Nicht veranschlagt Typoskript
Niederung Typoskript
… noch ist ein Grund Typoskript
noname LiedDeutsch 1981 (S.66) ¶ Hermannstraße 14, 3/5/1980 (S.98): |6f. innwändiges | Leder, dagegen gesungen |9 keine Leerzeile danach |13 mortual, Wäsche wird leichter ein Fetzen keine Leerzeile dazwischen |17 Amen, unserkeiner in die Hände gefallen keine Leerzeile dazwischen
November, November Augen 1983 (S.41)
Nur der Anfang Typoskript
… oder so was Poèmes Poëtra 2015 (S.98)
Oktober Augen 1983 (S.37) ¶ Versuch über Augen 1984 (S.41): |5 und |10 kein Zeilenstrich ¶ Poèmes Poëtra 2015 (S.38)
Ölbäume, dahinter das Meer LiedDeutsch 1981 (S.34)
Orpheus Typoskript
Paris ist schwer Poèmes Poëtra 2015 (S.84): in der Gedichtgruppe mit dem Titel **Sybilleana, 2009–2013**
Pasquill, bitter … geschriebes 2018 (S.33) ¶ Mütze 13/2016 (S.665): |2 quartier |3 Tipp-Kick
Pastiche geschriebes 2018 (S.53)
Pavese LiedDeutsch 1981 (S.46) ¶ Park 12/1981 (S.8): |1 danach zwei Leerzeilen
Pfaueninsel Neue Deutsche Hefte 2/1978 (S.299): |14 Loretto ¶ Typoskript: Titel: Herbstübung, darunter: zur Erinnerung an einen Spaziergang in Berlin mit R. B. am Wasser entlang |14 Loretto |30 ist hörbar
Pfeifen LiedDeutsch 1981 (S.65) ¶ Park 12/1981 (S.7): Titel: **Und pfeifen** |12 Leerzeile davor
Platanen Typoskript
Potsdam Augen 1983 (S.13) ¶ Univers 3/1975 (S.16): Verse beginnen mit Großbuchstaben: |1 Kiefern, |3 Mühle: Leerzeile danach |5 Plätze. danach keine Leerzeile |6 Name. |9 Teehaus. |10 ruhen. danach keine Leerzeile ¶ Ensemble 9/1978 (s.184) ¶ Typoskript
Proprium geschriebes 2018 (S.11)

Potsdamer Abkommen Neue Deutsche Hefte 2/1978 (S.298) ¶ Typoskript

Ramazzotti Augen 1983 (S.38) ¶ Versuch über Augen 1984 (S.55): |1 wir saßen am Wind

Rißvernähung : Oxygène geschriebes 2018 (S.35) ¶ Mütze 14/2016 (S.678)

Robert Walser Typoskript

Rückfahrt, 30.11.78 LiedDeutsch 1981 (S.62) ¶ Jahrbuch für Lyrik 1/1979 (S.140) ¶ Literarische Reihe '83

Rue de Verdun, Strasbourg Poèmes Poëtra 2015 (S.89): in der Gedichtgruppe mit dem Titel **Sybilleana, 2009–2013**

Sacre coeur LiedDeutsch 1981 (S.37) ¶ Poèmes Poëtra 2015 (S.18): |4 »nun zu uns beiden«

Sans, Souci / Schwan und Virgule geschriebes 2018 (S.39)

Satz Typoskript

-scarpe Literarischer März 1983 (S.115) ¶ Literarische Reihe '83: Titel **Scarpe** hier erstes Gedicht im Zyklus **Februar-Gedichte für Ruth** |1 zurück, DU – |2 doch klein |7 hast du mir | deinen Namen geändert |8 RUTH |10 Anne-Maren |11 dich: |11f. Namen | zurück: | wir |13–Ende stoßen || »hands over suspects« | gehn wir also: ich-sagen, | es heißt uns | ich-sagen || gegen, … contre, oder so ¶ JB für junge Lyrik 1983 (S.63): wie Literarische Reihe '83

Schatten zu Mütze 24/2019 (S.1225)

Schellenbaum LiedDeutsch 1981 (S.55)

Schildbürger Typoskript

Schlaflied Literarischer März 1979 (S.120)

Schneeschaun geschriebes 2018 (S.51)

Schnee über Strichscharen 1986 ¶ Chasse de Neige 1994 (S.13) ¶ Poèmes Poëtra 2015 (S.66)

… Schöntrauer, winters geschriebes 2018 (S.49)

Sehen Augen 1983 (S.18) ¶ Literarische Reihe 83: hier 3. Gedicht im Zyklus **Februar-Gedichte für Ruth**. |6 Schönes |7 äugen, ¶ Literarischer März 1983 (S.117): 3. Gedicht im Zyklus **Sechs Februar-Gedichte für Ruth** ¶ JB für junge Lyrik 1983 (S.65): wie in Literarische Reihe 83 ¶ Poèmes Poëtra 2015 (S.40)

Sehen: um Augen 1983 (S.44) ¶ Chasse de Neige 1994 (S.15): Titel: **Sehen. / um** |4f. leb' ich | dann / gone |6–Ende ein Blick gewesen, da & da | ein Rindenstück, schön ein- | geschnitten, sehr || verwachsen / || hinter welchen Augen ¶ Poèmes Poëtra 2015 (S.67): wie Chasse de Neige

Seit Chasse de Neige 1994 (S.5) ¶ Spritz 89/1984 (S.38) ¶ Poèmes Poëtra 2015 (S.62): wie Chasse de Neige

Selbst. In dorischer Tonart Typoskript

Septemberlich- JB junge Lyrik 1984 (S.64) ¶ Spritz 89/1984 (S.37): |**1** Septemberlich- |**2** abends aus | Rot. Keiner danach keine Leerzeile |**4** Untergang / Was |**6** keine Leerzeile danach |**7** -viech: |**9** keine Leerzeile danach |**11** -licht: keine Leerzeile danach |**12** -geblich:

Sète, cimetière LiedDeutsch 1981 (S.33) ¶ Neue Rundschau 2/79 (S.234) ¶ Typoskript: [hs:] 10-77, Titel: **Sète, cimetière marin** |**14** und den Pinien

Sirius Park 2/1977 (S.44) ¶ Typoskript: jeder Vers beginnt mit Großbuchstaben

... sieben Tage weiter Augen 1983 (S.16)

So 1./2. Augen 1983 (S.20f.) ¶ Literarische Reihe '83: hier 3. und 4. Gedicht im Zyklus **Februar-Gedichte für Ruth**. zu **1.**: |**1** entlockt, dieses |**2** Wasser-carrés, |**3** nördlich und tief |**4** entlockt diese Kiefer, |**5** Himmel, |**7** entlockt, Pfähle, |**10** Uns |**11ff.** unter Dach | und Fach. Morgen | werde ich reisen. || Februartief, von Nord nach Süd | ins Eis aus Worten um Kassel | werd' ich | deine Finger suchen im Mond || Ruth, nachts, zwischen den Zügen zu **2.**: |**2** uns, |**6f.** ja Narben, | ist mir |**8** außen innen || gebranntes |**11** den Damm, | es ist |**13** geborgt. || Bieg dich ¶ Literarischer März 1983 (S.118f.): hier 3. und 4. Gedicht im Zyklus **Sechs Februar-Gedichte für Ruth** ¶ JB für junge Lyrik 1983 (S.64f.): wie Literarische Reihe ¶ Chasse de Neige 1994 (S.8f.) ¶ Poèmes Poëtra 2015 (S.64)

So bliebe dann: ...

So: Spanisches Chasse de Neige 1994 (S.12)

Spanisches Augen 1983 (S.27) ¶ Versuch über Augen 1984 (S.35)

Spaziergang Typoskript

Sprachgrenze LiedDeutsch 1981 (S.19)

Standpunkt Typoskript

Stephanus Kreuzungen 1986 (S.6)

Steinen Augen 1983 (S.6) ¶ Poèmes Poëtra 2015 (S.29): |**11** »sagen |**14** wollen ...«

Sternzeichen Typoskript

Stimmen, Stimmen, ... Poesie 3/1977 (S.13) ¶ Typoskript: |**15** für Tage

Strasbourg, Le Diable Bleu LiedDeutsch 1981 (S.28) ¶ Park 12/1981 (S.8) ¶ Literarische Reihe '83 ¶ Augen 1983: |**1** Seelen/Platanen, geschält |**2** »so stehen im März« |**6** gastlich: |**8** modert der März |**9** hängt im gelben Licht |**18** drüben

Strichscharen, I. mäßig bewegt, II. winterlich: folie à deux: heftig, III. leicht, vom Körper her Strichscharen 1986

Strophen LiedDeutsch 1981 (S.50) ¶ Poèmes Poëtra 2015 (S.24): |**3** Haselnuss |**5** Sand,

Stück für Walser LiedDeutsch 1981 (S.41)
Stuttgart, nachts Augen 1983 (S.14) ¶ Versuch über Augen 1984 (S.13)
Tadeus, Frank und Rainer sitzen am Tisch Literarischer März 1979 (S.118): gemeins. Titel mit **dem Maler Duvanel** und **für Tadeus Pfeifer**: **Drei Basler Gedichte**
Tagbeschwörung Typoskript
Taglilie Typoskript
Tanguy Augen 1983 (S.26)
Tanz Typoskript
Tegeler See Typoskript
Thymian Typoskript
Tönen Augen 1983 (S.43) ¶ Literarische Reihe '83: ohne Titel ¶ Literarischer März 1983 (S.114): Titel: **Pfeifen** |**2** :lauschen/ |**7** gericht/ |**8** retten: |**10** Mandrill-Pfiffe. || Darum | Versuch über Augen 1984 (S.61): |**2** lauschen ¶ Poèmes Poëtra 2015 (S.41): |**5** »sie giengen schön«
Tonwahl: Hallraum o.J. geschriebes 2018 (S.37) |**14** jetzt ¶ Mütze 13/2016 (S.666)
Tourterelle / Tauberle Kreuzungen 1986 (S.8) ¶ Poèmes Poëtra 2015 (S.56)
Treffer LiedDeutsch 1981 (S.18)
Treppen Augen 1983 (S.34) ¶ Versuch über Augen 1984 (S.65)
Tropus, Ostern geschriebes 2018 (S.41) ¶ Mütze 13/2016 (S.667): |**1** kursiv |**6** Schächt/ |**15f.** kursiv
Über dem Gras … geschriebes 2018 (S.43)
Uhrengedicht Typoskript
Und R Augen 1983 (S.19) ¶ Literarische Reihe '83: zweites Gedicht im Zyklus **Februar-Gedichte für Ruth** |**1** -hude. Fischer – |**3** keine Leerzeile danach |**4** genug für |**6f.** Haushude. || Müde, |**9** psst. da: |**11** ich und du |**12** :riechen. kriechen-schön |**15** Fischerhude: nichts ¶ Literarischer März 1983 (S.116): zweites Gedicht im Zyklus **Sechs Februar-Gedichte für Ruth** ¶ JB für junge Lyrik 1983 (S.64): wie Literarische Reihe ¶ Poèmes Poëtra 2015 (S.39)
vaincu Park 7/1978 (S.36) ¶ Typoskript
Vaterland, kornblumenblau Augen 1983 (S.29): |**8** creusé ¶ Park 13/1981 (S.20): |**5** sie staken, und hüten, hecheln |**8** creusé |**18–20** sprach sich die Hand aus | und schlug [mit Einzug] || daran stottern wir | mal sind |**24** ich nicht ¶ Poèmes Poëtra 2015 (S.30): |**7f.** orient, | creuser: |**10f.** Lust- / | Garten | die Stimme |**15** sie »zu Paaren getrieben«
vergessener Name Typoskript
Verleihung, dominikanisch geschriebes 2018 (S.45)
Vertikal, noch geschriebes 2018 (S.47)

vier kleine Zettel, hintereinander LiedDeutsch 1981 (S.67) ¶ Typoskript: [über Titel:] 20. September 78 **|3** wie auch eine **|4f.** und ein bißchen Furcht | zwischen zwei Blicken | Wendehals, glücklicher Vogel **|7ff.** und uns bleibt ein | bißchen Welt unter der | Schädeldecke | **|10ff.** das Bittere wird nahezu | geschmacklos | in unserer Zeit || und nicht einmal das | ist neu | nur sie reibt sich gern | an uns die alte Vettel | hätte man auch sagen können | so entsteht das in uns **|14ff.** und wir nennen's | dann ein Gedicht | und es bricht dir **|19** hängt verrostet an der Wand ¶ Jahrbuch für Lyrik 1/1979 (S.141): [über Titel:] 20. September 78 **|19** hängt verrostet an der Wand
Vogel-Sequenza Augen 1983 (S.5) ¶ Poèmes Poëtra 2015 (S.27)
Vokalisch claassen JB der Lyrik 1/1979 (S.70)
Vom Gehör Rückzug ins Helle 1985 (S.20) ¶ Poèmes Poëtra 2015 (S.46)
Vom Gezweifelten … Typoskript
Vom Hermetischen Park 4/1977 (S.27)
Vom O Park 19-20/1983 (S.37)
von meiner Arbeit Typoskript
Vorhof Typoskript
Was macht Kast oder: Prager Urteile Kreuzungen 1986 (S.3)
Wege, Wege LiedDeutsch 1981 (S.26) ¶ Poèmes Poëtra 2015 (S.13): **|17–20** fehlt
Weigerung Typoskript
Welch ein Gehäuse Park 14-15/1982 (S.19) [ähnlich: **Gehäuse** Augen 1983 (S.7)]
Wenn, … Univers 2/1974 (S.35) ¶ Typoskript
Wie ein Taubenherz, … Deutsche Tagespost 8/10/1975 (S.10) ¶ Typoskript
Windbrüche Typoskript
wir wollen zu Land ausfahren LiedDeutsch 1981 (S.22) ¶ Literarischer März 1979 (S.113) ¶ RNZ 6.,7. März 1982
Wird Schnee sein: bei Gelegenheit JB junge Lyrik 1984 (S.66) ¶ Spritz 89/1984 (S.40): **|1f.** nicht abgesetzt **|4** sagen, ein **|8** keine Leerzeile danach **|11** Eichen zu / keine Leerzeile danach **|12–14** / derer, denen, von dannen / : ein Kleines mitten | im Winter zu sagen: nie oder Wasser / ein Schießen | von weit / wie / hinter'm Stein und Kiefern. Das | legt sich bei Gelegenheit werden. Nie: keine Leerzeile danach **|19f.** so / | es wird was
Zugute zu halten Typoskript
Zur Nacht LiedDeutsch 1981 (S.52) ¶ Poèmes Poëtra 2015 (S.23)
Zürich LiedDeutsch 1981 (S.39)
Zurückgekehrt Kreuzungen 1986 (S.7)
Zu Schlaf Strichscharen 1986

Zusehen Rückzug ins Helle 1985 (S.26) ¶ Park 21-22/1984 (S.20) ¶ Poèmes Poëtra 2015 (S.48)

Zwei Junistücke für Koeppen LiedDeutsch 1981 (S.20f.) ¶ Poèmes Poëtra 2015 (S.19)

Zwischenruf LiedDeutsch 1981 (S.23) ¶ Literarischer März 1979 (S.111)

Zwischenzeiten Kreuzungen 1986 (S.16) ¶ Poèmes Poëtra 2015 (S.52) ¶ Weltklang 2019 (S.56) ¶ Jalta 2019 (S.49): **|2** gehen **|7f.** *dieser* Herbst. | … das **|10** dort, **|12** dieses Ganze : **|13** erbarmt …« **|15f.** zwischen feuchten Ziegeln. | … dieser

Bewohnbare Worte, unruhig.
Zum Werk Rainer René Muellers

Chiara Caradonna

Anfang der achtziger Jahre galt Rainer René Mueller, der 1949 in Würzburg in einer aus Mähren stammenden Familie geboren wurde, als neue aufkommende Stimme in der deutschsprachigen Lyrik. Seine Gedichte, die das Erbe von Rose Ausländer, Paul Celan, Ernst Meister und Ernst Jandl mit Einflüssen aus der französischen und englischen poetischen Tradition verbinden, erschienen ab Ende der siebziger Jahre in zahlreichen Zeitungen, Sammelbänden und Zeitschriften. In seinem ersten Gedichtband *LiedDeutsch* (1981) stellte er sich, wie der Titel bereits verrät, grundsätzliche Fragen nach dem Status des Lyrischen in der Gegenwart und in der deutschen Sprache. Er verhandelte sie in seinen Gedichten vor dem Hintergrund der körperlichen und sprachlichen Gewalt, die er im Großen und Kleinen, im Familiären wie in der Geschichte erfuhr und beobachtete, vor allem aber im Bewusstsein des »Wundenmals in der Luft«,[1] das die Shoah in Celans Worten aus dem Gedicht *Stehen* ist.

Die in *LiedDeutsch* klar und entschlossen angesprochenen Fragen nach dem problematischen Verhältnis von Kunst- und Volkslied, Gedicht und Gesang, Gesang und Schrift, Gedicht und Musik sollten für sein Werk insgesamt von zentraler Bedeutung bleiben. Der starke Bezug zur deutschsprachigen Liedtradition steht für Mueller nicht zuletzt in einem biographischen Zusammenhang, da er, in einem evangelischen Umfeld aufgewachsen, als junger Mann nach einer anderen sozialen und religiösen Zugehörigkeit suchte. Nach einer Annäherung an den Katholizismus während der Schulzeit und des Studiums – zahlreiche Gedichte zeugen von einer genauen Kenntnis der katholischen Liturgie – fand er erst nach und

1 Paul Celan, *Die Gedichte*, hg. von Barbara Wiedemann (Berlin 2018), 182

nach den Weg zu einem Judentum, zu dem er sich heute offen bekennt. Für diesen Schritt war die Enthüllung der eigenen jüdischen Identität von Seiten der Großmutter mütterlicherseits entscheidend, die sie, nach Muellers Bericht, den Autoritäten sowie der Tochter verheimlicht hatte, um sich angesichts des grassierenden Antisemitismus Verfolgungen zu entziehen.[2]

1983 gewann Mueller den Leonce-und-Lena-Förderpreis, 1984 war er Stipendiat am Literarischen Colloquium Berlin. Nach den Bänden *Kreuzungen/Sturzfigur* und *Strichscharen* (1986) zog er sich zunächst aus dem Betrieb zurück, erst 1993 und 1994 erschienen jeweils *fratres, Schreiknoten* und *Chasse de Neige/Schneejagd*. Mueller wandte sich in dieser Zeit dafür verstärkt der Kunst zu und war ab 1982/83 als Kurator für Gegenwartskunst in Schwäbisch Hall, später in Heidenheim tätig.

Die Widmung an den langjährigen Freund Rainer Blum in einem Exemplar der Zeitschrift *Park* von 1985, in der *Drei Gedichte für keinen* (S. 267) abgedruckt wurden, lässt ahnen, aus welchem Geiste heraus der Rücktritt aus der literarischen Szene stattfand: »ich habe zwei Jahre lang | geschrieen. Nun schreibe | ich für keinen mehr; wozu | weiß ich nicht. Ich muß | mich wenigstens für das | Echo aufrechthalten, damit | es nichts zum Aufprall | hat.« Nach der Veröffentlichung einiger weniger Texte in der Zeitschrift *Zwischen den Zeilen* (1996, S. 267) wurde es dann still um ihn, bis 2015 der Dichter Dieter M. Gräf und der Verleger Urs Engeler die Publikation eines Sammelbandes mit bereits veröffentlichten sowie bis dahin noch unveröffentlichten Gedichten Muellers unter dem Titel *poèmes – poëtra* veranlassten. Es geschah ein literaturgeschichtlich eher seltenes Ereignis: Ein vergessener Autor wurde noch zu Lebzeiten wiederentdeckt und gewann in kürzester Zeit viel Aufmerksamkeit sowie neue begeisterte Leser und Zuhörer. Seit 2015 hat Mueller seine Gedichte an zahlreichen Orten in Deutschland, Frankreich und Israel gelesen. Parallel dazu begann für ihn eine Zeit hoher Produktivität, die 2018 in die Veröffentlichung des Bandes *geschriebes. selbst mit stein* mündete.

2 Die Frage der (unerwünschten) Taufe wird im Gedicht *Auferstehung* (S. 217) ausdrücklich thematisiert.

Es ist jetzt, da Rainer René Muellers bislang weit verstreute und zum Teil noch unveröffentlichte Gedichte aus fünf Jahrzehnten erstmalig in einem Band versammelt sind, möglich, sich an einer »Gedichtmorphologie« seines Gesamtwerks zu versuchen. Das Wort »Gedichtmorphologie« selbst ist eine Erfindung Muellers und steht am Ende des Gedichts *... ach, Mörike*, das im zuletzt erschienenen Band *geschriebes. selbst mit stein* von 2018 enthalten ist. Die Neubildung ist ein Augenzwinkern in Richtung von Goethes morphologischen Schriften, doch während es Goethe möglich erschien, die Methode einer wissenschaftlichen Betrachtung der Natur auf die Erforschung von Kunstwerken zu übertragen,[3] kehrt Mueller dieses Verhältnis um und schlägt in *... ach, Mörike* vor, »Paeonien« bzw. Pfingstrosen aus dem Blickwinkel der Poesie ins Auge zu fassen (»Auch | bei Paeonien : | Gedichtmorphologie«, S. 40).

Das bedeutet zunächst vor allem zweierlei. Zum einen, dass aus dieser Position heraus die Betrachtung dessen, was wir Natur nennen, immer schon sprachlich, genauer noch literarisch geprägt und gefiltert ist. Muellers Gedichte machen diese Prägung sichtbar, damit wir uns ihr, der ›Natur‹, neu und anders hinwenden können. Gewiss ist dann eine Paeonie Anlass zu einer Gedichtmorphologie, weil ihre schlichte Anwesenheit bereits eine Reihe von literarischen Bezügen hervorrufen kann – in diesem Fall vor allem den im Titel genannten Eduard Mörike –, zumindest wenn man, wie Mueller es zeitlebens getan hat, sich auf sprachlich bewusste Weise durch die Welt bewegt.

In *Schreiknoten* (1993) hält Muellers Alter Ego Laurent Erstein eine entsprechende Überlappung von unmittelbarer Wahrnehmung und literarischem Echo fest: »Kies und das rhythmische Fallen einer Fontaine. Das ist ein Zitat« (S. 115). Es bleibt unklar, was genau hier »ein Zitat« ist, ob das Fallen des Wassers im Brunnen an sich als beobachteter Vorgang, der niedergeschriebene Satz oder aber das Festhalten des Wahrnehmungsakts gemeint ist. Für die zweite Möglichkeit konnte ich keinen passenden Beleg finden. Das Ausbleiben einer Präzisierung legt jedoch nahe, dass man keine der drei Möglichkeiten ausschließen muss, weil der Akzent ohnehin darauf liegt,

3 Vgl. Bernd Witte, Peter Schmidt, Gernot Böhme (Hg.), *Prosaschriften. Goethe Handbuch*, Bd. 3 (Weimar 1997), 701.

dass Erlebtes und Gehörtes oder Gelesenes als Zitat ineinander übergehen. Jede Erfahrung weist somit stets auf ein Anderes zurück und nimmt es mit auf.

Zum anderen geht mit der Rede der auf eine Blume angewandten Gedichtmorphologie einher, dass die Grenze, die die sogenannte Natur von der sogenannten Kultur trennt,[4] durchlässiger ist, als wir gewöhnt sind zu denken, weil das Verständnis der förmlichen Gesetzmäßigkeiten eines Gedichts zum Verständnis der förmlichen Gesetzmäßigkeiten einer Rose, oder eines Hähers (auf den ich gleich zurückkommen werde), führen kann, und zwar nach Kategorien, die die naturwissenschaftlichen einbeziehen und zugleich über sie hinausgehen. Die Überlegung, die Aufhebung der Trennung von Mensch, Pflanze und Stein sprachlich – kraft dessen, was den Menschen ausmacht: die Sprache – und daher gedanklich zu vollziehen, artikulierte Mueller bereits 1977 im Gedicht *Naturalien* (S. 330):

zu sagen
ich bin eine Rose
[...]
so komme ich vor
auch in den Sätzen
morgen und übermorgen
werde ich mir selbst
zum Kalkstein
[...]
oder auch trittfester
Meeresboden
oder ein Tropfstein

Später, im 1993 veröffentlichten Gedicht *Col de Nideck* (S. 109), führt Mueller die Übernahme einer Vogelstimme mit der soeben angesprochenen Frage des Zitierens zusammen:

... der Häher im Garten
auf dem Riespflaumenbaum

4 Ich beziehe mich hier auf die Arbeiten des französischen Anthropologen Philippe Descola, insbesondere auf das Buch *Jenseits von Natur und Kultur*, üb. von Eva Moldenhauer (Berlin 2011).

(den ersten Januar)
: ein geborgtes Kreischen

aber
wie ein Zitat, geborgtes, bedeutet's
:»dass ich weiter geatmet habe«

Einmal mehr bleibt unbestimmt, wer was von wem borgt oder zitiert – ob der Häher von einem anderen Häher oder der Dichter vom Häher, der somit seinen Geburtstag, der auf den »ersten Januar« fällt, und das neue (Lebens-)Jahr mit einer Verwandlung feiert, oder, drittens, der Dichter von einem anderen Dichter – Günter Eich –, der 1955 in seinem Gedicht *Tage mit Hähern* vom Häher geschrieben hatte: »[i]n die Morgendämmerung kollern | die Eicheln seiner Schreie.«[5] Wie in *Schreiknoten* ist die in der zweiten Gedichthälfte von *Col de Nideck* beschriebene Geste des Aufhebens einer Häherfeder eine wahrscheinlich wirklich stattgefundene Begebenheit, sie lässt sich aber auch als Fortsetzung von Eichs Gedicht verstehen, das mit den Versen endet: »Ungesehen liegt in der Finsternis | die Feder vor meinem Schuh.« Mueller hebt, so gesehen, die Feder auf, die Eich in der Finsternis vielleicht nicht gesehen und deshalb liegen gelassen hatte (vielleicht: denn das Wissen um ihre Anwesenheit setzt ja eine Wahrnehmung ihrer Vorhandenheit voraus).

Der Zugang zu den frühen, bislang unveröffentlichten Gedichten ermöglicht es nun, diese Geste Muellers auch als erinnerndes Selbstzitat zu lesen, da sie im frühen, programmatischen Text *Ich rede mir zu* von 1977 mit explizitem Verweis auf Eich bereits Erwähnung findet: »ich hatte doch | den Habichtsflügel gefunden | und in den Wind geworfen | Tage mit Hähern verbracht.« (S. 337) Die Auseinandersetzung mit der jüngsten literarischen Tradition – hier ist auch ein Verweis auf Christoph Meckels Gedicht *Andere Erde* eingebaut – steht noch verstärkt im Mittelpunkt. Sie ist die Voraussetzung dafür, dass am Ende des Gedichts das Ich einen Platz darin für sich in Anspruch nimmt, indem es entschlossen behauptet: »Ich mische mich ein«.

5 Günter Eich, *Sämtliche Gedichte*, hg. von Jörg Drews (Frankfurt a. M. 2006), 128.

Die letzte Strophe von *Col de Nideck* vollzieht hingegen eine letzte Wendung vom Literarischen zurück ins Animalische. Mueller kehrt die Verhältnisse noch einmal um und legt mit einem Vergleich nahe, dass die Geste, die Feder aufzuheben, zunächst eine Gepflogenheit des Vogels ist (zum Beispiel zum Bauen eines Nests). »[D]as Ge- | wesene, -fieder«, also das Gefieder als Gewesenes und das Gewesene als Gefieder aufzuheben, aufzulesen, ist gleichsam vom Vogel abgeschaut und erlernt worden.

Dieses Verwischen der Grenzen, die Verwandlung des (poetischen) Worts in Schrei und umgekehrt, die Erinnertes und Erlebtes bis zur Unkenntlichkeit miteinander verschränkt, findet erneut in der Endstrophe von Muellers letztem, dunklem, mit Schmerz beladenem (»ich erhänge mich nicht, da«, v. 12) und dennoch verhalten hoffnungsvollen Gedicht *... noch ist ein Grund* (S. 7) vom Sommer 2020 Bestätigung:

> »Do not go gentle into that night«,
> Villanelle, – ein Klang, ein Ruf, ein
> Häherschrei, der fällt als eine kleine
> blaue Feder ... tags –

Hier ist es der wiederkehrende Vers »Do not go gentle into that good night« aus dem gleichnamigen Gedicht von Dylan Thomas,[6] der, beinah unsichtbar mit Eichs *Tage mit Hähern* verbunden, einem Häherschrei entspricht. Die blaue Häherfeder bildet als Objekt sowie als Zitat einen der vielen Fäden, die Muellers Früh- und Spätwerk miteinander verweben und dem Œuvre insgesamt eine erstaunliche Dichte und Kohärenz verleihen.

Col de Nideck stellt im Rahmen dieser Entwicklung einen nicht nur chronologisch zentralen Angelpunkt dar, weil dort eine Übersetzung des Häherschreis in menschliche Sprache versucht wird (»dass ich weiter geatmet habe«). Eine solche Übertragung impliziert ein – und sei es nur eingebildetes – Begreifen der Sprache des Tieres sowie ein gemeinsames Erleben, vor allem angesichts der von Mensch und Tier geteilten Sterblichkeit. Die eigene Sprache in Kontinuität zum »Krei-

6 Dylan Thomas, *Collected Poems 1934–1953*, hg. von Walford Davies, Ralph Maud (London 1988), 148.

schen« des Vogels, als »voix écrite«, geschriebene Stimme »möglicherweise | schreilos« (*»Alle, die da fallen …«*, S. 26), zu verstehen, wird zur Bedingung der Möglichkeit – trotz der direkt oder indirekt erlittenen Schläge, der Schläge im Alltag und in der Geschichte überhaupt, an die Muellers Gedichte allerorts beharrlich erinnern –, am Leben zu bleiben.

In der *Vogel-Sequenza* aus dem Band *Augen* (1983, S. 163) zeigt Mueller dies vielleicht am Eindrücklichsten, da angesichts väterlicher Gewalt (»Ich erschlag dich | wenn du schreist | sagt mein Vater«) der Schrei umso mehr, widerständig als Ausdrucksmittel in Anspruch genommen wird. Vor dem Hintergrund der von Ernst Jandl vorgezeigten Möglichkeiten, die ganze Tragkraft der sprachlichen Klangstruktur für die Mitteilung von Sinn auszuschöpfen, führt Mueller die Nähe von Schreien und Schreiben, auf Französisch – die Sprache, die Mueller nach Deutsch am vertrautesten ist – von *cri* und *écriture*, vor: »Ich schrei – | -be, -be | Bilder« (vv. 19–21). Dies geschieht in *Vogel-Sequenza* bis zu dem Punkt, dass bei Lesungen die Wortballung »schrier schrier« (v. 4), also »schrie er«, sich tatsächlich wie der Ruf eines Vogels anhört und sich der semantische Gehalt des Satzes in seiner Ausführung als Schrei auflöst.

Die Anwendung des Mueller'schen Begriffs der »Gedichtmorphologie« auf sein Werk – d. h. die Identifizierung einiger formgebender Hauptmerkmale desselben – stellt also eine Umkehrung der Umkehrung dar, die er in … *ach, Mörike* durch dieses Wort hat vornehmen wollen. Doch damit ist auch ein erstes Formgesetz dieses Werks benannt, denn durchgehend werden, in Anlehnung an die »Sekunde der Inversion«, die Werner Hamacher als Kern von Paul Celans Werk identifiziert hat,[7] in Muellers Gedichten Umkehrungen verschiedener Art vollzogen, die herkömmliche, festgefahrene Sprach- und Denkmuster radikal hinterfragen. Das exzessive und als solches oft klar markierte Zitieren, das einen Kommentar für diesen Band als nötig und sinnvoll erscheinen ließ, ist als weiteres maßgebliches Vorgehen in Muellers Werk u. a. dazu da, solche Umkeh-

7 Werner Hamacher, »Die Sekunde der Inversion. Bewegungen einer Figur durch Celans Gedichte«, in: *Paul Celan*, hg. von Werner Hamacher und Winfried Menninghaus (Frankfurt a. M. 1988), 81–126.

rungen sowohl destruktiv – wie etwa bei den häufig erwähnten Kirchenliedern – als auch konstruktiv – wie im dargelegten Fall des Vogelschreis – in die Wege zu leiten.

An dieser Stelle seien weitere Elemente dieser Gedichtmorphologie genannt, die für das Lesen und die Orientierung im vorliegenden Band behilflich sein können.[8] Da ist die Nähe zur bildenden Kunst (»Ich schrei – | -be, -be | Bilder«), die in Muellers Leben sowohl in der Tätigkeit als Kurator als auch in den zahlreichen, engen Kollaborationen mit Gegenwartskünstlern ihren Ausdruck gefunden hat. Die Gedichte wimmeln geradezu von Künstlernamen aus allen Epochen der Plastik und Malerei, doch auch sie selbst sind es wert, mit Blick auf ihre Farbkonstellationen und Texturen betrachtet zu werden, zumal es in *November, November* ausdrücklich heißt: »Farben || das war die Losung« (S. 191).

Da ist die inhaltliche, vor allem aber die Form der Gedichte bestimmende Nähe zur Musik, wie der Titel *Vogel-Sequenza* als ein Beispiel unter vielen bereits zeigt. Das Wort *Sequenza* (dt. Sequenz) weist zunächst auf die mittelalterliche Kirchenmusik und auf einen bestimmten Teil der katholischen Liturgie hin, in der gereimte Texte rezitiert oder gesungen wurden bzw. werden – so sind etwa das *Dies Irae* oder das *Stabat mater*, das in Muellers *Zusehen* (S. 154) erwähnt wird, Sequenzen. Die Tatsache aber, dass Mueller das Wort auf Italienisch, und nicht etwa auf Lateinisch oder Deutsch, verwendet, deutet auf das unabhängige Nachleben dieser Bezeichnung in einem Zyklus von vierzehn Kammermusikstücken des italienischen Komponisten Luciano Berio hin, die den Titel *Sequenze* tragen und zwischen 1958 und 2002 entstanden sind (zum Zeitpunkt der Veröffentlichung der *Vogel-Sequenza* hatte Berio neun davon komponiert). Von Berio, wie von Anton Webern, Igor Strawinsky, György Ligeti, György Kurtág und anderen namentlich erwähnten Komponisten der klassischen und neuen Musik, übernimmt Mueller Stilmittel mit dem Anspruch, die ihm zur

8 Für stärker thematisch und biographisch orientierte Auslegungen von Muellers Werk sei auf zwei Aufsätze verwiesen, die ich in den letzten Jahren veröffentlicht habe: *Mit Nadel und Faden,* in: *Mütze* 14 (2016), 680–706; *Kassiber schreiben. Rainer René Muellers Verdichtungen,* in: *Germanica* 64 (2019), 15–40.

Verfügung stehenden Ausdrucksmöglichkeiten in der Sprache mit Rücksicht auf kompositionelle Strenge zu erweitern.

Das drückt sich nicht zuletzt im ungewöhnlichen Gebrauch der Interpunktion aus. Die Satzzeichen werden nicht im herkömmlichen Sinne zur Eingrenzung von Sinneinheiten eingesetzt. Entsprechend gibt es kaum Gedichte, die mit einem Punkt enden, dafür aber viele, die auf unübliche Weise mit Auslassungspunkten beginnen, um anzugeben, dass sie Teil eines größeren Zusammenhangs sind, von dem sie gleichsam nur als Splitter da sind. Vielmehr sind Satzzeichen in Muellers Mittel- und Spätwerk (im Frühwerk ist kaum Interpunktion vorhanden) in der Regel wie Zeichen einer musikalischen Partitur zu verstehen. Sie sind eine Anleitung für die (laute) Lektüre, für das Einlegen von Pausen und für Wiederholungen, oder sie weisen auf eine Gleichzeitigkeit des Aussprechens hin, die auf Mehrstimmigkeit angelegt ist und beim lauten Lesen durch einen einzelnen Menschen notgedrungen in Linearität überführt wird, wie etwa im zweiten Gedicht aus dem Zyklus *Aus Polenland. Aus* (S. 91):

Ein Lied-
-en. N / -orden.
(& M) –
so, ordnen zu Sätzen
/ zu Gedicht. Keins,

kein Ende, kein
Weichsel-
-n, -en: ein Lied

Der Schrägstrich erfüllt offensichtlich die Funktion, zu verstehen zu geben, dass man gleichzeitig »Norden« und »Morden«, »zu Sätzen« und »zu Gedicht« hören soll. Der erste Umbruch und der Punkt nach »-en« (v. 2) verursachen eine Isolierung der Endung von »Lieden« – das sich wiederum aus der Verdichtung von »Lied« und »Leiden«, zu ergeben scheint –, wodurch man zugleich »Lied«, »Leiden« und die französische Präposition »en« (dt. »in«) liest bzw. hört. In ein lineares Gefüge übertragen und übersetzt hieße der Satz ungefähr: »Ein Lied/Leiden im Norden und (im) Morden so zu Sätzen und Gedicht ordnen« – wobei ausgerechnet die Linearität, die Ordnung hier, bei dieser Lieddekonstruktion, radikal unterbunden werden.

Ich kehre aber zum Vorgehen zurück, das sich für mich aus naheliegenden Gründen vor allem im Zuge der Arbeit am Kommentar als für die Mueller'sche Gedichtmorphologie entscheidend herauskristallisiert hat – das Zitieren. Anhand zweier einschlägiger Beispiele aus Muellers frühestem Schaffen wird ersichtlich, dass, erstens, ein ausgeprägtes Verständnis der eigenen poetischen Sprache als aus der Sprache anderer bestehend schon bei den ersten Gedichten vorliegt, wobei sich auch ein Widerwille dagegen kundtut, und dass zweitens nicht nur Sprachliches, sondern durchaus auch Bildliches, wie vorhin dargelegt, zitiert wird.

Das erste Gedicht, das den ersten Punkt veranschaulicht, ist *Amsel* vom 18. Juni 1972, das sogar einen bibliographischen Vermerk in der Überschrift trägt:

Madeleine Gide
Tagebuch, 26. Okt. 1891

Amsel

Sie sang Hoffnung, trotz allem
Und sang
Schon über den Winter
Hinweg
Kommenden Sommern entgegen

Wir haben das Licht

Folgt man der hinreichend genauen Angabe, gelangt man zu folgender Passage aus den Tagebüchern von Madeleine Gide von 1891, aus der Zeit vor ihrer Heirat mit dem Schriftsteller André Gide: »Plötzlich erklang hinten im Garten der reine Gesang einer Amsel. – Sie sang Hoffnung, trotz allem – und sang schon über den Winter mit seinen kurzen Tagen, seinem langen Frost hinweg – kommenden Sommern entgegen. Kleiner Vogel Gottes – wir müssen hoffen wie du – trotz des Winters, denn wir haben das Licht in uns.« [26. Oktober 1891][9]

9 Jean Schlumberger, *Madeleine und André Gide*, üb. von Maria Schaefer-Rümelin (Hamburg 1957), 65. Vergleicht man Zitat und

Es handelt sich um eine Aufzeichnung, in der die Betrachtung der Natur – hier durch die Amsel verkörpert – zum Ausdruck von Zuversicht und Hoffnung in einer trüben Gemütslage führt. Im Gedicht wird die Betrachtung Madeleines fast wörtlich übernommen. Ist es denn überhaupt noch ein eigenständiges Gedicht und nicht vielmehr schlichtweg die Überführung einer Prosastelle in Versform? Die Auslassung der Ergänzung »in uns« am Ende der Passage ist entscheidend, da sie dem Satz einen absoluten, aber auch paradoxen Charakter verleiht. Denn während Madeleines »wir haben das Licht in uns« metaphorisch leicht im Sinne eines inneren spirituellen Lichts verstanden werden kann, bleibt das apodiktische »wir haben das Licht« seltsam unterbestimmt. Es wirft die Frage auf, um welches Licht es sich handeln soll und ob man Licht überhaupt in Besitz nehmen kann. Außerdem entfalten die Verdichtung bzw. die Auslassung der Zeitangaben und die Verteilung des ursprünglichen Prosatextes auf Verse Mehrdeutigkeiten, die im Original nicht vorhanden sind, wobei die Versumbrüche zugleich auch die Gedankenstriche in Madeleines Notiz spiegeln und dadurch die von ihr bestimmte Rhythmik respektieren.

So singt die Amsel im Gedicht sowohl über den Winter als Gegenstand des Gesangs als auch dessen Überwindung (»über den Winter | hinweg«). Dass im Titel das Wort »Amsel« ohne Artikel auskommt, mag in Anlehnung ans Französische geschehen, da dort von »chant de merle« (»Amselgesang«) die Rede ist. Im Deutschen hat dies jedoch an so exponierter Stelle die Folge, dass der Gattungsname auch als Eigenname verstanden werden kann. Diese subtile sprachliche Verschiebung verbindet sich mit einer weiteren, die im Übergang vom Französischen ins Deutsche stattfindet: »merle« ist männlich, während die Amsel im Deutschen eben weiblich ist.

Gedicht, so darf man annehmen, dass Mueller die deutsche Ausgabe zur Verfügung stand. Das Original lautet wie folgt: »Dans le fonds du jardin un pur chant de merle s'éleva tout à coup. – Il parlait d'espoir quand même – et planant au-dessus de l'hiver aux jours courts – aux longs froids – il voyait les étés à venir. Petit oiseau au bon Dieu – il nous faudrait espérer comme toi toujours – malgré l'hiver – ayant la lumière au-dedans de nous.« Jean Schlumberger, *Madeleine et André Gide* (Paris 1956), 69.

Demzufolge überlagern sich im Gedicht – wie es später mit dem Häher der Fall sein wird – die Stimme der Amsel und die Stimme Madeleines, deren Name oberhalb des Gedichttitels eingetragen wurde, genau dort, wo üblicherweise der Name der Dichterin, des Dichters steht. Die Notiz in Madeleines Tagebuch wird, als Übersetzung des Amselgesangs, selbst zum Gesang. Bestärkt wird diese Auslegung, indem der letzte Vers abgesetzt und isoliert von den vorherigen steht, sowie dadurch, dass dort das Subjekt nicht mehr eine »sie«, sondern ein »wir« ist. Es entsteht der Eindruck, dass der letzte Vers vom Gedicht die erste Zeile von »ihrem« Gesang ist, der Amsel und Madeleines zugleich, da es sich doch auch im Original tatsächlich um Madeleines Wort handelt.

Das Gedicht arbeitet folglich zunächst darauf hin, die junge Madeleine Gide zu ihrem poetischen Recht kommen zu lassen, ihre poetische Begabung anzuerkennen. Es setzt damit die Intention des Herausgebers der Tagebücher, Jean Schlumberger, fort, dem von André Gide gezeichneten Bild seiner Frau ein von Madeleine selbst entworfenes Gegenbild entgegenzusetzen. Achtzig Jahre nach der Niederschrift der Notiz weisen Madeleines Worte in diesem neuen poetischen Gewand über 1891 hinaus und von 1971 zurück auf das stürmische Leben hin, das Madeleine mit André führen sollte und führte, auf den langen Winter, den ihre Beziehung erlebte, obwohl sie stets auch von der Hoffnung auf »kommende[ ] Sommer« geprägt war.[10] Die Aufnahme der Tagebuchstelle im und als Gedicht lässt die Zeitebenen kollabieren, so dass die zwanzigjährige Madeleine gleichsam zur älteren ermutigend zuredet.

Muellers frühes Gedicht – mit der jungen Madeleine teilt er zum Zeitpunkt der Niederschrift das Alter – ist daher zwar ein Zitat, das vor allem hinsichtlich der Form modifizierend eingreift, zugleich ist es aber mehr als nur ein Zitat. Ihm haftet eine bauchrednerische Qualität an nach dem soeben darge-

10 Entsprechend zitiert Schlumberger im ersten Kapitel des Buchs einen genau in diesem Geiste 1918 – am Höhepunkt der Krise ihrer Ehe – geschriebenen Brief Madeleines an André, in dem sie ihm sagt: »Das Beste Deiner Seele war mein, die Zärtlichkeit Deiner Kindheit und Deiner Jugend. Und ich weiß auch, daß, im Leben oder im Tode, die Seele Deines Alters mein sein wird.« Schlumberger, *Madeleine und André Gide*, 12.

legten Muster, denn Mueller stellt der jungen Madeleine seine Stimme zur Verfügung, damit sie der älteren die Botschaft der Amsel übermitteln kann. Wie alle Besessenheitserscheinungen wirkt das Gedicht deshalb unheimlich, zumal in ihm ein Gespräch zwischen Toten zustande kommt, dessen Aussage über Hoffnung und das Besitzen von Licht dadurch in einem ganz anderen Licht erscheint – vielleicht als Licht einer nach dem Tod erlangten transzendenten Erleuchtung oder, umgekehrt und, wieder, paradox, als im Reich der Dunkelheit verlorenes Licht. Die Operation, die Mueller in diesen sechs Versen durchführt, ist so schlicht wie komplex und bezeugt die Einsicht, dass in der Dichtung mit kleinsten Mitteln gewaltige Ergebnisse erreicht werden können.

In einem weiteren bislang unveröffentlichten Gedicht vom November 1977 beschreibt Mueller, der Sohn einer Fotografin, eine Fotografie, die er damals nach eigener Aussage in einer Zeitung sah (S. 336). Es handelt sich wahrscheinlich um ein Daguerreotyp vom französischen Fotografen Adolphe Lamaille, dessen Name dem Gedicht als Titel dient. Die Angabe im Untertitel – »Selbstbildnis von 1849« – wird gleich im ersten Vers dahingehend erweitert, dass das Selbstporträt auch den Sohn des Fotografen mit einbezieht. Die Bezeichnung »Selbstbildnis« wird dadurch entweder in Frage gestellt, oder aber sie erhält eine komplexere Bedeutung, da der Sohn notwendiger Teil der Selbstdarstellung des Vaters wird. Das Gedicht deutet also zunächst in verschiedene Richtungen und will in einem Atemzug die Erfindung der Fotografie mit der künstlerischen Kernfrage nach der Selbstinszenierung und der seit eh und je aufgeladenen Vater-Sohn-Beziehung – einem prominenten und schmerzhaften Thema in Muellers Werk – verhandeln. Dass es nicht zuletzt um eine Zitattheorie geht, machen zwei Verse aus der ersten Strophe klar, die sich zunächst auf die Protagonisten des Bildes beziehen, sich aber durchaus zum allgemeinen Grundsatz einer Poetik verallgemeinern lassen: »den Kopf voller Zitate | und selber Zitat«. Eine ähnliche Formulierung kehrt viel später, im Gedicht *... man nennt es Glück*, das 2015 im Band *poèmes – poëtra* erschien, wieder: »im Zitat find'st dich, immer : | du bist eins« (S. 75).

Die technische Begrifflichkeit der Daguerreotypie, die Licht auf einer spiegelähnlichen Silberplatte festhält, wird in der ersten Strophe aufgenommen und subtil abgewandelt. Vater und Sohn befinden sich »im Silberstand | der früheren Wirklichkeit«, sie sind, in einer Neubildung aus den Verben »ablichten« und »linsen«, »abgelinst« (v. 5). Fotografen – darunter der Vater Adolphe Lamaille selbst – sind »Spiegelwerfer« (v. 9f.), was sowohl einen sportlichen (wie etwa beim Speerwerfer) als auch einen militärischen (wie etwa beim Raketenwerfer), jedenfalls einen bedrohlichen Anklang hat. Auch erfahren wir, nach Art einer konventionellen poetischen Bildbeschreibung, wie es sich der Tradition der Ekphrasis nach gehört, Näheres, wenn auch wenig, über die Abgelinsten. Vater und Sohn haben wohl »Hände und Arme | umeinander« (vv. 19f.) gelegt, umarmen und stützen einander so in der Zeit des Wartens, bis das Licht sie im Bild in dieser anhänglichen Geste festgehalten hat. Mit Kennerblick, der durch das vorgeschobene »freilich« allerdings possenhaft wirkt, fasst der Betrachter das Urteil, der »Aufbau des Bildes« (v. 12) sei »meisterhaft« (v. 14).

Wie die technische Begrifflichkeit im Gedicht angeeignet und manipuliert wird, so schleichen sich weitere Störelemente in die anfangs angekündigte einfache, ironisch angehauchte Bildbeschreibung hinein, bis schließlich wenig von ihr übrig bleibt und sie ganz anderen Zwecken untergeordnet wird. Denn das Gedicht spricht eine grundsätzliche Frage in Bezug auf Fotografie insbesondere und künstlerische Darstellung überhaupt an, nämlich, was sich in und mit ihr wiederholt – und wie sich das Gedicht als eine eigene Form der Wiederholung dazu verhält, während und indem es die Wiederholung vollzieht. So legt das Ich im weiteren Verlauf des Gedichts seine Zweifel über den unternommenen Versuch offen und gelangt dadurch ganz unerwartet zur Artikulierung des eigenen, doppelten, in sich widersprüchlichen Verlangens:

worüber dann noch
etwas sagen
oder wiederholt sich
das Verlangen nicht
so Hände und Arme
umeinander zu legen
auch gekreuzt
sich zu stützen

und dann als einen
Kratzer im Glas
ein Gedicht über das Schweigen
zu schreiben
oder den Schatten davon
in diesen Lichtverhältnissen

wenn alles so klar ist
wie dieses Bild da

Das Verlangen ist doppelt, spiegelt, wiederholt und bildet sich ab, weil die Betrachtung und die Beschreibung des Bildes den Wunsch nach einer doppelten Nachahmung wachrufen, danach, an einer solchen Umarmung teilzunehmen, aber auch im und durch das Gedicht misstrauisch davon Abstand zu nehmen, weil das Schweigen und der Schatten die Täuschung verraten, die sich im Bild verbirgt. Das Gedicht wird daher eingesetzt, um an der Oberfläche dieses Trugbildes, dieser künstlich hervorgebrachten Einvernehmlichkeit zu kratzen, sie ins Wanken zu bringen. Die Schlussverse sind mit Ironie beladen, und die Spannung zwischen Schein und Sein, zwischen dem Wunsch, der Täuschung nachzugeben und dem Gebot, ihr zu widerstehen, drückt sich in der Widersprüchlichkeit der deiktischen Wörter im letzten Vers aus, da das eine Demonstrativpronomen – »dieses« – auf einen nahen, das andere hingegen – »da« – auf einen entfernten Gegenstand verweist. Das Verlangen aber ist im halben Jahrhundert, in dem Rainer René Mueller Gedichte geschrieben hat, intakt geblieben, wobei sich sein Gegenstand nunmehr eindeutig herauskristallisiert hat. In einem 2018 erschienenen Gedicht wird »das Verlangen | nach poetischer Kunst« erneut angesprochen, diesmal jedoch ganz als »durchscheinend« bezeichnet (S. 39).

In Rainer René Muellers Werk finden sich selbstverständlich auch – wie könnte es angesichts des Zeitraums, den es deckt, anders sein – widersprüchliche Äußerungen, die destabilisierend wirken. Als entgegengesetzte Pole bilden sie die Extreme, zwischen denen es sich entfaltet hat. So lautet die selbstsichere programmatische Äußerung am Anfang des frühen Gedichts *Vom Hermetischen* (1977), das aber im Unterschied zu den beiden vorherigen gleich veröffentlicht wurde:

»ich will | euch Worte machen | bewohnbare auch | solche die ihr | anfassen könnt« (S. 310). Wenige Jahre später kündigen wiederum die bereits erwähnten Schlussverse von *November, November* die Hinwendung von der Sprach- zur bildenden Kunst an: »ich werd' nicht ruhig | in den Wörtern: Farben || das war die Losung« (S. 185). Diese Aussage kehrt sich allerdings noch einmal in ihr Gegenteil um, da eine Losung im Sinne etwa eines Wahlspruchs eine sprachliche Äußerung ist. So wird die in diesen Zeilen erwähnte Unruhe nicht bloß dem Inhalt nach als Tatsache mitgeteilt, sondern im paradoxen Verhältnis der Verse zueinander ebenso gezeigt und vollzogen. »Farben« erweist sich als doppeldeutig und vielschichtig. Die Beschäftigung mit der bildenden Kunst wurde faktisch, ja existentiell zur Alternative – zur Lösung – für Mueller, der im Laufe der 80er Jahre zunehmend im Kunstbereich tätig war und dort auch seinen Lebensunterhalt verdiente. Worauf der Schlussvers hinzudeuten scheint, ist aber, dass diese Beschäftigung eben, im Vergleich zur »poetischen Kunst«, keine wirkliche Lösung bieten konnte und als Losung vielmehr eine Parole, eine für sich und die Öffentlichkeit angenommene Haltung ist, die zwar vertretbar ist, hinter der man dennoch nicht mit ganzer Überzeugung steht. Die Oberfläche des Bildes, vielleicht, an der die Gedichte immer kratzen.

Wenn also die langen Veröffentlichungspausen in Muellers poetischem Werk auch ein Ausdruck dieses unruhigen, misstrauischen Verhältnisses zu den Wörtern sein dürften, so lässt sich rückblickend auch feststellen, dass die Losung/Lösung der Farben letztlich den Wörtern weichen musste. Es ist dann, vielleicht, eher die Frage, welche Wörter noch bewohnbar sein können, in welchen Wörtern angesichts zahlreicher Verletzungen man zur Ruhe kommen kann, wenn überhaupt. Eine mögliche Antwort darauf findet sich in den oben zitierten Zeilen aus *… man nennt es Glück*: »im Zitat find'st dich, immer : | du bist eins« (vv. 16f., S. 75). Die Aussage fällt im Wechselspiel mit Paul Celans frühestem bekannten Gedicht *Drüben*, das in Muellers Œuvre häufig wiederkehrt. Einmal mehr zeichnet sich diese Stelle dadurch aus, dass eine menschliche Stimme in eine animalische übergeht und darin einen Trost, ja sogar »Glück« findet: »zirp ich leise, wie es Heimchen tun« (v. 15). Im wörtlichen Sinn scheint Mueller mit seiner Poetik des Zitats die von Celan am Ende des Gedichts *Wirk nicht voraus* geäußerte Intention umgesetzt zu haben: »Nehm ich dich auf | statt aller | Ruhe«.[11] Aus der Unruhe heraus findet man im Aufnehmen fremder Rede, im Aufgehen in ihr zu einer Ruhe zurück, die das Zitat zur Statt der Ruhe werden lässt.

So verläuft der Bogen von Muellers frühem, vom Willen zum Hervorbringen einer eigenen, eigenständigen Sprache durchdrungenen Schaffen – gerade als forcierte Abstandnahme von der sich in *Amsel* zeigenden Neigung zur Bauchredekunst – zu einer poetischen Sprache, die sich maßgeblich vom Wort- oder Klangmaterial anderer – Tiere wie Menschen – anreichert. Dass die Sprache zuletzt bewohnbarer geworden ist, zeigt sich, aller Zerstückelung zum Trotz, darin, dass die Gedichte der letzten Jahre im Durchschnitt weitatmiger sind und mehr Platz einnehmen, dafür aber auch weitaus mehr mit Zitaten arbeiten, oft ausdrücklich als solche gekennzeichnet, als es früher der Fall war.

Mueller hat weiterhin hartnäckig Wörter »gemacht«, »solche die [wir] anfassen [können]«, die zum Anfassen da sind und dazu einladen. Nur die Art des Machens, das poetische Handwerk hat sich immer ausdrücklicher in Richtung einer Poetik des Zitats und des Zitierens entwickelt, aufgrund derer wir, beim Lesen dieser Gedichte, in ein weit ausgedehntes, anspielungsreiches, reichhaltiges und nicht selten überraschendes Netz an Verweisen eintreten, von dem wir selbst Teil werden. Der Kommentar im vorliegenden Band will lediglich als Anregung dazu dienen, als Anstoß, sich lesend in verschiedene Richtungen – auch innerhalb des Werks – zu bewegen, ohne dass bei Weitem alle mögliche Wege bereits gekennzeichnet wären. Die von mir hier als Zitat herangezogenen Verse – »im Zitat find'st dich, immer : | du bist eins« – sprechen nicht zuletzt uns als Leser an, die wir aufgefordert sind, uns in diesen Zitaten zu finden, uns selbst als solche zu betrachten, als stets Wiederholende. In Aussicht steht, dass diese Gedichte selbst künftig zu Zitaten werden, dass wir sie in unserem Sprechen und Schreiben aufnehmen als Teil einer Sprache, die wir zuallererst als die Sprache anderer, und daher als eine gemeinsame, gemeinschaftliche Sprache wahrnehmen mögen. Rainer René

11 Paul Celan, *Die Gedichte*, 13 und 309.

Mueller hat dies in einem neulich erschienenen Text, einer der wenigen explizit poetologischen Stellungnahmen, die wir von ihm besitzen, mit ›durchscheinender‹ Offenheit dargelegt:

> Gedichte kann ich nur schreiben im Vertrauen auf das Versprechen, das Gedichte anderer mir gaben, das Versprechen in der *réécriture*, dass die Gegenwart des Verbrechens in der Geschichte, im Großen wie im Kleinen, in die Rettung einer sprachlichen Gestalt übertragen werden kann, nur – keiner kann im Zustand der Rettung allein überleben. (S. 10)

Dank

In der Tat – Rettung kann nicht in Einsamkeit zustande gebracht werden. Dieser Band – die Rettung eines großartigen poetischen Werks, das es in seinen Weiten und Tiefen noch ganz zu entdecken gilt – steht im Zeichen einer lebenslangen Freundschaft, deren Treue ihresgleichen sucht. Ohne Rainer Blum, den langjährigen Freund Rainer René Muellers, der seit den 70er Jahren in seinem Haus in Berlin-Lichtenrade ein Archiv mit Material von und zu Mueller pflegte, wäre dieser Band so nie entstanden. Ihm ist es zu verdanken, wenn u.a. das Frühwerk Muellers der Öffentlichkeit zugänglich gemacht werden kann. Für seine Großzügigkeit, Gastfreundschaft und Hilfsbereitschaft sei ihm herzlich gedankt. Christian A. Vogl gebührt ein großer Dank für seine großzügige finanzielle Unterstützung, durch die er die Drucklegung dieses Bandes ermöglicht hat. Ein besonderer Dank gilt natürlich Rainer René Mueller selbst, der in endlosen Gesprächen und E-Mails geduldig auf alle meine Fragen eingegangen ist. Sie stellen die Grundlage des Kommentars, der sich somit in vielerlei Hinsicht auf direkte Hinweise des Autors stützen konnte. Florian Welling, dem Lektor dieses Bandes, Thedel von Wallmoden und dem Wallstein Verlag möchte ich, auch im Namen Rainer René Muellers und Leonard Keidels, meinen Dank dafür aussprechen, dass sie das Projekt gleich mit Begeisterung begrüßt und unterstützt haben. Möge es viele zugeneigte Leserinnen und Leser finden, Ruhe bringen und, warum nicht, auch ein wenig Unruhe stiften.

Inhalt

Neuere Gedichte

geschriebes. selbst mit stein, 2018

Poèmes Poëtra, 2015

Strichscharen, 1986

Rückzug ins Helle, 1985

Augen, 1983

LiedDeutsch, 1981

aus Zeitschriften 1974–1991

frühe, unveröffentlichte Gedichte

Anhang

Bibliografische Information der Deutschen Nationalbibliothek
Die Deutsche Nationalbibliothek verzeichnet
diese Publikation in der Deutschen Nationalbibliografie;
detaillierte bibliografische Daten sind im Internet
über http://dnb.d-nb.de abrufbar.

www.wallstein-verlag.de
Gesetzt aus der Carré Noir und Freight Sans: Leonard Keidel
Umschlaggestaltung: Stine Wiemann
unter Verwendung einer Zeichnung von Philipp Trunzer-Tüngerthal
Druck und Verarbeitung: Pustet, Regensburg
ISBN 978-3-8353-3998-9